Die radikale Absenz des Ronny Läpplinger

Roman

WALDE+GRAF

Christian Saehrendt

Die radikale Absenz des Ronny Läpplinger

Illustrationen:
Noyau

Gestaltung:
Bon Bon Büro, D-Berlin

Druck und Bindung:
CPI BOOKS, Ebner & Spiegel, D-Ulm

ISBN 978-3-03774-041-5

WALDE+GRAF

Vorwort

„Seit seiner tragisch verlaufenen Performance liegt Ronald (Ronny) Läpplinger im Koma, er ist nicht ansprechbar, und doch bin ich sicher, dass diese Publikation vollkommen in seinem Sinne ist. Ronalds Familie: Bernd, Matthias und Mirjana Läpplinger, sowie seine Freunde Vittorio Bernasconi und Uwe Voigt haben mich im Herbst 2012 gebeten, seine Tagebücher zu kommentieren und in Buchform zu veröffentlichen. Ich habe sofort zugesagt, zum einen, weil Ronny ein ehemaliger Kommilitone von mir ist – und zum anderen, weil ich seinen fürchterlichen Unfall in Kassel selbst miterlebt habe. Einige Weggefährten und Künstlerkollegen, auch viele Zeitzeugen, haben sich bereit erklärt, die Edition durch ihre Statements zu bereichern – andere haben sich, zum Teil mit harten Worten, von Ronny distanziert.

Ich habe Ronny Anfang der 1990er in Hamburg kennengelernt, genauer gesagt, am Astra-Bierautomaten in der Mensa der Hochschule für bildende Künste. Ronny hatte sich mehrmals ‚mit nichts' bei verschiedenen Kunsthochschulen beworben und eine Mappe mit leeren Blättern, leeren Videotapes und komplett überbelichteten Fotos eingereicht. In den praktischen Eignungsprüfungen demonstrierte er konsequent Arbeitsverweigerung, in den Auswahlgesprächen blieb er stumm – mit dem Ergebnis, in den Akademien in Stuttgart, Karlsruhe,

München, Nürnberg, Düsseldorf, Frankfurt und Kassel durchzufallen. Schließlich wurde er 1991 an der HfbK Hamburg, der Hochschule für bildende Künste, angenommen, zunächst ‚auf Probe' – wie ich damals auch. In den Seminaren zog er stur seine Schweigeperformance durch, ebenso bei den Korrekturen im großen Kreis, manchmal vor vierzig bis fünfzig Zuhörern, wo er einfach nur seine leere Mappe aufschlug und Fragen und Peinlichkeiten still über sich ergehen ließ. Diese Konsequenz als radikaler Verweigerungskünstler imponierte mir (und vielen anderen). Ronalds Stärke waren Performances, die als solche nicht oder kaum zu bemerken sind. Anders herum könnte man auch sagen: Er machte gar nichts beziehungsweise nur das, was er sonst auch machte. Ronny hatte damals Visitenkarten drucken lassen, die er gerne verteilte, allerdings stand darauf kein Name, keine Telefonnummer oder Adresse, nur ein einziger Satz: Mit dir bin ich fertig. Später wurde Ronald dann destruktiver, vor allem gegenüber Sachen. Ich erinnere mich noch an einen Gestaltungswettbewerb, da bekam jeder Student einen Telefonapparat von einer Firma gestellt und sollte daraus ein Kunstwerk machen. Ronald schlug das Telefon kurz und klein, füllte die Teile in eine Plastiktüte und klebte seine Visitenkarte dran. Humorvoll war er auf seine Weise. In seiner Biographie lag aber auch etwas Tragisches, wie sich in den folgenden Jahren zeigte: Er

war zwar stets einfallsreich und zu allen Zeiten nah dran an den aktuellen Trends, doch eben auch immer einen halben Schritt zu spät. Ursprünglich als Performancekünstler gestartet, war er im Laufe der 1990er in Hamburg zu konzeptuellen Arbeiten übergegangen, ging nach London und New York, befasste sich mit urbanen Interventionen und Institutionenkritik, schwenkte um die Jahrtausendwende auf Mixed-Media-Installationen um, fand schließlich zur Malerei, erst zur abstrakten, dann zur Gegenständlichkeit. Links und rechts von ihm starteten seine Kommilitonen aus der HfbK voll durch (John Bock, Christian Jankowski, Jonathan Meese, Daniel Richter), Ronny hingegen – Ronny ging zurück nach Böblingen.
Mitte der 1990er hatte ich ihn zum letzten Mal getroffen, er war nach Berlin gekommen, stellte in der improvisierten Produzentengalerie aus, die Steen Kittl und Markus Wende mit mir zusammen dort betrieben, und malte bei dieser Gelegenheit auch ein Porträt von mir (mit dem wenig schmeichelhaften Titel: Porträt eines gescheiterten Malers). Mit diesem Buch versuche ich mich zu revanchieren und möchte dazu beitragen, dass Ronnys Performance bei der dOCUMENTA (13) doch noch die Aufmerksamkeit bekommt, die sie verdient, denn ihre Botschaft, das Manifest des Absentismus, sollte uns allen zu denken geben."

Christian Saehrendt, Sils Maria am 25. August 2013

Ronald Läpplinger
Tagebücher
Erstes Buch
2010

31. Mai 2010
Montag

Es ist jetzt ganz still im *Heisle, d' Muddr* ist fort. Zehn Jahre lang hatten wir wieder unter einem Dach gelebt, 2001 war ich ins Elternhaus zurückgekehrt, in die kleine Einliegerwohnung im Erdgeschoss, im Alter von 37. Wer in Hamburg, London und New York lebte und zurück zur Mutter nach Böblingen zieht – der gilt als gescheiterte Existenz. So redete man abfällig in der Nachbarschaft, unter ehemaligen Mitschülern, unter Künstlerkollegen (ich weiß aber auch, dass die gleichen Künstlerkollegen oftmals nur deshalb irgendwo in fernen Metropolen aushalten, zerrissen von mehreren Jobs, gehetzt vom Zwang zum ständigen Networking, um nicht zurückkehren zu müssen). Die Rückkehr in die Heimat, wo sonst nur die Spießer und die Blöden geblieben sind, ist die Stunde der Wahrheit für die Hochmütigen und Coolen, die einstmals in die Welt hinauszogen. Denn die Spießer, die Blöden und die Uncoolen, die dageblieben sind, denen gehört jetzt die Welt der Provinz, sie haben das Geld und die Macht. Deren Triumph, deren Häme und Mitleid nun aushalten zu können: Darin zeigt sich wahre Charakterstärke. Sich wegducken im Künstlerproletariat einer Großstadt – das kann jeder. Der Weg zurück wird zur wahren Reifeprüfung. Ich bin eigentlich überzeugt, diese Prüfung bestanden zu haben. Allein es fehlt an einem sichtbaren Beweis dafür, es fehlt ein kraftvolles, ein unübersehbares Werk! Beginnend mit dem heutigen Tag, an dem meine Mutter in die Seniorenresidenz

Goldener Oktober zog, werde ich 24 Selbstporträts malen. Eine monumentale Serie, ein Fanal, das Böblingen aufscheuchen wird, eine Manifestation meiner Willenskraft. Parallel dazu, als historisches Dokument für meine Mit- und Nachwelt, führe ich dieses Tagebuch.

1. Juni
Dienstag

Warum überhaupt malen? Eigentlich wollte ich nie Maler werden. Lange Zeit habe ich Maler sogar verachtet, als Gefangene überkommener Traditionen, als Sklaven des Kunstmarktes, als traurige Hofnarren reicher Sammler, als willige Porträtlieferanten eitler Bürger und Politiker. Mein Ansatz war ein völlig anderer: Kunst ohne Werk. Radikale Performance. Irgendwann beging ich aber den Fehler, mich über die Malerei lustig machen zu wollen. Ich glaubte, Markt und Mainstreamgeschmack attackieren zu können, mit einer Strategie der *Subversion durch Überaffirmation:* Kitsch, softpornographische Aktmalerei, abgedroschene Abstraktion, schwülstiger Neo-Surrealismus. Ich bediente mich bei Jack Vettriano, Paul Delvaux und Dalí, ihnen habe ich einiges zu verdanken. Nun gab es reges Interesse an Gemälden und Zeichnungen, die ich mit dem Namen RON.EGOXL signierte. Was von mir als bitterer Gag, als ironisches Statement gedacht war, nahmen meine Käufer, braves Bürgertum, Akademiker und Geschäftsleute hier aus dem *Ländle,* ernst, sie fanden es einfach schön. Und ich hatte mich sehr schnell an die Einnahmen gewöhnt. Schließlich ging ich dazu über, Porträts und Aktbilder auf Bestellung zu malen, auch dekorative Wandgemälde in Restaurants.

Die Wahrheit ist: Immer seltener kam ich in den letzten Jahren zu meinen Performances, unaufhaltsam wurde ich zum Maler! Alles in allem sichert RON.EGOXL heute mein finanzielles Überleben, was aber äußerst prekär ist, weil ich auf diese Weise vom geistigen Anspruch her die niedrigste Existenzstufe erreicht habe, die man als Künstler bekleiden kann: Vom Kunstmarktfeind zum Kitschproduzenten, vom Performance-Situationisten zum Provinzsurrealisten. Ich sitze in der selbstgestellten Falle meines strategischen Bad Paintings fest. Daher kommt der Stress des Doppellebens, denn für die einen bin ich der Böblinger Bruno Bruni, für die anderen (die Künstlerkollegen, Kritiker, Kuratoren aus dem *seriösen,* professionellen Kunstbetrieb) der autarke Konzeptkünstler mit dem geheimnisvollen, flüchtigen Œuvre. Selbst mein langjähriger Freund, der vielversprechende *emerging artist* Vittorio, ahnt nichts von RON.EGOXLs Existenz. Und ich habe, nebenbei bemerkt, eine wirkungsvolle Vernebelungstechnik für den seriösen Kunstbetrieb entwickelt: Ich schweige und höre zu, lasse die anderen reden, es gibt genug Egomanen und Schwätzer in diesem Milieu, die allzu gerne über sich selbst reden. Und gerade weil ich über meine Arbeit schweige, gelte ich bei ihnen als ernsthafter und wirklicher Künstler, als *Macher.* Wichtig ist nur: Ich muss beide Rollen vor sorgsam getrenntem Publikum spielen.

Nächtliche Grübelei: Bin ich ein gescheiterter Künstler? Erfolg als Künstler, wie ist das überhaupt messbar? Drei Maßeinheiten für Erfolg fallen mir ein. Erstens: Geld, viel Kunst verkaufen, hoch gehandelt werden, einen hohen Lebensstandard erreichen, Statussymbole anhäufen. Zweitens: Ruhm, Preise, Ämter, Mitglied in Jurys und Akademien werden, Professor sein, gefragter Gesprächspartner der Medien werden. Drittens: das, was man Glück nennt, ein selbstbestimmtes Leben, Lebensintensität.

Das Dilemma: Ohne Verkäufe und Ausstellungen bleibt

die Aufmerksamkeit der Öffentlichkeit aus, der Ruhm stellt sich nur schwerlich ein. Und ohne gesellschaftliche Anerkennung verhungert das Künstlerego, und es wird immer schwerer, das innere Glück zu bewahren.

„Als ich Ronny kennenlernte, war er gerade aus London ins Ländle zurückgekehrt, und ich frisch aus Plochingen an der Stuttgarter Akademie der bildenden Künste angekommen. Er strahlte Coolness und eine gewisse Weltläufigkeit aus, gab mir wertvolle Tipps und Anregungen, ja, anfangs war er so etwas wie ein Mentor für mich. Doch dann wendete sich das Blatt, seine Performances, die in bestimmten Kreisen Kult waren, wurden immer seltener, und ich – ich stieg voll in den Kunstbetrieb ein. Es ist natürlich delikat, wenn von zwei Freunden der eine Erfolg hat und der andere nicht. Zumal der Erfolgreichere auch noch der weitaus Jüngere ist (zwischen uns liegen zwölf Jahre!). Kann man unter solchen Umständen überhaupt befreundet bleiben? Geht der eine nicht vor Neid ein oder versucht sich verzweifelt an den anderen zu klammern, um auch nach oben zu kommen? Ich hatte immer geglaubt, dass wir einen guten Modus gefunden hatten, mit diesen Unterschieden umzugehen. Ich hatte ihn als meinen Assistenten angestellt, pro forma, damit er überall dabei sein konnte, das war aber mit keinerlei Pflichten verbunden, er konnte sich also als gleichberechtigter Kollege betrachten. Ronny stand über den Dingen, so schien es mir, auch wenn er offiziell als mein ‚untergeordneter' Mitarbeiter geführt wurde. Doch wie es wirklich in ihm aussah – das blieb mir bis zum Schluss verborgen."

Vittorio Bernasconi, November 2012

2. Juni
Mittwoch

Erster Selbstporträtversuch. Ratlos blicke ich nun seit einer knappen Stunde mein Spiegelbild an: Ich sehe einen Mann in mittleren (man könnte auch wohlwollender sagen: *in den besten)* Jahren. Das Gesicht ist unübersehbar von Spuren des Alterns gezeichnet, plastisch treten die Tränensäcke hervor, die Augen sind rötlich unterlaufen, fast wie bei einem Allergiker; ein schütterer Oberlippen- und Kinnbart ist zu sehen, dazu recht volles, schulterlanges, in der Mitte gescheiteltes braunes Haar. Ebenso ratlos sitze ich vor der leeren Leinwand. Ich bin wie gelähmt. Es hat keinen Sinn, ich muss den Versuch abbrechen.

Ich nehme ein Buch aus meiner stattlichen Bibliothek (es mögen wohl an die 4000 Bände sein, wovon habe ich die bloß bezahlt?) zur Hand, Vom Glück, ein Künstler zu sein, lese darin die Einsicht von Markus Lüpertz:

„Malerei ist die Königsdisziplin der bildenden Kunst. Nichts ist schwieriger, als ein Bild zu malen. All diese modernen Künstler, die heute herumlaufen und das nicht mehr machen, sondern irgendwelche Fundstücke in Räumen verteilen, kneifen vor dieser Herausforderung. Grausam ist die Wahrheit der weißen Leinwand. Wenn man dort nur einen Strich malt, ist man sogleich verzweifelt und muss diese Verzweiflung so lange aushalten, bis das Bild fertig ist."

Nachts schlaflos. Ich gehe die Treppe hoch, in mein altes

Jugendzimmer. Sogar mein Bett steht noch hier, *d' Muddr* hat's vor ein paar Tagen noch bezogen, mit der alten VfB-Bettwäsche. Unter der Dachschräge hauste ich einst mit meinem Bruder Matthias, lange Zeit diente das Zimmer als Abstellraum. Aber *d' Muddr* hat quasi nichts verändert. Es sieht aus wie in einem Museum. Was spricht eigentlich dagegen, wieder hierher zurückzukehren? Noch immer hängt hier die alte Mustertapete, die Jugendzimmereinrichtung der späten 1970er, Resopalschränke, vollgestopft mit Zeug, beklebt mit Prilblumen-Stickern und Fußballerbildchen. Daneben Regale mit alten Plattenspielern, Musikkassetten, verstaubten Taschenbüchern und Clever & Smart-Comics. Ich blättere in einzelnen Bänden, sehe meine eigene Handschrift darin, Notizen, wilde Unterstreichungen, Fragezeichen-Markierungen unverstandener Passagen. Bücher, die mir lieb und teuer waren, verschlungen im Alter zwischen sechzehn und zwanzig Jahren: Der Ekel von Sartre, Mars von Fritz Zorn, Mephisto von Klaus Mann, Aufzeichnungen eines werdenden Genies von Salvador Dalí, Tagebücher von Harry Graf Kessler, Erzählungen von Thomas Mann, Philosophisches von Nietzsche und Hegel. Ich halte ein zerlesenes Exemplar von Menschliches, Allzumenschliches. Ein Buch für freie Geister in den Händen. Intensiv hatte ich diesen Band studiert, zwar ohne Durchblick, wie ich mich jetzt erinnere, aber mit einer diffusen Begeisterung (eine Zeitlang hatte ich das Buch immer dabeigehabt, auch auf Reisen), denn hier war offenbar ein Künstler als Philosoph am Werk. Ich beginne zu lesen, sofort hat mich Nietzsche wieder: Seine geschliffene Prosa, seine Souveränität, mit mehreren Sprachstilen zu spielen, sein Reichtum an plastischen Bildern, die Angeberei, die Raserei zwischen Vernunft und Selbstbetrug, das ständige Balancieren am Abgrund der Lächerlichkeit – das hat schon was. Ich lege mich in mein altes Bett, blättere in Kesslers Tagebüchern, finde einen Eintrag Kesslers vom 7. Juli 1927: „Sils Maria. Donnerstag. Der Nietzsche-Stein am See auf Chasté mit der Zarathustrastelle ‚Tief ist die Mitternacht' war verklärt vom Rauschen der Baumwipfel und der Wellen, die ans Ufer schlugen; ringsumher Wald und blühende Wiesen und die erhabene, großartig-herbe Zarathustra-Landschaft." Eine unbestimmte Sehnsucht macht sich bemerkbar. Dort, nach Sils Maria, auf die Halbinsel Chasté, dort will ich hin!

Kesslers vornehme, gleichwohl relaxte Haltung hat Stil. Nehme mir vor, mich beim Tagebuchschreiben ebenfalls möglichst gewählt auszudrücken (die Nachwelt! posthumer Ruhm!) – man weiß ja nie.

Ich wühle weiter, finde Kuriosa wie eine alte Mao-Bibel, eine deutsche Übersetzung von Ghadhafis Grünem Buch oder vergilbte documenta-Kataloge. Wie bin ich dazu gekommen? Andererseits erinnere ich mich, dass in den 1980er Jahren sogar ein Eishockeyverein aus der Bundesliga Trikotwerbung für das Grüne Buch machte – ein Spiel lang –, dann schritt der Eishockey-Bund ein, und Iserlohn trat ab. Ich wühle tiefer in den Schubladen, finde alte Schulhefte, Platten und Zeitschriften, eigene surrealistische Zeichnungen, entfalte Poster, von denen ich einige aufhänge: KISS, AC/DC und Judas Priest. Puh, sehen die eklig aus. Dazwischen ein Lichtblick: Doro Pesch. Jetzt müsste man nur noch ein paar Nonsense-Sprüche in Großbuchstaben auf die Wände malen, und es sieht aus wie eine Jonathan-Meese-Installation. Ich hole Farbe, mache eine Flasche Rotwein auf und lasse mich von Maos Rotem Buch („Kunst ist eine machtvolle Waffe für die Erziehung des Volkes, für die Schläge gegen den Feind") inspirieren, mixe ein wenig mit Heidegger („Das Fragen ist die Frömmigkeit des Denkens"), dazwischen Songtexte von Megadeth und Slayer: Symphony of Destruction hieß zum Beispiel ein Song, ein Album hieß Reign in Blood. Brr. Wie krank ist das denn? Passt aber gut zu Mao & Heidegger. Ich mache eine zweite Flasche Wein auf. Meese. Man kann schon ein bisschen neidisch werden. Es muss unglaublich Spaß machen, diesen ganzen Schwachsinn zu verzapfen und dafür auch noch von allen gelobt zu werden, Galeristen, Sammler, Journalisten, alle kommen sie, machen den Bückling, schleimen sich ein. Auch Schlingensief hatte ich immer darum beneidet: Alles einfach mal auskotzen, was einem durch den Kopf geht! Halbausgegorene Gedanken, unverstandene Textfragmente, Vorurteile, Gefühle, Ängste, Traumsequenzen, alles eins zu eins auf der Bühne oder im Atelier umsetzen, unterstützt von dienstbaren Schauspielern, Assistenten, Fotografen etc. Die dritte Flasche Wein angebrochen. Andererseits: Wenn alles erlaubt ist, wenn alles, was man tut, sofort zur Kunst erklärt wird, wenn jede Provokation sofort vom Markt verdaut wird – ist es dann nicht schrecklich langweilig, immer so weiterzumachen? Meese und Schlingensief, waren sie nicht irgendwann in ihrer Karriere traurige, einsame Clowns geworden, Schauspieler ihrer selbst, innerlich abgestorben?

Ich beneide sie doch nicht mehr.

3. Juni
Donnerstag

Mittags mit Kopfschmerzen in meinem alten Bett erwacht. *Heiligs Blechle*. Ich blicke mich im Zimmer um. Ein Meese-Mausoleum als Schlafzimmer – war wohl doch keine so gute Idee. Trotzdem beschließe ich: Ab heute wohne ich wieder in meinem alten Jugendzimmer, inmitten dieser bizarren Rauminstallation.

4. Juni
Freitag

Mein Sohn Ben. Nächste Woche wird er vierzehn Jahre alt. Ben wird mich übers Wochenende besuchen. Nach endloser Streiterei mit Anwälten und allerlei Sorgerechtsfinessen sieht die *gütliche* Einigung mit Sabine vor, dass mich Ben ab jetzt zweimal im Monat für ein Wochenende besuchen darf. Ich konnte geltend machen, dass mein Atelier als „kreatives Umfeld" Ben „altersadäquate und pädagogisch wertvolle Impulse" vermitteln könne. Um 17.30 Uhr erscheint Sabines Porsche Cayenne vor dem Haus. Ich habe einiges an Material vorbereitet, um ein gemeinsames Action painting fabrizieren zu können, gemeinsame Aktivität, das schafft Nähe und entspannt die Situation! Doch Ben zeigt kein Interesse an künstlerischer Betätigung, stundenlang ist er vertieft in kriegerisches PC-Spiel. Zaghafter Vorschlag meinerseits, morgen Vormittag in die Staatsgalerie zu fahren, anschließend könnten wir ja noch Pommes essen. Antwort: „Kunst? Das ist doch irgendwie schwul."

5. Juni
Samstag

Mit Ben auf den Flohmarkt ins Industriegebiet Hulb gefahren, der große Platz vor dem Real-Markt ist brechend voll. Die Sonne brennt brutal. Ich gebe einen aus, unter der Bedingung, dass alles nur einen Euro kosten darf: Comics, Sonnenbrille, diverse Scherzartikel, darunter realistisch aussehende falsche Kotze aus Plastik, alles für Ben. Mir selbst gönne ich ein strenges Brillengestell à la Thomas Hirschhorn. Erstaunliche Wirkung! Man kommt sich gleich wesentlich scharfsinniger und smarter vor. Ich werde mir Fensterglas einsetzen lassen, und immer so herumlaufen (ich weiß, dass es andere auch so machen).

Abends sitzen wir im Garten, ich habe mir eine ordentliche Karaffe Campari-O gemixt, Ben kriegt Kirschbananensaft. Campari-O und KiBa, irgendwie voll 1980er-mäßig, meine Geschmacksnerven sind auf diesem Trip hängengeblieben. Soll ich das jetzt peinlich finden? Ach was, dazu würde jetzt Bananarama passen, Cruel Summer, mir steht aber eher der Sinn nach Killing Joke: „Eighties – I'm living in the eighties / Eighties – I have to push, I have to struggle / Eighties – get out of my way, I'm not for sale no more …"

Nachts zweiter Selbstporträtversuch. Die Leinwand noch immer weiß, ein einschüchterndes, lähmendes Weiß. Schlaflos. Bin ich ein guter Maler? Jeder, der malt, hat irgendwann die Erfahrung gemacht, niemals an Rembrandt oder Caravaggio heranzukommen. Da hilft auch Beuys' frommer Wunsch, dass jeder Mensch ein Künstler ist, nicht weiter. Als Folge dieser narzisstischen Kränkung entwickelt sich die Absicht, wenn schon nicht die besten, dann wenigstens die schlechtesten Bilder der Kunstgeschichte malen zu wollen. Malen gegen jede Regel. Kleckern, patschen, schmieren, grelle Farbdissonanzen, offensichtliche Kompositionsfehler, falsche Proportionen und Perspektiven. Ein großer Spaß. Vor allem, wenn dann auch noch Sammler diese Erzeugnisse für gutes Geld kaufen! Außerdem ist es doch heute so, dass die Provokateure der 1980er Jahre zu honorigen Akademieprofessoren und Museumskünstlern geworden sind, Rückkopplungseffekt des Dilettantismus, der nunmehr akademische Weihen bekommen hat. Büttner als honoriger Professor, Baselitz als Kunstmarkt-Altstar, Butzer als gefeiertes Malerjungtalent: Bad Painting als neuer Mainstream, als neue Salonmalerei.

„Am Anfang war's schon komisch, weil ich meinen Vater ja lange nicht gesehen hatte, und dann gleich ein ganzes Wochenende bei ihm verbringen …
Und dieser ganze Kunstkram, das war auch irgendwie nichts für mich, malen und so, das war doch was für Mädchen, in der Schule habe ich im Kunstunterricht jedenfalls immer nur gepennt. Und wirklich geändert hat sich darum nichts. Aber egal. Später haben wir auf jeden Fall noch ein paar coole Sachen gemacht. Ronny ist schon o.k."

Ben Riechert, August 2012

6. Juni
Sonntag

Dritter Selbstporträtversuch, abgebrochen. Die Idee, abseits des Bad Painting jedes Selbstporträt als Hommage an einen anderen Künstler zu malen, mit jeweils typischen Stilanleihen und Attributen, überzeugt mich nach wie vor, doch ich bin technisch zu limitiert. Nahezu zwangsläufig entstehen Karikaturen, wie damals beim Stuttgarter Fälscher Konrad Kujau, der, abgesehen von seinen legendären Hitlertagebüchern, auch fleißig malte und in einer oberflächlichen Weise Werke quer durch die Kunstgeschichte adaptierte, aber am Ende sahen seine Monets, van Goghs, Renoirs alle gleich aus.

Ich muss mich ablenken, brauche Bewegung. Das Schönste an Böblingen sind doch die Straßen. O.k., die beiden Seen im Zentrum, die Wandelhalle im Stadtgarten, die Stadtkirche St. Dionysius, die Aussichtsplattform des Wasserturms, alles ganz nett – aber an die Infrastruktur kommt einfach nichts ran. Herrlich, wie schnell man in alle Richtungen aus der

Stadt herauskommt: über die Stuttgarterstraße zur Auffahrt Böblingen-Ost, über die Herrenberger und Tübingerstraße nach Süden zur B464, und wie eng sich die A81 ans Stadtgebiet anschmiegt, nur ein paar Meter sind's von der Altstadt bis zur Anschlussstelle Böblingen-Sindelfingen, Böblingens Tor zur Welt! Ich setze mich in meinen zwölf Jahre alten Toyota Corolla. Leben im Autoland, oder besser: Leben im Daimlerland. Alles, was wir hier haben, verdanken wir dem Automobil. Die Landschaft, die Städte, die Menschen, alles dient dem benzinbetriebenen Mammon. Fahre meine Lieblingsrunde: die Hanns-Martin-Schleyer-Straße am Werk Sindelfingen vorbei zur B464, dann nordwärts Richtung Leonberg bis zur A8. Auf der Autobahn wieder Richtung Süden bis zum Stuttgarter Kreuz, von dort auf der A81 zurück.

„Die Malerei, sie ist vorbei." Asger Jorn

7. Juni
Montag

Vierter Selbstporträtversuch, wieder erfolglos. „Malerei ist Selbstentdeckung. Jeder gute Maler malt, was er ist", sagte Jackson Pollock. Doch was bin ich?

Um 3.15 Uhr erwacht, kann nicht wieder einschlafen. Ich stehe auf, wühle wieder in meiner Vergangenheit, in alten Kisten und Ordnern. Staubige Bücher, LPs, Fotos. Eintauchen in die 1980er Jahre, sich verlieren in Rückblenden, Anekdoten, Gedankensplittern. Ich finde ein Konzertticket, Hüsker Dü, Zeche Bochum, 9. Juni 1987, suche die dazu passende LP Warehouse: Songs and Stories und lege sie auf den Plattenteller. Sofort ist da die Erinnerung an Tanja. Wir stehen etwa in der achten, neunten Reihe vor der Bühne. Could you be the one? Es ist laut, Tanja möchte mir etwas sagen, ich spüre ihre Lippen an meiner Ohrmuschel, sie schmiegt sich geradezu an mich. Ich hätte sie einfach umarmen können. Verpasste Gelegenheiten. Manche verfolgen einen das ganze Leben lang. Lächerlich – [...] [Text ist ausgestrichen]

8. Juni
Dienstag

Fünfter Selbstporträtversuch, abgebrochen. Es hat keinen Sinn, noch länger auf die leere Leinwand zu starren. Ich nehme ein Buch zur Hand, Anleitung zum Unglücklichsein von Paul Watzlawick. „Wir streben nach dem Unerreichbaren und verhindern so die Verwirklichung des Möglichen."

Danach nächtliche Grübelei: Wann sind Künstler glücklich? Sind erfolglose Künstler unglücklich? Sind glückliche Künstler langweilig? Ich setze mich in meinen Corolla. Fahre meine Lieblingsrunde, bei Nacht, so zwischen zwei und vier ist es am besten.

9. Juni
Mittwoch

Selbstporträt à la Baselitz. Befreiungsschlag. Habe heute innerhalb von dreißig Minuten mit breitem Pinselstrich, schmutzigen, pastosen Farben und ausholender Gestik mein erstes Selbstporträt gemalt und das Endergebnis mit triumphalem Schwung auf den Kopf gestellt.

Endlich kann ich schlafen.

„Man kann gute Bilder schaffen, ohne die Harmoniegesetze zu befolgen oder Kolorist zu sein. Es genügt, künstlerischen Sinn zu besitzen." Paul Cezanne

10. Juni
Donnerstag, Stuttgart

Singletreff in der Staatsgalerie, Motto: „Zusammen Kunst betrachten und miteinander ins Gespräch kommen." Neben acht Damen mittleren Alters bin ich der einzige Mann. Die quirlige junge Museumspädagogin hat Werke zur Betrachtung ausgesucht, die auf irgendeine Weise mit Liebe, Geschlechterfragen und dem weiblichen Blick auf das männliche Modell und umgekehrt zu tun haben. Sie teilt uns in Paare ein, wir bekommen, wie bei einer Ralley, Aufgaben, sollen bestimmte Kunstwerke in der Sammlung finden, bestimmte Fragen beantworten. Eva, eine zierliche Mittsechzigerin aus Plochingen, hat das große Los gezogen: Mich. Sie ist auf eine rührende Weise nervös, mit zitternden Händen notiert sie unsere Antworten auf Zettel. Wir bleiben vor Jackie II von Warhol stehen. Jackie Kennedy verlässt die Trauerfeierlichkeiten im Weißen Haus. „Vanitas", schreiben wir auf unsere Zettel und sind so klug wie zuvor. Danach geht's in die Cafeteria. Die Damen verabschieden sich nach und nach, ich bleibe noch ein wenig länger sitzen mit einer Lady, deren Haut von endlosen Sonnenbädern gegerbt wurde. Wir trinken Rotwein. Mit rauchiger Stimme verrät mir Claudia ihr Flirtgeheimnis: „Ich lerne im Museum immer Männer kennen. Ich folge ihnen einfach durch die Räume und stelle mich dann genau vor das Bild, das sie sich gerade ansehen, genau in ihre Blickachse. Dann nehme ich mit entschuldigendem Lächeln Blickkontakt auf: ‚Oh, steh ich im Weg? Tut mir aber leid!' Oder ich wedle demonstrativ hilflos mit dem Übersichtsplan herum, und wenn der Herr dann noch nicht anbeißt, frage ich ihn direkt nach dem Weg zu einem bestimmten Werk." Claudias todsichere Masche. Sie funktioniert offensichtlich nur in der Theorie. Sonst würde sie hier nicht sitzen und mir das alles erzählen.

„Sind alle Frauen innerlich einsam?“ Ernst Ludwig Kirchner

11. Juni
Freitag, Sindelfingen

Eröffnung eines neuen Museums in Sindelfingen. Direkt neben dem Daimler-Werk hat ein Kühlschrankfabrikant einen containerartigen Bau errichten lassen. Das Sammlerehepaar hat in den letzten dreißig Jahren eine der größten privaten Kollektionen in Deutschland aufgebaut. Tout Böblingen & tout Sindelfingen ist auf der Vernissage. Schon von weitem höre ich ein wieherndes, irres Lachen. Ich weiß schon, wer das ist. Manche Zeitgenossen haben ein schrilles, dröhnendes oder dreckiges Lachen als persönliches Markenzeichen, als stets wiedererkennbaren Signalton kultiviert. In diesem Fall handelt es sich um einen (völlig erfolglosen) Künstlerkollegen, der sich Caligula nennt. Er ist offenbar in Jugendzeiten einmal auf einem LSD-Trip hängengeblieben, ich kenne ihn schon aus der Schule, Max-Planck-Gymnasium, Abi-Jahrgang 1983, aus der Raucherecke, wo sich die Coolen trafen (die Uncoolen liefen mit Aktenkoffern herum, schauten andauernd wichtigtuerisch auf ihre Quarzuhren und hefteten sich F.D.P.-Buttons an). Caligula hat kurzes, in die Stirn gekämmtes Haar wie ein römischer Senator, diverse Amulette hängen um seinen Hals, gelegentlich trägt er auch eine Toga. Caligula ist überall, auf jeder Vernissage trifft man ihn, er geht völlig auf in seiner Rolle als Künstlerdarsteller (möglicherweise ist er auch gar nicht irre, sondern filmt heimlich die entgeisterten Gesichter der Vernissagegäste. Irgendwann stellt sich heraus, alles sei Konzeptkunst gewesen, und dann kommt die Riesen-Retrospektive in der Nationalgalerie). Man wird Caligula nur los, wenn man schallend mit ihm lacht, eine Art

Ritual. Zum Glück hat er gerade jemand anderen am Wickel: Ältere Herrschaften, die ihn nicht kennen und dementsprechend verstört aus der Wäsche gucken.

Von einer ruhigen Ecke aus beobachte ich Künstlerkollegen beim Smalltalk: Die einen lassen schlaff die Arme hinunterhängen, die anderen fesseln sich selbst durch eng am Körper verschränkte Arme. Das wirkt ängstlich und bockig zugleich. Wieder andere kommen wurschtig daher, mit beiden Händen in den Hosentaschen, machen auf lässig, tatsächlich würden sie für Geld alles tun. Beflissen netzwerken und dabei cool-desinteressiert wirken – das ist ihre Masche. Im schärfsten Gegensatz dazu der Kühlschrankfabrikant: Geht aufrecht, lässt die Arme seitwärts locker schwingen, und am Revers baumelt das ihm am Tag zuvor verliehene Verdienstkreuz am Bande. Sein erhobener und etwas zurückgeworfener Kopf signalisiert Entschlossenheit und Tatkraft. Die Haltung des Sammlers, dieses „Was kostet die Welt", man muss sie kopieren! Man sollte durch eine Ausstellung gehen wie der Duce anno 1938 durch die Biennale von Venedig! Gleich mal ausprobieren (zusammen mit meiner herrischen Hirschhorn-Brille, die ich jetzt aus der Jackentasche ziehe). Es wirkt! Ich komme mit einer aparten Dame ins Gespräch. Sie stamme ursprünglich aus Pinneberg, sei der Liebe wegen nach Schwaben gekommen, schon vor über dreißig Jahren. Bald verrät sie mir ihren Vornamen und gesteht ihre Neigung zum Kunstsammeln („Schwerpunkt Papierarbeiten"). Ganz offensichtlich langweilt sie sich, der Mann mit 65-Stunden-Woche, die Kinder aus dem Haus. Es gelingt mir, Monika zum Lachen zu bringen, wobei alles an ihr zu wackeln beginnt (wie ein Berg Gelee, der leichten seismischen Erschütterungen ausgesetzt wird). Nach ihrem Urlaub wollen wir uns verabreden.

18. Juni
Freitag

Freibad Silberweg. Wie jedes Jahr im Böblinger Sommer: The place to be. Ich gehöre zu der Handvoll von Stammgästen mit Saisonkarte (76 Euro), den megabraunen Rentnern, den Möchtegern-Pimps, den Ledermumien undefinierbaren Alters, Frühpensionierten und arbeitslosen Dauerurlaubern, die immer da sind. Man kennt sich, nickt sich zu, eine eingeschworene Gemeinschaft, die stets am Platz ist, von Anfang Mai an, und die durchhält bis zum letzten Tag der Saison. Absolutes Highlight ist hier die Carsten-Höller-mäßige 75-Meter-Rutsche. *Viersche, hendersche, nonder, nuff* – macht besonders Spaß, wenn man gerade einen durchgezogen hat. Mein Stammplatz aber sind die Whirl-Liegen im Erlebnisbecken, das konstant auf 26 Grad geheizt ist! Rutschen und Liegen im Wechsel – Ambient Art unlimited.

19. Juni
Samstag

Im Freibad. *Herrgeddle,* schon morgens 28 Grad! Was wird das für ein fetter Sommer werden! Sinniere bei einem kühlen Pils darüber, wie ich auf Frauen wirke. Zunächst mein biologischer Vorteil: Wer wie ich groß ist und sich einigermaßen in Form hält, hat immer einen Schlag bei Frauen. Viele suchen einen, zu dem sie aufschauen können, der breite Schultern bietet. Wenn man dann noch einen guten Tag hat, kann alles wie von selbst laufen. Die Jammertour liegt mir nicht, dann bleibe ich lieber ganz zu Hause. (Vittorio hat die Einsame-Cowboy-Nummer hingegen perfektioniert. Er spielt den traurigen, unverstandenen Mann, der sich in Sehnsucht nach einer Seelenverwandten verzehrt. Wenn er dann noch seinen italienischen Akzent aktiviert, wirkt er auf manche Ladys unwiderstehlich.) Ich halte mich lieber an meine goldenen Flirtregeln. Nr. 1: Erotik funktioniert nur im Zusammenhang mit Geheimnissen, Ahnungen, Vermutungen. Man wirkt nur dann geheimnisvoll, wenn man in geringen Dosen etwas von sich preisgibt. Flirtregel Nr. 2: Vertrauen schaffen, indem man scheinbar intime Dinge mit gespielter Befangenheit *beichtet* und im Gegenzug echte Geheimnisse offenbart bekommt. Nun heißt es interessiert dreinblicken, ausdauernd zuhören, nachdenkliches Interesse zeigen. Flirtregel Nr. 3: Ideal bei Vernissagen. Zusammen andere beobachten, über sie lachen. Lästergemeinschaften schaffen Vertrautheit.

Meine erfolgreichste Masche besteht jedoch darin, Bescheidenheit zu inszenieren. Erfolge, Preise und Bildung nur in winzigen Dosen und äußerst dezent durchscheinen zu lassen. Karriere, Stipendien, Geld – das alles interessiere mich nicht; der Kunstmarkt – da stehe ich drüber. Mir gehe es um innere Werte, um eine ausgeglichene Work-Life-Balance, um Lebensqualität etc. gebe ich meinem Gegenüber zu verstehen. Das gespielte Understatement soll den Eindruck erwecken, dahinter befänden sich noch unendlich viele Beispiele weiterer Erfolge und Fähigkeiten, zumindest aber ein riesiges Potential. Man könnte ja jederzeit, wenn man wollte. Das ist die wahre Kunst: Hochstapeln durch simuliertes Tiefstapeln.

22. Juni
Dienstag

Im Freibad. Rutschen und Liegen, Whirlpool und Weizenbier im stetigen Wechsel, die Wiederkehr des immer Gleichen. Philosophische Lektüre beim Bier. Habe online Peter Sloterdijks *Ästhetischen Imperativ* für 49 Cent erworben. Eine abgestoßene, handliche Hardcoverausgabe. Der Karlsruher

Akademiedirektor gehört meines Erachtens zu den wenigen Philosophen (neben Nietzsche natürlich), die wirklich was über Kunst zu sagen haben.

24. Juni
Donnerstag

Selbstporträt à la Vincent van Gogh begonnen. „Rosa-graues Gesicht mit grünen Augen, aschfarbenes Haar, Runzeln auf der Stirn und um den Mund, hölzern-steif, ein sehr roter Bart, ziemlich wirr und trübselig ... du wirst sagen, das erinnere etwas an das Gesicht, ja des Todes." So schrieb er im Brief an seine Schwester über sein berühmtes Selbstporträt als Künstler. Ich benutze wie Vincent leuchtende Komplementärfarben, eine impressionistische Farbpalette, der grimmige Ausdruck konterkariert die fröhlichen Farben.

1. Juli
Donnerstag

Verabredet zum Bummel durch die Staatsgalerie. Ich warte auf Monika in der Rotunde. Mörderische Hitze. Da kommt sie, in ihrem großblütengemusterten Sommerkleid wie eine animierte Niki-de-Saint-Phalle-Skulptur inmitten dieser verunglückten Museumsarchitektur. Sie sieht großartig aus, scheint gegen die Hitze immun zu sein. Gemeinsamer Gang durch die menschenleere Galerie. Wir reden vordergründig über Kunst, eigentlich aber über uns selbst. Thema Lieblingsbilder. Ergriffen bleibt sie vor Rothkos O.T. aus dem Jahr 1962 stehen: In diesem Gemälde glaube sie wahrzunehmen, wie sich die Farbfelder geradezu plastisch ausdehnten, wobei sie vor dem dunklen Grund gleichsam schwebten! Diese Schwerelosigkeit! Und das seltsame innere Licht, das aus dem Bild herausscheine! Ich zeige mich eher an schärferen

Konturen interessiert, und führe Monika zu Modiglianis Liegendem Frauenakt auf weißem Kissen, den wir eine Weile schweigend betrachten. Leider könne sie nicht lange bleiben, müsse zum Aqua-Fitness-Kurs, der gleich beginne. Noch immer glaubt sie übrigens, ich sei auch Sammler, ich habe es nicht geschafft, ihr die Wahrheit zu beichten. Siehe Flirtregel Nr. 1: Die Balance zwischen Geheimnis und Offenbarung wahren!

6. Juli
Dienstag

Selbstporträt à la Beckmann begonnen. Habe mir dafür eigens einen Frack geliehen. Den Betrachter frontal anblickend, selbstbewusst bis in die Haarspitzen, mit Fliege und weißer Hemdenbrust. (Weit mehr sprechen mich allerdings seine monumentalen Frauen an, die Aktbilder und Porträts seiner Frau Quappi. Er arbeitet mit einem einfachen Trick: Er verkleinert den Kopf, verschiebt die Relation zwischen Kopf und Körper, macht auf diese Weise Riesinnen aus ihnen.)

12. Juli
Montag, Ostfildern-Ruit

Monika hat mich eingeladen, ihre Sammlung zu besichtigen. Eigentlich ist ihr Mann der Sammler, denn er hat ja alles bezahlt, und sie nur die Kuratorin. Ostfildern-Ruit, Ecke Dahlienweg/Im Flieder, ein stattliches Einfamilienhaus, gebaut in den späten 1970er Jahren. Schöne Lage am Südhang. Hollywoodschaukel. Steingarten. „Dr. W. & M. Bressler" steht auf dem Klingelschild, im Haus scheint alles ruhig. Monika öffnet, im weißen Leinenkleid, wirkt etwas befangen, was durchaus Charme hat (oder ist es gar eine Masche von ihr, eine geschickt gespielte mädchenhafte Verlegenheit?).

Treppenhaus, Flur, Wohnzimmer, selbst der Garten: überall Bilder, Graphiken und jede Menge Kleinplastik, hauptsächlich von regionalen Künstlern, dazu kommt ein bisschen niederpreisige Graphik der klassischen Moderne (ein wenig wahllos und zusammengewürfelt wirkt alles, wie so oft bei Privatsammlungen, die doch von Gelegenheitskäufen, emotionalen Altlasten, Erinnerungs- und Erbstücken geprägt werden). So wie die unzähligen Blumensträuße, Pralinenschachteln, Schuhe, Schmuckstücke finanzierte Wolfgang auch klaglos all die Kunstwerke, die Monika als Trostpflaster dienten für ihre Einsamkeit während seiner langen Geschäftsreisen, für die dunkle Ahnung seiner Affären, die nagende Eifersucht. Eines der Aquarelle aber fällt mir besonders auf, dies, erklärt Monika, sei eine Arbeit von Sabine Riechert, einer Künstlerin ganz hier aus der Nähe. Ich verschweige, dass es sich hierbei um meine Exfrau handelt. Weiter geht's. Und diese Keramik hier habe sie bei der Kleinplastik-Triennale Fellbach erstanden, erklärt sie mir, im Esszimmer warte aber noch ein echtes Highlight, ein Nolde-Aquarell, das habe ihr Wolfgang zum Fünfzigsten geschenkt. Durch die offene Tür des Schlafzimmers sehe ich eine großformatige Aktzeichnung. Monika fordert mich auf, näher zu treten. Eine kurvige Schönheit in den Dünen, signiert von Bruno Bruni. „Ja", seufzt sie, „das war im Sommer 1976 auf Sylt, da war ich noch Studentin." Es stellt sich heraus, dass wir beide an der gleichen Hochschule waren, sie allerdings Jahre vor mir. Bei Franz Erhard Walter und Bazon Brock habe sie studiert.

[Anm. Christian Saehrendt: Auf meine Anfrage, ob sie bereit wäre, für dieses Buch ein Statement über Ronald abzugeben, da sie ja häufig in seinen Tagebüchern erwähnt wurde, habe ich folgendes Schreiben von Monika Bressler erhalten:]

„Sehr geehrter Herr Dr. Saehrendt,
mit großer Verwunderung habe ich Ihr Schreiben mit den Kopien von Ronald Läpplingers Tagebuch zur Kenntnis genommen. Dazu möchte ich feststellen: Gemeinsam mit meinem Mann Wolfgang baue ich seit gut zehn Jahren eine Sammlung zeitgenössischer Kunst auf, wobei wir uns vor allem der Förderung junger Künstler aus der Region verschrieben haben. In diesem Zusammenhang wurde mir auch Ronald Läpplinger persönlich vorgestellt, dessen Arbeiten aber leider nicht mit dem Profil unser Kollektion vereinbar waren. Eine darüber hinausgehende Beziehung zwischen uns hat es nie gegeben – so wie sie Herr Läpplinger in seinen Aufzeichnungen darstellt, entspringt diese Affäre zu hundert Prozent seiner Phantasie.
Mit freundlichen Grüßen"

Monika Bressler, Ostfildern-Ruit, 28. November 2012

17. Juli
Samstag

Ben ist wieder da. Die Begegnung mit Sabine ist dabei auf null reduziert. Seit einiger Zeit hat sie, wenn sie Ben bringt oder abholt, die Angewohnheit, ihren Wagen nicht mehr zu verlassen, auch sonst keine Handzeichen, Hupsignale oder sonst was zu geben. Nicht mal ihr Gesicht kann ich hinter den getönten Scheiben des Cayenne erkennen. Ist es überhaupt noch Sabine, die da am Steuer sitzt?

19. Juli
Montag

Weiteres Selbstporträt begonnen. Diesmal schwebt mir ein Ganzkörperbild vor, in antiker Pose, in heroischer Nacktheit. Blick in den Spiegel: Ich sehe eine große, eher hagere Gestalt. Unschön und unheroisch: Tendenz zum Rundrücken und der Ansatz einer Fettschürze in der Körpermitte. Ich beschließe, auf dem Bild lieber doch eine Unterhose zu tragen, am besten eine weiße Picasso-Riesenunterhose in Doppelripp, die ich mir allerdings nicht, wie es weiland Kippenberger tat, bis unter die Achseln hochziehen werde.

„Ein Bild, das nicht schockiert, ist nichts wert." Marcel Duchamp

5. August
Donnerstag

Ein glutheißer Nachmittag, bereite mir gerade eine frische Karaffe Campari-O zu, da klingelt es an der Tür: Mirjana. Kerzengrade steht meine Schwägerin vor mir. Ihr lachsoranger Blazer oder ihr prüfender Blick, ich weiß nicht, was mir heftiger in die Augen sticht: Wo denn die Miete für Juni, Juli und August bleibe? Außerdem hätte ich ja ne ganz schöne Fahne! Sie hat mich kalt erwischt, ich suche hastig ein paar Scheine zusammen und verspreche, den Rest zu überweisen. „Nee, lass sein", sagt sie, sie käme ab jetzt immer Anfang des Monats vorbei und kassiere in bar, und außerdem – sie lässt ihren Blick schweifen – müsse ja hier ab und zu jemand nach dem Rechten sehen, seit *d' Muddr* nicht mehr da sei. Mirjana wirft die Tür mit Schwung hinter sich zu. Ich stehe noch einen Augenblick belämmert im Hausflur herum, schlurfe schließlich ins Wohnzimmer, um mich kraftlos auf die Couch fallen zu lassen. Jetzt erst mal einen Campari-O […]

[unleserliche Passage]

„Ende Mai musste meine Schwiegermutter ausziehen – es ging einfach nicht mehr so weiter, Johanna war dermaßen vergesslich geworden, dass eine selbständige Haushaltsführung zu gefährlich wurde, und Ronny? Der war eher noch eine zusätzliche Belastung für sie. Wir hatten eigentlich alle gehofft, dass er sie unterstützen würde, als er vor zehn Jahren wieder zu Hause einzog, aber nichts dergleichen, selbst zum Rasenmähen war er zu faul. Und Johanna ließ es sich bis zuletzt nicht nehmen, für ihn dreimal am Tag (!) was Warmes zu kochen, einmal setzte sie dabei um ein Haar die ganze Küche in Brand, und Ronny, der merkte nichts, weil er wohl wieder bedröhnt im Bett lag und alternative Rockmusik hörte.
Die Jungs haben sich darauf geeinigt, dass Ronny allein im Haus wohnen bleiben kann, den Hausmeister mimt und die Gartenarbeit übernimmt und dafür sechshundert Euro Miete zahlt. Seinen Pflichten ist er nie nachgekommen. Stattdessen kam er mit dem wahnsinnigen Plan an, das ganze Haus nach und nach in eine begehbare Skulptur zu verwandeln, er hatte da wohl einen Künstler vor Augen, der was Ähnliches mit seinem ererbten Haus angestellt hatte, und das ruinierte Gebäude dann totes Haus oder so ähnlich nannte.
Matthias und Bernd haben ihm sofort klargemacht: No way! Er hat's dann bald eingesehen,

aber so richtig trauten sie ihm nicht, deshalb sollte ich regelmäßig auf dem Nachhauseweg bei ihm vorbeifahren, die Miete kassieren und mich umschauen, ob er nicht doch irgendwie abdreht und anfängt, irgendetwas umzubauen (Bernd meinte, Frauen seien für solche schwierigen Aufgaben am besten geeignet, weil sie diplomatischer seien und ihr Auftritt deeskalierend wirke)."

Mirjana Läpplinger, September 2012

7. August
Samstag, Stuttgart

Ben zu Besuch. Wir fahren ins Porsche-Museum nach Zuffenhausen, eine Pilgerstätte für jeden Möchtegernrennfahrer, Raser und Rabauken. Wenn das nichts für Jungs ist, weiß ich auch nicht weiter. Ben reagiert höflich interessiert, als ich ihn für den Workshop Young Porsche Explorers in der Museumswerkstatt anmelde. Eineinhalb Stunden später treten wir die Rückfahrt an. Schweigen. „Wie war's?", frage ich ihn nach zwanzig Minuten. „Ging so", ist die knappe Antwort, „wir haben Holzspielzeug bemalt und sind Bobby-Car gefahren."

9. August
Montag

Leben im Autoland. Wer schon nicht für Daimler oder Porsche arbeitet, hat wenigstens die unausgesprochene Verpflichtung, einen zu fahren. Ich kenne niemanden, der das nicht tut. Ich bin das schwarze Schaf in der Familie, einen Toyota zu fahren, das ist hier schon Punk.

Deshalb heute Selbstporträt im Cabrio begonnen. Es zeigt mich im 911er Carrera S Cabriolet, mit Gelfrisur und

Porsche-Sonnenbrille, inmitten unserer herrlichen schwäbischen Landschaft, die von sanften Hügeln, Hochspannungsmasten, Werkhallen, Tankstellen und Autobahnzubringern geprägt wird. Ich als Böblinger Jeff Koons, mit allen Insignien des ökonomischen Erfolgs.

10. August
Dienstag, Bad Cannstatt

Khalil heißt jetzt nicht mehr Latif, er nennt sich Alberto – zumindest wenn Gäste in der Nähe sind. Und er hat sich eindeutig verbessert. Von Latif's Falafel-Palace im Leonard-Viertel zur Pizzeria Diavola im Cannstatter Carré, einem Einkaufscenter in der Daimlerstraße. Er begrüßt mich gekonnt mit „Ciao, Ronny, va bene?" und begleitet mich ins Hinterzimmer. Alles rein geschäftlich, klärt er mich auf, in seinem Herzen bleibe er für immer Marokkaner und natürlich Muslim, aber Italienisch ziehe eben besser, die Deutschen könnten die Südländer eh nicht auseinanderhalten, und echte Italiener kämen so gut wie nie hierher. Wir kommen zur Sache: Anbieten könne er mir zum Vorzugspreis, speziell für mich, seinen alten Freund, eine Kostbarkeit namens Zero Zero, reines Haschisch aus dem Harzdrüsenpulver der feinsten ersten Siebung. Seine Wirkung sei intensiv belebend. Das goldbraune hocharomatische Pulver lasse sich auch ungepresst gut rauchen, sei aber wegen der Schwierigkeit, es zu schmuggeln, nur sehr selten im Handel und deshalb teuer. Außerdem habe er, als Treuebonus für ausgewählte Kunden wie mich, Chocolata im Angebot, grünschwarzes, von Hand verarbeitetes und nicht nachgepresstes Haschisch, das noch vor der eigentlichen Ernte von den auf dem Feld stehenden Pflanzen gewonnen wird. In den Handel komme dieses Leckerli nur in kleinen Mengen von maximal zwanzig bis fünfzig Gramm – ein delikates und wirkstoffreiches *Guten-Abend-Dope.* Leider ist es im Cannstatter Carré nicht möglich, eine Kostprobe zu rauchen, dafür serviert Alberto eine weitere Spezialität des Hauses: Antipasti mit Haschischöl. Wir kommen ins Plaudern, zumal im Restaurant nicht viel los ist. Die Antipasti wirken, Rania, Khalils zweite Frau, serviert Pfefferminztee. Er hat sie erst vor acht Wochen geheiratet, eine füllige Cousine aus Kenitra, und dann subito nach Stuttgart geholt. Rania stellt einen Teller mit Gebäck auf den Tisch und lächelt mich an.

Als sie weg ist, kommen wir irgendwie auf Elke zu sprechen, Khalils Exfrau. Ob ich wüsste, fragt er mich, dass sie immer noch seinen Namen, Al-Mansour, trage? Sie hänge eben immer noch an ihm, er sei der wichtigste Mann in ihrem Leben gewesen. Mir fällt ein, dass sie zuletzt im Lütze-Museum in der Kunstvermittlung gearbeitet hatte, Malkurse für Kinder, Führungen für Senioren etc. Ich sollte sie mal anrufen.

[Anm. Christian Saehrendt: Auf meine Anfrage, ob er bereit wäre, für dieses Buch ein Statement über Ronald abzugeben, da er ja häufig in seinen Tagebüchern erwähnt wurde, habe ich folgendes Schreiben im Auftrag von Khalil Al-Mansour erhalten:]

„Sehr geehrter Herr Dr. Sährend [sic!],
im Namen meines Mandanten Khalil Al-Mansour teile ich Ihnen auf Ihr Schreiben vom 16. Oktober 2012 mit, dass Herr Al-Mansour keinerlei illegale Geschäftsbeziehungen zu Ronald Läpplinger unterhalten hat. Herr Läpplinger ist meinem Mandanten lediglich als Gast in

seinem Gastronomiebetrieb bekannt. Herr Al-Mansour ist seit Jahren als seriöser Geschäftsmann in Stuttgart tätig. Die Passagen in Herrn Läpplingers Tagebuch, die eine Verwicklung meines Mandanten in Drogengeschäfte andeuten, entspringen vollkommen der Phantasie dieses Autors. Mein Mandant behält sich weitere Schritte vor, um gegen diese Rufschädigung vorzugehen.
Hochachtungsvoll"

Dr. jur. Matthias Dolder, Bad Cannstatt, 19. Oktober 2012

12. August
Donnerstag, Sindelfingen

Ich habe mich mit Elke im Lütze-Museum verabredet, bin aber ein bisschen zu früh da. Elke führt eine Gruppe von Senioren durch die Sammlung, ich beobachte sie aus der Distanz: Inmitten der grauen, beigen und fahlgelben Blousons steht Elke, in einen blauen Sari gehüllt. Ihre Dreadlocks hat sie unter einem Turban versteckt, der indischgelb und azurblau leuchtet. Eine einsame, bunte, exotische Blume in farbloser Umgebung. Wir treffen uns im Museumscafé. Seit drei Jahren haben wir uns nicht mehr gesehen. Ich bemühe mich, charmant zu sein, offenbar freut sie sich über das Wiedersehen, doch unverkennbar stimmt etwas nicht mit ihr. Sie wirkt bleich und aufgeschwemmt, teigiger Teint, unguter Atem. Der Kontrast zum munteren Outfit könnte nicht schärfer sein. Ob sie wohl Psychopharmaka nimmt, frage ich mich im Stillen. Ja, seufzt sie, und ihr Blick schweift ins Unendliche, sie sei eine Weile in Indien gewesen, danach auf Bali, dann auf Jamaika, habe Abstand gebraucht von allem, nach der Trennung von Khalil sei sie „in ein schwarzes Loch gefallen".

Wir wechseln vom Museumscafé in die Weinstube.

17. August
Dienstag, Sindelfingen

Im Lütze-Museum, Treffen mit der Museumsleiterin und ihrer Volontärin. Frau Dr. Henrike von Münchberg erklärt mir, die von ihr sehr geschätzte Künstlerin und Mitarbeiterin Elke Al-Mansour habe sich derart nachdrücklich für mich eingesetzt, und sie persönlich fände mein Projekt ja auch „sehr spannend", so dass sie sich spontan zu einer Ausstellung durchgerungen habe. Ich reagiere hocherfreut. Elke hat ganze Arbeit geleistet. Das Lütze-Museum, die Galerie der Stadt Sindelfingen, ist eine gute Adresse für meine Selbstporträtserie. Sicher nicht Championsleague, dafür solide ausfinanzierte Regionalliga. In einem knappen Jahr soll es so weit sein.

„Man kann jahrelang in völliger Isolation arbeiten, aber irgendwann kommt dann ein Moment, in dem man das Bedürfnis hat, seine Arbeit der Welt zu zeigen, nicht so sehr, um deren Urteil einzuholen, sondern um sich der Existenz dieser Arbeit und seiner selbst zu vergewissern." Michel Houellebecq

21. August
Samstag

Mit Elke im Freibad. Ich möchte mich galant für ihr Engagement revanchieren, spendiere Eis, Pommes und ein ordentliches Piece. Mit ihrem quietschbunten Sari fällt Elke auf der Liegewiese mächtig auf, wenigstens hat sie ihren Turban nicht angelegt. Nachdem ich vorgeschlagen habe, die Whirl-Liegen aufzusuchen, lässt sie die Hüllen fallen. Himmel, wie kann ein Mensch nur so bleich sein, *mei Mädle,* wir haben August! White lard Elke. Sie nimmt mein formales Angebot, ihr den Rücken einzucremen, ausgiebig in Anspruch, mir liegt allerdings eher daran, den Körperkontakt zu minimieren beziehungsweise auf eine sehr sachliche Ebene zu beschränken. Am Abend verabschieden wir uns, beide recht bedröhnt, Elke zudem etwas verstimmt, sie hatte sich wohl mehr erwartet. Sorry und *Guts Nächtle*.

„Ich war erst geschockt, als ich die Tagebucheinträge über mich las. Das sollte ich sein? Zugedröhnt, aufgedunsen und psychomäßig voll durch den Wind? Ich war sauer – aber: Ronny hatte recht. Ich war damals ziemlich daneben, hab mich mit irgendwelchen Illusionen selbst belogen, leider hat mir das damals keiner so deutlich gesagt, auch Ronny war zu höflich (...) Ich kenne Ronny schon lange – wir haben uns ausgerechnet in New York kennengelernt, er aus Böblingen, ich aus Leonberg! Und waren dann kurzzeitig ein Paar, bevor ich mich in Khalil verliebte (auf einem Festival arabischer Musik, wo ich mit meinem Bauchtanzensemble auftrat). Nach meiner Scheidung von Khalil habe ich auch Ronny aus den Augen verloren (während sich Khalil und Ronny merkwürdigerweise anfreundeten). Als ich von seinem Selbstporträtprojekt hörte, habe ich mich spontan bei meinem Arbeitgeber, dem Lütze-Museum, dafür starkgemacht. Tja, ein bisschen bitter war es schon, dass dann auf seinem Selbstbildnis mit Muse eine andere Frau zu sehen war, zumal sie noch viel dichter als ich gewesen zu sein scheint."

Elke Al-Mansour, September 2012

26. August
Donnerstag, Stuttgart

Mit Monika zum Kaffee im Teehaus Weißenburgpark. Zauberhafte Morgenstimmung, gute Fernsicht. Wir gestehen uns gegenseitig peinliche Erlebnisse, die wir im Zusammenhang mit Kunst hatten. Nichts schafft so sehr Nähe wie die Offenbarung von Blamagen, über die man (mit gehörigem Zeitabstand) herzlich lachen kann.

Frauen ab fünfzig haben häufig die Neigung zu versauern. Ihre hängenden Mundwinkel zeigen an: Mein Leben lang war ich für andere da, für meinen Mann, meine Kinder, meine kranke Mutter, meinen Chef, meine Freundinnen, und nun, wo bleibt der Dank? Alle sind weg, keiner beachtet mich mehr. Die späte Rache an ihrer Umwelt besteht dann darin, bis zum Lebensende sauer zu sein (ein wesentlicher Grund für die weit geringere Lebenserwartung von Männern: Sie werden von ihren Frauen langsam und qualvoll zu Tode genörgelt). Manche Frauen schlagen den Weg in die entgegengesetzte Richtung ein: Sie sind plötzlich übertrieben froh geworden, ihre Welt ist so forciert bunt und glücklich, dass es einen ganz krank macht. Monika ist anders. Sie ist einfach cool.

Anschließend gehen wir in den Württembergischen Kunstverein (in dem ich ja auch Mitglied bin). Gezeigt werden Werke von rund dreißig aktuellen wie ehemaligen Solitude-Stipendiaten, die zwischen den 1990er Jahren und heute entstanden sind. Monika und ich sind uns einig: In der zeitgenössischen Kunst gibt es einen nie dagewesenen Pluralismus der Formen und Inhalte. Die Kunstgeschichte dient als unendlicher Fundus immer neuer Zitatkombinationen, Zitatkaskaden, Parodien und Kollagen. Ein Eklektizismus wie vor hundert Jahren. Alle nur denkbaren Arten von Abstraktion neben Figuration und Konzeptkunst, überall spricht man von der Renaissance der Performance, parallel werden monumentale Plastiken errichtet, während Antikunst-Techniken wie Müllinstallationen, Assemblagen und Decollagen florieren. Es werden Miniaturen gemalt und gigantische Formate, und schließlich das weite Feld der Videokunst, vom Clip bis zum Kunstfilm. Es muss unglaublich schwer sein, heute Kunst zu studieren. Territorien des In/humanen heißt die Schau im Kunstverein. Wir blicken umher, lesen: „Die Dichotomien zwischen Human und Inhuman, Subjekt und Objekt, Norm und Abweichung, Schuld und Unschuld werden dabei ebenso kritisch befragt wie die offenen und verdeckten Formen der Gewalt im Kampf um die Platzierungen innerhalb einer sich verschiebenden Weltordnung." Ich überspiele meine Ratlosigkeit mit dem Bonmot: „Ein Kunstwerk muss für mich ein Rätsel sein. Es muss mich in eine Position eines Nichtwissenden versetzen, anderenfalls werde ich durch mein eigenes Verstehen gelangweilt." (Das habe ich der Schriftstellerin Siri Hustvedt entliehen, halte meine Quelle aber geheim). Monika nickt beeindruckt. Wir betreten einen abgedunkelten Raum, bleiben vor dem Monitor stehen. Schauplatz dieser Videoarbeit ist ein Schimpansengehege der Stuttgarter Wilhelma, in das die Künstler verschiedene Protestschilder mit Parolen wie „Wir wollen wirkliche Wahlmöglichkeiten" oder „Aufstand ist Arbeit" platzierten. Die Affen nehmen die Schilder in die Hand, spielen damit, halten sie in die Kamera, kauen darauf herum oder zerreißen sie. Ich umarme Monika von hinten, sie wirkt wenig überrascht, als hätte sie es längst erwartet, es folgt ein intensiver Kuss. Paradoxe Szene: Ein junges Paar, Studenten oder Schüler, betritt zögerlich den Raum, betont sachlich reden sie mit gedämpften Stimmen über Kunst und Neoliberalismus, während wir wie Teenies im Kino knutschen und uns betatschen. Age ain't nothin' but a number.

28. August
Samstag

Ein calcitweißer Roadster SKL 350 hält vor dem Haus. Baujahr 2008, 3,5 l-Sechszylinder, 305 PS, versenkbares Hardtop. Monika ist da. Weder die enorme Hitze noch der Weg von Ostfildern über die um diese Zeit sehr stauanfällige A8 haben sie abhalten können. Jetzt möchte sie meine Sammlung sehen. Gehüllt in ein kanarienvogelgelbes Sommerkleid und in eine blumige Parfümwolke steht sie erwartungsvoll in der Tür, ich heiße sie mit einem Glas Campari-O willkommen im Künstlerhaus Achalmstraße und nehme sie mit auf den Rundgang. Überrascht nimmt sie zur Kenntnis, dass meine Sammlung nur Werke eines einzigen Künstlers umfasst. Ich sammle nur mich selbst, erkläre ich ihr frei von der Leber weg, sei selbst mein bester Kunde und Hoflieferant in Personalunion! Das sollte witzig sein, doch mein spitzbübischer Charme verpufft wirkungslos. Augenblicklich wirkt Monika verhaltener und distanzierter. Verzweifelt versuche ich sie aufzuheitern, erzähle was vom „ironischen Gesamtenvironment des Hauses", von meiner Inneneinrichtung als „komplexem Gefüge aus Zeichen und Symbolsystemen", schwärme vom Haus Achalmstraße als „zeitgenössischer Re-Inszenierung einer im Szeemannschen Sinne individuellen Mythologie". Doch mein Bluff hat Monikas Laune irreparabel beschädigt, sie fühlt sich offenbar veralbert, schließlich verabschiedet sie sich fast schon hastig, ohne die Papierarbeiten gesehen zu haben, wegen derer sie doch hauptsächlich gekommen war, verweist scheinheilig auf ihren Aqua-Fitness-Kurs, der gleich beginne.

3. September
Freitag, Bad Cannstatt

Großes Versöhnungsessen beim *Italiener* in der Pizzeria

Diavola (bekomme von Khalil bei solchen Gelegenheiten einen „speziellen Spezialpreis“). Monika fühlte sich belogen und getäuscht, fürchtete, ich hätte mich als Künstler allein aus finanziellen Gründen an sie herangemacht, um ihr irgendetwas anzudrehen, sie habe sehr schlechte Erfahrungen mit Künstlern gemacht, sei ausgenutzt, bei einer früheren Affäre am Ende sogar auf demütigende Weise erpresst worden. Rania rollt lautlos heran, serviert das Dessert, Eis und Kekse. Nie wieder, teilt mir Monika mit, während sie in einen köstlichen Schokokeks beißt, nie wieder, habe sie sich damals geschworen, werde sie als Sammlerin mit einem Künstler etwas anfangen. Langes Schweigen. Nur die Dessertlöffeln klappern. Ich ergreife ihre Hand, sie zieht sie nicht weg.

Wir fahren zu mir. Monika erklimmt die steile Treppe ins Dachgeschoss, ein wenig außer Atem betritt sie meine Jugendzimmerinstallation à la Meese, blickt ratlos umher, dreht sich zu mir um, sagt: „Mir ist irgendwie so komisch, ich glaube, ich muss mich setzen“ Sie wankt bedenklich. Holy shit, sie ist stoned! Rania muss die Kekse verwechselt haben, Monika hat ohne Warnung eine volle Dröhnung erwischt! Ich umarme sie von hinten, schiebe sie sanft Richtung Bett, wir sinken auf die Bettdecke mit dem ausgebleichten VfB-Emblem nieder, das Möbelstück ächzt in allen Fugen. Wir lieben uns zu den Klängen von Bang Bang Machine, aber das muss sie nicht wissen. Ich steige die Treppen hinunter und mache Kaffee.

Monika. Sie hat eine gewisse Ähnlichkeit mit Meryl Streep, ist aber, vorsichtig formuliert, doppelt so breit. Umso besser. Lieber viel Meryl Streep als wenig.

5. September
Sonntag

Ich plane ein Selbstporträt mit Muse oder Selbstporträt mit Modell. Mir schwebt ein Atelierbild vor: Meine Wenigkeit an der Staffelei im Vordergrund, im Hintergrund ein Akt auf dem Sofa: Monika. Sie lehnt zwar ab, fühlt sich aber zweifellos geschmeichelt. Ich versuche sie umzustimmen, doch sie möchte auf keinen Fall wie Lucian Freuds Big Sue oder als pneumatische Puppe à la Botero in die Kunstgeschichte eingehen. „Du bist schön" – diese Botschaft will sie hören, und zwar nicht nur einmal. Und es ist nicht mal gelogen: Tatsächlich kommt sie mit ihrer Größe von gut 1,80 m und ihren ausladenden Volumina meinem Ideal der Monumentalen Frau schon sehr nahe. In Bronze gegossen oder in Granit gehauen, könnte sie Plätze und hauptstädtische Prachtstraßen beherrschen (und würde dann in dreitausend Jahren als Schwäbische Fruchtbarkeitsgöttin oder Venus von Ostfildern-Ruit ausgegraben und bestaunt).

8. September
Mittwoch

Zärtliches Intermezzo am Nachmittag. (Zuvor hatte ich vorsorglich das Bett unauffällig mit Bücherstapeln untermauert, um einen lächerlichen Crash zu vermeiden, der jede Romantik zerstört hätte.) Und: Ich hab's doch geschafft, Monika füllt als Modell die ganze Wohnzimmercouch aus – phänomenal! Ihr Blick richtet sich direkt auf den Betrachter, wie bei Manets Olympia, Hüften und Brust sind mit weißen und roten Tüchern, das war unser Kompromiss, drapiert. Spiele mit dem Gedanken eines Selbstbildnisses als Liebender (ein Doppelporträt in inniger Umklammerung, wie einst Jeff Koons und Cicciolina), wage aber nicht, Monika diesen Vorschlag zu unterbreiten, bevor dieses hier nicht abgeschlossen ist.

25. September
Samstag, Stuttgart

Mit Ben im Stadion. Da ihm Kunst zu schwul ist, und Autos ihm nichts bedeuten, probiere ich es mal mit Fußball. Erst zum Volksfest auf die Cannstatter Wasen, dann ins Stadion gleich nebenan. Leider Dauerregen und wenig Stimmung, denn wo man sonst auf die Cannstatter Kurve blickt, klafft nun wegen Bauarbeiten ein großes Loch im Rund des Stadions. Bayer Leverkusen kommt zunächst besser in die Partie und hat die erste Torchance. Folgerichtig dann die Führung und nur Minuten später das 0:2. Und es kommt noch schlimmer: Camoranesi säbelt nach einer halben Stunde den durchgebrochenen Barnetta an der Strafraumgrenze um: Rot und einen Freistoß für die mittlerweile drückend überlegenen Leverkusener, den der VfB-Keeper noch entschärfen kann. Am Ende heißt es 1:4, und wir laufen durchnässt zum Parkplatz zurück. Vielleicht die schlimmste Hinrunde des VfB, seit ich mich erinnern kann, doch gerade so was ist charakterbildend! Während der Rückfahrt hole ich aus zu einer pädagogischen Lektion für Ben: Ein echter Supporter zu sein, das bedeute, dem Team auch in die Tiefen zu folgen, in den Tabellenkeller, gegebenenfalls in die zweite, ja, gar die dritte Liga oder noch tiefer. Echter Fan sein bedeute, notfalls Spott und Häme mannhaft (KSC! Kickers!) zu ertragen, Underdog zu sein, bis es wieder aufwärtsgehe, und selbst wenn das zweihundert Jahre dauere. Schönwetterfans, Politiker und der VIP-Logen-Prosecco-Pöbel, die alle nur bei Erfolgsteams mitjubeln wollen oder bei Erfolgsserien im Stadion auftauchen, das seien Charakterlumpen, das sei der echte Abschaum. *Hasch me?*

1. Oktober
Freitag

Mirjana, die Miete ist schon wieder fällig. Die Miete, die ich meinen Brüdern für unser Elternhaus zahle, ist o.k., immerhin bewohne ich das ganze Haus allein, aber unangenehm und fast schon etwas herabsetzend ist, dass Matthias seine Frau vorschickt, um mich zu kontrollieren. Irgendwie zwanghaft. Aber so war er schon immer. Es interessiert mich, warum Mirjana freiwillig diesen Job übernommen hat, am liebsten würde ich sie in ein Gespräch darüber verwickeln. Ich frage sie, ob sie einen Kaffee möchte. Einen kurzen Moment hält sie inne, schüttelt den Kopf: „Danke, heute hab ich's eilig, vielleicht beim nächsten Mal."

„Wie lange kenne ich Ronny schon? Ich weiß noch, wie mich Matthias zum ersten Mal auf eine seiner Vernissagen schleppte, dazu fuhren wir extra nach Hamburg. Diese ausgeflippten Künstlertypen und Studenten, spleenige alte Tanten, alles oberschlaue Kunstversteher, so was war ich nicht im mindesten gewohnt, in der Ausbildung musste ja alles immer superkorrekt sein, und zu Hause und im Freundeskreis war Kunst kein Thema – ich kam ja praktisch vom Dorf, aus Berghausen, das ist im Pfinztal, meine Eltern hatten dort 28 Jahre lang den Dubrovnik-Grill. Ich hatte keine Ahnung von Kunst, von Natur aus aber eine große Klappe, und als Matthias uns dann vorstellte, glaubte ich, ich müsste unbedingt was Witziges und Intelligentes über die Ausstellung sagen, das ging aber total in die Hose, ich könnte heute noch rot werden, wenn ich an die Szene denke, ich weiß gar nicht mehr genau, was ich gesagt hatte – so was wie ‚Da gibt's ja gar nichts zu sehen', glaube ich, aber dass es extrem peinlich war, habe ich bis heute nicht vergessen. Ronny lachte am lautesten, was mir doppelt unangenehm war, weil ich ihn auf den ersten Blick cool fand und beeindrucken wollte. Er war so anders als die spießigen Banktypen und die klemmigen Brüder meiner Freundinnen. Trotz der Blamage hat er mich zu seiner nächsten Ausstellung eingeladen. Ich bin dann sogar noch einmal, ohne dass Matthias es wusste, nach Hamburg gefahren, um Ronny zu besuchen, bin bei einer seiner Vernissagen aufgetaucht, eine gammlige Galerie an der Sternschanze, direkt am Schlachthof, da stand ich plötzlich vor ihm, und er? Hat mich erst auf den zweiten Blick wiedererkannt, war wohl bekifft und hatte eine blondierte Punker-Braut im Arm. ‚Ach, du bist's, Miri, was machst'n hier in Hamburg, brennen die Cevapcici zu Hause nicht an? Haha, nimm dir was zu trinken!' Er drehte mir feist den Rücken zu und nuckelte den ganzen Abend abwechselnd an seinen Becksbier-Pullen oder an der Tusse herum. Er hat mich übelst abblitzen lassen, die ganze elendig lange Rückfahrt nachts im Ford Fiesta hab ich nur geheult."

Mirjana Läpplinger, Oktober 2012

4. Oktober
Montag

Selbstbildnis mit Muse. Modellsitzung, Monika auf der Wohnzimmercouch. Milde Herbstsonne dringt durch die Vorhänge, taucht den Raum in cognacfarbenes Licht.

Es klingt so unendlich abgedroschen, nach einer klischeehaften Maler-Modell-Romanze, doch es ist wahr: Meine Muse macht mich an. Ich lege Pinsel und Palette zur Seite, beginne Monika anzufassen, es folgt ein langer Kuss (die Sitzung muss unterbrochen werden).

5. Oktober
Dienstag

Parallel Selbstbildnis als Liebender begonnen. Brutal banal als Halbakt mit Ständer oder als romantisches Porträt mit verträumten Blick? Ich entscheide mich für Letzteres. Was aber nicht so einfach ist. Der Unterschied zwischen verträumtem und dümmlichem Ausdruck ist recht gering. Dann also doch Variante eins.

6. Oktober
Mittwoch

Als reifer Künstler müsse man „nicht mehr so militant auftreten, nicht mehr so viel wollen“ – lese ich, ein Zitat von Gerhard Richter. Das sehe ich ganz genauso. Will heute endlich die Arbeit am Selbstbildnis als Zweifelnder weiterführen, die ich vor Wochen unterbrochen habe. Ich möchte dabei einen intelligenten Fragesteller und keinen Verzweifelten abbilden. Stilfrage: Schonungsloser Realismus à la Otto Dix oder doch lieber was farbenfrohes Expressives, sagen wir, Pechstein oder Schmidt-Rottluff? Prüfender Blick in den Spiegel, zum hundertsten Mal. Was sehen wir heute? Eine durchaus stattliche Gestalt von 1,85 m Größe, der Blick etwas stechend, die braungrünen Augen von Lachfalten umspielt, das schulterlange Haar im Mittelscheitel, Ansatz eines Kinnbartes. Eine gewisse Ähnlichkeit mit Jeff Bridges in The Big Lebowski ist nicht ganz abwegig [...] [Text endet hier, da der untere Teil der Seite abgerissen wurde]

7. Oktober
Donnerstag

Selbstbildnis als Zweifelnder. Ich sehe aus wie Rasputin, gemalt von Ernst Ludwig Kirchner. Die Haare blau, der Teint grün mit roten Flächen im Komplementärkontrast. Es ist unerträglich.

„Der Malprozess ist eine Entwicklung hin zur Klarheit, hin zur Beseitigung aller Hindernisse zwischen Maler und Idee und zwischen Idee und Betrachter." Mark Rothko

8. Oktober
Freitag

Um halb zwei nachts Notoperation am offenen Bild. Selbstbildnis als Zweifelnder im Stil von Arnulf Rainer vollendet.

9. Oktober
Samstag, Stuttgart

Ben. [...] [unleserliche Passage] abends auf den Hohen Bobser, fahren mit dem Lift in 36 Sekunden hoch auf die Aussichtsplattform des Fernsehturms, genießen wortlos den phantastischen Rundblick auf die Lichter der Stadt und ihrer Vororte.

Selbstporträt à la Baselitz, Öl auf Leinwand, 150 × 160 cm

Selbstporträt à la Beckmann, Öl auf Leinwand, 160 × 195 cm

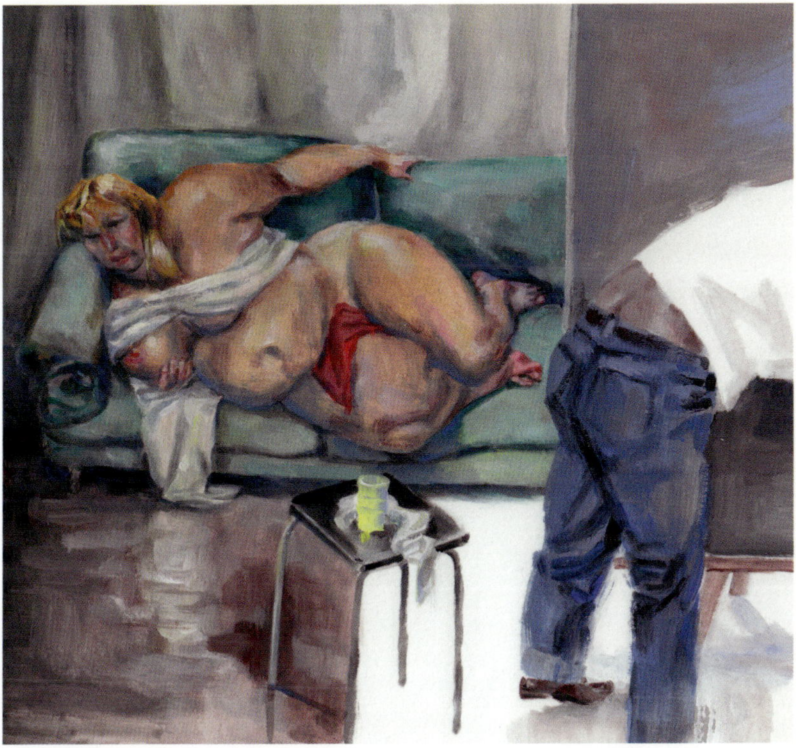

Selbstbildnis mit Muse, Öl auf Leinwand, 180 × 170 cm

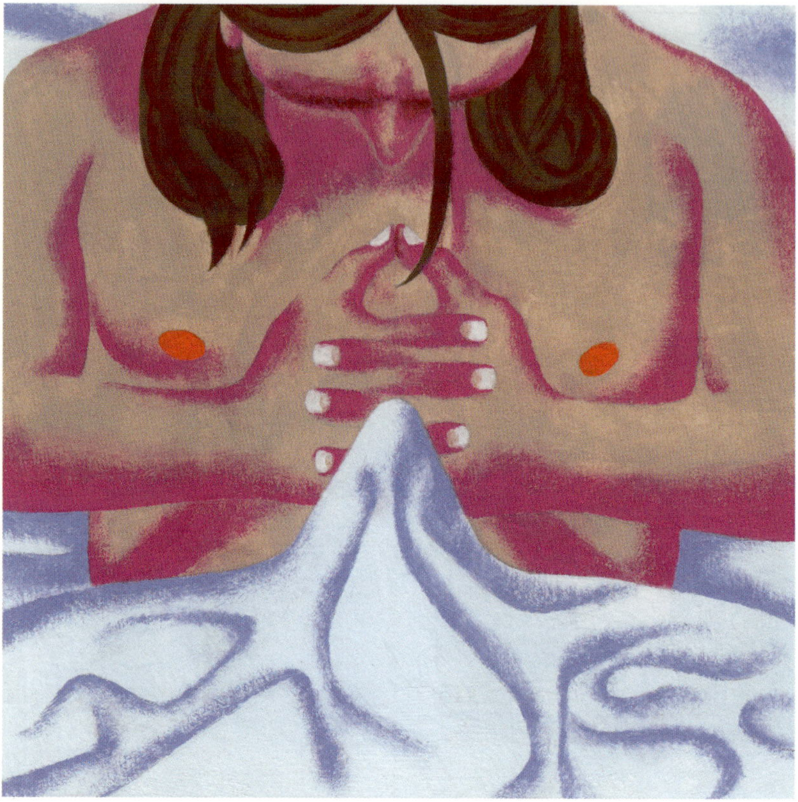

Selbstbildnis als Liebender, Öl auf Leinwand, 120 × 120 cm

11. Oktober
Montag

Selbstbildnis mit Muse heute fertiggestellt. Unmittelbar danach lange, ermüdende Diskussion mit Monika. Frauenporträts haben den Nachteil, dass die Dargestellten so gut wie nie zufrieden sind. So schmeichelhaft das Anliegen des Künstlers zunächst auch empfunden werden mag, so gerne sich die Damen im Atelier in Pose werfen, so enttäuscht, ja entsetzt sind sie meistens, wenn sie das Ergebnis sehen. Was, das soll ich sein? Bin ich wirklich so alt, so dick? Ist meine Nase so lang? Sind meine Mundwinkel so streng, meine Augen so klein? Es ist immer die gleiche Litanei. Und jetzt auch Monika. Ich bin sicher, dass noch nie in der Kunstgeschichte eine 280-Pfund-Lady derart elegant in Szene gesetzt wurde. Meine Muse ist meilenweit von Freuds Schinkenbergen, Boteros Michelinweibchen und Rubens gequollenen Wasserleichen entfernt. Und trotzdem: Monika verlangt Straffungen am Kinn und an den Oberarmen, die ja „wie Chickenwings aussehen“, Zitat Ende! Ich kann ihre Kritik nicht nachvollziehen, komme ihren Wünschen aber nach, schließlich möchte ich nicht das ganze Projekt gefährden.

12. Oktober
Dienstag

Herrlich mildes Herbstwetter, Cabriozeit. Monika holt mich in ihrem Roadster ab, wir fahren zur Kleinplastik-Triennale nach Fellbach. Der SLK liegt ein wenig schief auf der Straße, Monika füllt den Innenraum auf der Fahrerseite komplett aus (der Wagen wirkt wie ein passgenaues Kleidungsstück für sie, wie eine Hose mit Rädern). Händchenhaltend flanieren wir durch die Schau in der Alten Kelter. Monika notiert sich fortwährend etwas. Ich bin weniger beeindruckt von dem, was ich sehe: Mumifizierte Ratten, allerlei Pappbasteleien wie Karten- und Puppenhäuser. Hätte ich auch gekonnt. Behalte diese Ansicht aber für mich.

Anschließend Essen bei Khalil, der es sich nicht nehmen lässt, mit Monika *italienermäßig* zu flirten (was ich nicht ohne Stolz zur Kenntnis nehme). Und nur zu gerne würde er mal eine Spritztour mit dem Roadster machen, was Madame aber ablehnt. Monika geht zur Toilette, Khalil, wie in Trance, kann seinen Blick nicht von ihrem Hintern lösen. Schließlich dreht er sich seufzend zu mir um: „Ronny, du Glückspilz. Mamma mia. Was für eine Frau, was für ein Auto!"

13. Oktober
Mittwoch, Fellbach

Von Zeit zu Zeit muss ein Preis oder ein Stipendium her – das gehört zu jeder Künstlervita. Inzwischen bin ich aber über die Bewerber-Altersgrenze, die bei den meisten Stipendien und Förderpreisen gesetzt wurde, deutlich hinweg. Doch jetzt lese ich: „Der Maria-Ensle-Preis geht an erfahrene Künstlerinnen und Künstler, deren Werk bis zu diesem Zeitpunkt nicht die ihm zustehende Ehrung und Aufmerksamkeit erhalten hat. Mit dem Preis sollen das bisherige Werk gewürdigt und die weitere Arbeit unterstützt werden. Der Beirat der Kunststiftung Baden-Württemberg hat beschlossen, den Preis alle zwei Jahre alternierend an Komponisten, bildende Künstler und Literaten zu verleihen, vorgeschlagen von einem Kurator der jeweiligen Sparte." Da ist der Haken: keine „Selbstbewerbung" möglich, sondern nur über einen Kurator.

15. Oktober
Freitag

Ich bin nicht neidisch auf Vittorio. Er ist ein echter Global

Player geworden. Dabei hat auch er mal ganz klein angefangen. Als ich ihn kennenlernte, war er gerade aus Plochingen nach Stuttgart gezogen, gehörte bald zum Kreis derjenigen, die ehrfuchtsvoll meinen Überraschungsperformances im öffentlichen Raum beiwohnten, gierig nach Ideen und Inspirationen suchend. Ich sehe ihn noch als Studenten in der Kunstakademie vor mir, als Stipendiaten im engen Kämmerlein auf Schloss Solitude hocken, oder im Kunsthaus Göppingen persönlich seine Ausstellung aufbauen. Jetzt hat er Assistenten für so was und kommt weit herum: Biennalen in Istanbul und São Paulo, Messepräsenz in London und Zürich. Vier namhafte Galeristen vertreten ihn mittlerweile. Ein Mäzen finanziert ihm die Hilfskräfte. Auch ich bin einer seiner Assistenten geworden, Vittorio hat mich pro forma angestellt, ein Freundschaftsdienst, machen muss ich aber in der Regel nichts, nur eben dabei sein, ihn gegebenenfalls inspirieren. Kein schlechter Job. Allerdings komme ich manchmal in die Verlegenheit zu erklären, ob ich selbst Künstler sei, und falls ja, in welchen Medien ich arbeite (die meisten Künstlerassistenten sind Künstler oder Exkünstler). Aber gut, umsonst ist der Tod. Ich freue mich trotzdem auf die Frieze und fliege gerne mit Vittorio nach London.

„Der Kunstbetrieb ist ein System der Eifersüchte." Peter Sloterdijk

„Merkwürdig ist, dass Ronald über seine Londoner und seine New Yorker Zeit nie sprach. Damals kannten wir uns ja noch nicht, und ich weiß bis heute nicht, was Ronny in London und New York überhaupt gemacht hat und wie lange er dort gewesen ist. Aber von Hamburg nach London, in eine richtige Weltstadt zu gehen, und von dort sogar noch weiter nach New York, wer will das nicht? Doch London oder Manhattan ohne Geld – das muss wohl die Hölle sein. Wer keinen guten Job oder ein funktionierendes Beziehungsnetz hat, lebt dann bestenfalls in einem weit entfernten, langweiligen Vorort in einem überteuerten Loch und kriegt vom Kulturleben kaum was mit. So ähnlich muss es ihm ergangen sein, aber das Qualitätslabel ‚lebt und arbeitet in London und New York' konnte er sich dann aufpappen – und hat ihm vielleicht sogar anschließend das Landesstipendium Baden-Württemberg eingebracht. Unter uns gesagt, bin ich mir bis heute nicht sicher, ob er die New-York-Episode nicht einfach erfunden hat. Vielleicht war alles nur ein Fake? Dazu würde auch seine penetrante Masche passen, ständig ‚coole' Anglizismen zu benutzen."

Vittorio Bernasconi, September 2012

16. Oktober
Samstag, London

Die Frieze. Meine Lieblingsmesse, wundervoll gelegen im Regent's Park – wenn man den Messekoller kriegt, kann man jederzeit ins Grüne und frische Luft schnappen. Der Kassenbereich ist dieses Jahr in grellste Bonbonfarben gekleidet, und das sieht aus wie ein Telefonanbietershop. Dann betritt man ein unglaublich volles Zelt, zumal die Parallelmesse Zoo dieses Jahr ausfiel. Alle Zoo-Hipster drängeln sich jetzt ebenfalls hier. Auch Größen von gestern wie Claudia Schiffer sind in der Menge. Wer Stil hat, ignoriert Prominente, nur Proleten und Easy-Jet-Touristen holen ihre Telefone heraus und halten dreist drauf. Und davon gibt es hier mehr, als ich dachte. An den Wänden überwiegend Kunstmarktkonfektionsware, dafür fasziniert der Blick auf den Boden umso mehr: Durch dicke Glasscheiben sieht man eine Art Pompeji mit ausgegrabenen Grundmauern, Gerippen und antiken Münzen unter seinen Füßen.

In einer Koje läuft ein Video von Christian Jankowski. Wir waren einmal Kommilitonen, an der Hamburger Hochschule für bildende Künste, Anfängerklasse Freie Kunst, Wintersemester 1991/92. Jankowski, ein blonder, stets ungeheuer gutgelaunter Jüngling aus Göttingen. Einmal erschien er in einem weißen Dinnerjacket in der Klasse, erklärte fröhlich, das herrenlose Kleidungsstück habe er letzte Nacht auf dem Kiez gefunden und gleich angezogen. Übersehen hatte er dabei: Auf dem Rücken prangte ein Fleck angetrockneten Spermas.

17. Oktober
Sonntag, London

Besuche die National Portrait Gallery, anschließend die National Gallery. In Ersterer ist nicht die Qualität des Porträts maßgeblich, sondern der Ruhm des Porträtierten, in Letzterer ist es umgekehrt. Schließe mich der ehrfurchtsvollen Betrachtergruppe vor Jan van Eycks Arnolfini-Hochzeit an.

Später starken Eindruck von Rembrandts Selbstporträt. Die Insolvenz im Herbst seines Lebens, als sein Stil aus der Mode gekommen war: Ist es bewundernswerte Konsequenz gewesen, eine Verteidigung von Künstlerehre und Autonomie, oder war es nur Altersstarrsinn? Er produzierte lieber auf Vorrat für den Markt, als sich von einflussreichen Gönnern gängeln zu lassen. Ein Paradox: Er suchte die Freiheit auf dem Kunstmarkt.

In der Turbinenhalle der Tate Modern Ai Weiweis Sunflower Seeds. Der ganze Boden ist bedeckt mit 100 Millionen künstlichen Sonnenblumenkernen. Jeder in Originalgröße, handkolorierte Keramiken. Weiwei hat dafür 1600 Handwerker in China angestellt. Man darf über die Fläche laufen, die Besucher setzen und legen sich darauf, wie am Strand. Die Kerne knirschen bei jeden Schritt und werden unter den Schuhen langsam zermahlen. Unbemerkt stecke ich mir eine Handvoll in die Hosentasche. Souvenir oder Wertanlage? Man weiß nie.

19. Oktober
Dienstag

Diskussion mit Monika um das Musenbild. Sie verlangt weitere Straffungen am Kinn und an den Wangen, die ich umgehend vornehme. Sie wird damit Sharon Stone immer ähnlicher, die Sache geht entschieden in die falsche Richtung, denke ich mir, wage aber keine Widerworte.

23. Oktober
Samstag

Pilz-Zeit! Fahre mit Uwe nach Totenbachmühle, um unsere geheimen Psylo-Jagdgründe abzusammeln. Er holt mich in seinem Familienkombi ab, ein E 350 CDI T-4matic mit 3,0l-V6-Motor, Comand-APS-Navigationssystem, Adaptive Brake, Direct-Control-Fahrwerk und Attention Assist. Verbrauch außerorts nur 5,6 l Diesel! Und: von null auf hundert in 6,7 Sekunden, nicht schlecht für eine Familienkutsche, oder? Aber woher hat er das Geld? Am Abend, bei mir im Wohnzimmer, sichten und trocknen wir die Ernte.

19.30 Uhr. Eine Handvoll nehmen wir schon jetzt (mit Frischkäse und Brot, pur schmecken sie ja etwas eigenartig).

Vor allem Uwe bedarf wieder einmal einer umfassenden Aufmunterung: Wie so oft klagt er, einerseits kreativ unterfordert zu sein (er ist ja immerhin Absolvent der Stuttgarter Akademie der bildenden Künste), andererseits habe ihn der Arbeitsstress „an den Rand des Burn-outs“ gebracht. Dabei hat er doch einen Superjob: Kurator im Deutschen Fleischerei Museum Böblingen, dem Einzigen seiner Art in ganz Deutschland. Uwes Hauptaufgabe besteht in der Wartung und Präsentation einer originalgetreuen Wurstküche von Anno 1900, vor allem aber in der Pflege historischer Wurststopfapparate. Weiterhin hat Uwe Kostbarkeiten wie Zunftladen, reich verschnörkelte Meister-, Gesellenbriefe, prächtige Zunftpokale zusammen mit fadenscheinigen Zunftfahnen und alten Stubenzeichen in ansprechender Weise zu präsentieren. Uwes Leidenschaft gilt aber einer (seit Jahren im Planungsstadium befindlichen beziehungsweise noch von der Direktion zu genehmigenden) künstlerischen Begleitausstellung Sausage contemporary – Die Wurst im Spiegel der zeitgenössischen Kunst. Insgeheim hofft er wohl auch, seine eigenen künstlerischen Produkte bei dieser Gelegenheit im musealen Raum zeigen zu können (er macht gigantische Papiercollagen, für die er die Abbildungen von Fleischstücken aus den Werbeblättern der Supermärkte ausschneidet). Weil sein Projekt Sausage contemporary nun seit Jahren nicht weiterkommt, lässt er manchmal etwas den Kopf hängen. Doch eine Stunde später sind seine deprimierten Anwandlungen wie weggeblasen. Wir diskutieren angeregt und konstruktiv, wie man der bislang wenig kunstaffinen Zielgruppe des Museums (Fleischereifachverkäuferinnen, Metzger-Azubis, Landfrauenverein, Mitgliederversammlung Fleischer-Innung Stuttgart-Neckar-Fils) die zeitgenössische Kunst näherbringen könnte. „Gute Kunst muss provozieren, gute

Kunst ist politisch!", doziere ich und fordere vehement, man brauche kontroverse „Thesenausstellungen" im Fleischereimuseum, die die Besucher aufrüttelten und polarisierten, dann werde auch die Presse anbeißen; zum Beispiel „Die Gammelfleischlüge", „Wehret den Anfängen – auch Hitler war ein Vegetarier," „Schwein oder Mensch – es kann nur einen Sieger geben" etc. Uwe ist begeistert, notiert sich manisch irgendwas auf Zettel, fährt fort: Hands-on-Exponate für die Besucher müssten her, interaktive Geschichten wie Mitgebrachtes durch den historischen Fleischwolf drehen etc., von Künstlern gestaltete Wohlfühlzonen à la Ambient Art, und am Ende, am Ausgang, für jeden Museumsbesucher eine zusammengerollte Scheibe Mortadella auf die Hand! Euphorie, Crazyness, unzähmbarer Lachdrang, lebhaftester Ideenfluss, ein tiefgehendes Verständnis der Dinge – wir sind auf einem geistigen Höhenflug.

23.00 Uhr. Leider, leider, und das liegt in der Natur der Psylos begründet, befindet sich unsere Stimmung nun im Sinkflug, ein Grounding erscheint unausweichlich. Bedenken gegen unser Projekt ziehen wie dunkle Wolken auf, pessimistische Prognosen für die Zukunft des Deutschen Fleischerei Museums im Speziellen und der deutschen Wurst im Allgemeinen greifen Platz. Uwe hat inzwischen den Kopf in die Hände gestützt, macht sich Vorwürfe wegen irgendwas. Die Wirkung der Psylos lässt sich mit Kontobewegungen vergleichen: Man hat ein gewisses Quantum an Lachern auf der Habenseite, ist dies aufgebraucht, muss man überziehen und die Zinsen mit anhaltender Grabesstimmung bezahlen.

„Was mir an Ronny immer imponiert hat, das war seine Konsequenz und seine Autonomie. Er lebte im Elternhaus in der Achalmstraße wie auf einer Insel. Er entwickelte Konzepte und Ideen und setzte sie dann um, er ging dabei keine Kompromisse ein. Im Gegensatz zu mir, ich bin verheiratet, arbeite Vollzeit in einem Regionalmuseum, und bin nebenbei, das muss ich mit einer gewissen Bitterkeit sagen, Hobbykünstler. Ich hab mich vom Alltag einspinnen lassen, bin als Künstler gescheitert. Ronny ist den entgegengesetzten Weg gegangen. Dafür habe ich ihn immer bewundert."

Uwe Voigt, September 2012

24. Oktober
Sonntag, Sindelfingen

Ausstellungseröffnung des Projekts Werkstatt in der Galerie der Stadt Sindelfingen. Teile der Daimler-Werk Kunst Sammlung werden hier präsentiert. Ich muss hin, um Renate Wiehager zu treffen, eine Kuratorin, die ich flüchtig noch von damals kenne, als ich ein Stipendium der Stadt Esslingen hatte und sie die dortige Villa Merkel leitete. Mein Ziel: Sie möge mich für den Maria-Ensle-Preis vorschlagen, und, bei dieser Gelegenheit, am besten auch gleich einige Arbeiten für Daimler Contemporary ankaufen. Ob Sie mich noch erkennt? Ich treffe zu spät ein, die Eröffnungsreden haben schon begonnen, als Letzte wird Frau Wiehager sprechen. Wenn sie fertig ist, schon während des Applauses, muss ich mich gleich nach vorne zu ihr durchdrängeln! Erst mal ein Glas Wein. Wie in Trance höre ich den Reden zu, einzelne Wortbausteine tauchen aus dem Nebel auf und verschwinden wieder: „Inkunabeln der Farbfeldmalerei ... nüchterne Konstruktivität ... reduzierte Emblematik ... Eliminierung der persönlichen Signatur ... dichter Assoziationsraum ... visuelle Frische trotz strenger Konzeptualität." Jetzt fängt Frau Wiehager an zu sprechen, ich verliere schnell den Faden, döse ein wenig. Der Applaus lässt mich aufschrecken, in einem Zug leere ich das Glas, dränge nach vorne, remple auf dem Weg dorthin zwei alte Schachteln an, die mich anzischen, weitere Leute drehen sich um, Verzeihung, ich hab's eilig, doch zu spät, Frau Wiehager ist schon von Vernissagegästen umringt, sie reden pausenlos, ich kann jetzt nicht einfach dazwischengehen, das würde zu grob wirken, ich stehe eingekeilt in der zweiten Reihe, da blickt sie plötzlich auf die Uhr, „Frau Dr. Wiehager, Ihr Wagen ist da!", ruft es, auf dem Absatz dreht sie sich um, eilt zum Ausgang, mit tonloser Stimme rufe ich: „Entschuldigen Sie, Frau Wiehager", weg ist sie. Hilflos blicke ich umher, das höhnische Lachen Caligulas erfüllt den Raum.

26. Oktober
Dienstag

Diskussion mit Monika um das Musenbild. Sie verlangt weitere Straffungen und Korrekturen, die ich eilfertig umsetze, bis sie ein deutlich schmaleres Gesicht und schlankere Waden und Arme bekommen hat.

„Füße und Unterarme einer Frau müssen von exhibitionistischer Schönheit sein." Salvador Dalí

28. Oktober
Donnerstag, Baden-Baden

Ausstellung in der Kunsthalle: Jeder Künstler ist ein Mensch. Positionen des Selbstporträts. Mein Lieblingsbild: Narcissus von Franz West.

29. Oktober
Freitag

Ich lese über einen belgischen Künstler, Francis Alÿs. Er lief im Rahmen seines Projektes Now Here eine Woche lang durch die Stadt und nahm jeden Tag eine andere Droge ein. Eine perfekte Idee: Bedröhnt sein als Kunstwerk, als Dauerperformance. Beginne Selbstporträt im Rausch. Stilfragen und technisches Vorgehen? In diesem Fall verzichte ich auf alle rationalen Überlegungen, das Bild soll sich stattdessen aus einer dionysischen Grundstimmung heraus entwickeln, ohne jede Vorzeichnung, Komposition etc. Zunächst gilt es jedoch, einen adäquaten Rauschzustand herzustellen. *Jetz' isch's Zeid für a Virrdalle.*

„Was Ronnys Künstler-Größenwahn maßgeblich verstärkt haben muss (und für uns oft so unerträglich machte), das war die Kifferei. Bekifft und angetrunken Nietzsche deklamieren oder uns die wahren, verborgenen Zusammenhänge des Weltgeschehens erklären – im Rauschzustand hielt er sich für ungeheuer geistreich und innovativ, mit fatalen Langzeitwirkungen."

Bernd Läpplinger, November 2012

30. Oktober
Samstag

Ich betrachte ratlos das Arbeitsergebnis der letzten Nacht. Es ist beim besten Willen nichts zu erkennen, nur braune Soße.

„Ich taumle ins Bad und sehe im Spiegel den Schatten einer bleichen Masse, die Unwohlsein verbreitet. Müsste ich jetzt scharf hinsehen, so wäre schon alles in der Krise. Der

Feind steht im Raum und will die Sphäre mit mir teilen. Schon wieder schleicht mein nächtliches Selbst hinter mir her und will die Hälfte von meinem Leben haben.“ Peter Sloterdijk

4. November
Donnerstag

Mirjana kassiert die Miete. Sie geht ein wenig im Wohnzimmer herum, wirkt heute etwas unschlüssig, betrachtet die an die Wände gelehnten Bilder. Bleibt kurz vor dem Selbstporträt mit Muse stehen, das sich auf der Staffelei befindet. Fragend sieht sie mich an, ihr Mund öffnet sich, sagt dann doch nichts, schüttelt nur den Kopf, geht weiter, kommentarlos, zieht die Tür hinter sich zu. […] [unleserliche Passage]

5. November
Freitag

Abendliche Lektüre im Autositz. Jetzt fahre ich schon seit acht Jahren aushilfsweise für Hüseyin's VIP-Taxi Böblingen. Meine Lieblingsbände von Nietzsche und Sloterdijk habe ich immer dabei. Hüseyin Akdeniz, ein umgänglicher Arbeitgeber, seit 35 Jahren ist er in Böblingen, als junger Mann hat er mal bei Daimler am Band gearbeitet, kam aus der Gegend von Bursa ins *Ländle*. Er bietet mir einen guten Zuverdienst (vor allem die Wochenendschichten bringen's) und überaus korrekte Arbeitsbedingungen. Obwohl er selbst nichts außer der Europa-Ausgabe der Hürriyet liest und niemals ein Museum besuchen würde, hat er doch ein gewisses Faible für Bilder und Bücher, und ich genieße einen *Künstlerbonus* bei ihm – obwohl ich wahrscheinlich wenig Umsatz mache.

10. November
Mittwoch, Zürich

Vittorios Galerie präsentiert ihn auf der Kunst Zürich. Dresscode *emerging collector:* Ich trage ein Tweedsakko mit Wildlederellbogenflicken und meine Hirschhorn-Brille, so sehe ich nicht wie ein popliger Assistent aus. Dreiklassengesellschaft bei der Eröffnung: Die Volkseröffnung am Freitagabend. Die VIPs kommen zur Preview am Donnerstag. Und die wirklich Wichtigen (wie wir) zur Opening Night am Mittwoch.

Wiederholtes Aufstoßen beim Smalltalk, störendes Völlegefühl. Ein lächerliches Leiden, weswegen ich bereits mehrere Ärzte konsultiert habe. Diagnose: Aerophagie, eine somatoforme autonome Funktionsstörung, der Patient verschluckt unbewusst Luft, besonders im Zustand von Stress und Erregung oder bei seelischer oder nervlicher Labilität. Es ist mir ein Rätsel, was das mit mir zu tun haben soll (doch anscheinend muss ich den Kunstbetrieb unbewusst und im tiefsten Inneren als ungeheuer stressig und belastend empfinden, so dass es zu diesen vegetativen Erscheinungen kommt)? Ich habe eine Technik entwickelt, mit diesem Dilemma umzugehen: Ich sublimiere den Rülpser durch eine kontrollierte, kontinuierliche Abgabe von Luft, wobei die gepressten Lippen als Ventil dienen. So wird aus dem Bäuerchen ein langer, eleganter Zischer.

Wenig später ein Zwischenfall am Buffet: Hastiges Mampfen und Schwatzen allerorten. Plötzlich gerät einem Gast (ein Münchner Sammler, wie man mir später sagte) eines dieser pikant marinierten Lachsstückchen in die Luftröhre. Was mit einem Hüsterchen begann, steigert sich zum veritablen Orkan, bei dem die Brocken fliegen und sein Gesicht violett anläuft. Man schleppt ihn eiligst aus der Cateringzone ins WC, die Tür schließt sich hinter ihm. Es wird ruhig, die Gäste essen ungerührt weiter. Einige Minuten vergehen, dann kommt er leichenblass wieder heraus. Happy End, aber niemand kümmert's.

11. November
Donnerstag, Zürich

Trinke Kaffee im Foyer des Kunsthauses und mustere die Besucher. Ein mittelaltes Paar geht vorüber, halblaut redend, Berliner. Beide im identischen Look, schwarze Lederhosen, Lederjacken und Lederkappen, bei jedem Schritt knarzt das Leder fürchterlich, wie die Chitinpanzer riesiger Käfer. Ich bin fassungslos. Gregor Samsas Traum wurde wahr. Die Käfer schnarren sich gegenseitig an („Wat? Weeste? Icke?"), kaufen Tickets und knarzen in die erste Etage. Ich brauche frische Luft, beschließe, zu Fuß zum Hotel zu gehen, das wundervoll oben am Waldrand gelegen ist. Zunächst durch die Niederungen des Massentourismus, die Menschenströme des Niederdorfs, dann durch ruhigere Straßen zum Römerhofplatz. Vom Römerhofplatz geht es mit einer Art Zahnradbahn nach oben ins Dolder Grand. Phantastischer Blick auf den dunklen See und die Lichter der Stadt. Ich sitze an der Bar, genieße die Ruhe, Vittorio ist bei einem Dinner seines Galeristen. Plötzlich Unruhe, Kichern, Kreischen, ein junger Mann erscheint mit zwei betrunkenen Blondinen, behauptet, in der Bar seine Brieftasche liegengelassen zu haben, die Brieftasche ist jedoch nicht hier, das Trio verschwindet lärmend Richtung Rezeption. „Glauben Sie ja nicht, dass das der Herr Hirschmann war", raunt mir der Barmann zu, „der sieht ihm nur sehr ähnlich!" Ich ordere einen zweiten Whisky, endlich wieder Ruhe, doch sie ist nicht von langer Dauer, ein wohlbekanntes Geräusch dringt zu mir durch, näher kommend, lauter werdend, ein grässliches Knarzen. For

Christ's sake, es sind die Berliner Schaben! Wo es denn hier zur Lack & Leder-Fetisch-Party ginge, schnarren sie, der Barmann weist ihnen den Weg, sie knarzen davon.

4.15 Uhr. Von furchtbarem Traum erwacht: Ich befand mich im New York des Jahres 1998, lag im Bett in einer Altbauwohnung in der Lower East Side, ein knisterndes Geräusch weckt mich, eine riesige Kakerlake läuft gerade über meine Decke.

13. November
Samstag, Zürich

Als Künstler auf der Kunstmesse – das ist so, als ob eine Kuh den Schlachthof besichtigt, sagte einmal ein berühmter Künstler, Claes Oldenburg war es, glaube ich. Ich setze mich in die VIP-Lounge, „Guests of Zürcher Kantonalbank only", und beobachte die Szenerie, bis ich vertrieben werde. Man erkennt die erfolglosen Künstler auf den ersten Blick: schüchternes Spionieren, manche umschleichen den Galeristen wie Koyoten, trauen sich dann aber doch nicht, ihn anzusprechen, was allerdings auch eine Verzweiflungstat wäre, die zeigt, dass man auf den Felgen fährt und somit für den Galeristen völlig uninteressant ist. Es gibt wohl kaum einen ungeeigneteren Zeitpunkt, um einem Händler seine Mappe unter die Nase zu halten, als die Messe, wo er verkaufen und netzwerken muss, wo jede Minute kostbar ist.

Schicksal der Galeristen, die stets mit ausgestellt werden. Räkeln sich in den Kojen, als seien es ihre erweiterten Wohnzimmer. Vom Publikum abgewandt, mit schiefer Kopfhaltung und dem Telefon am Ohr verwachsen. Vor Erschöpfung erloschene Mimik, dann wieder rasches Umschalten auf aufgekratzte Betriebsamkeit, wenn ein potenter Interessent aufkreuzt. In der Koje gibt es keine Privatsphäre. Ein Galerist erzählt mir: „Für Außenstehende ist dieser Beruf nur schwer verständlich. Eigentlich ist es kein Beruf, sondern eine Lebensform. Macht man seine Arbeit gut, so werden die Sammler zu Freunden und die Freunde zu Sammlern."

14. November
Sonntag

Ben. Selbstbildnis mit Sohn begonnen. In sich gekehrt, lümmelt er auf der Wohnzimmercouch, chillt mit Musik im Ohr. Ein ideales Modell, unendlich geduldig, geradezu phlegmatisch. Pubertät – Tücken des ungleichzeitigen Wachstums aller Körperteile: Die Nase tritt markant aus dem Gesicht hervor, die Arme wirken überlang, fast affenartig, ein magerer, schlaffer Körper, der verminderte Muskeltonus erzeugt den Eindruck des Hängerhaften, des permanenten Hangover …

20. November
Samstag

Sperrmüllzeit! Ich fahre im Schritttempo durch die gehobenen Wohnlagen Böblingens, halte Ausschau nach Material, das mich inspirieren könnte. Wie ein Blitz durchzuckt es mich, da steht doch ein Gemälde von mir! Reiherweg 41, Dr. Pohlmann! Ich springe aus meinem Corolla-Kombi und sehe die Komposition Feeling Blue 365/365 aus meiner abstrakten Periode vor einem riesigen Schrankwandhaufen stehen. Das Haus wirkt verlassen. Offensichtlich wohnt Dr. Pohlmann hier nicht mehr. Feeling Blue 365/365 hat er sich seinerzeit 2500 DM kosten lassen. Das Bild hat schwer gelitten. Ein großer Riss, Hundeurinflecken am unteren Rand, Feuchtigkeitsschäden. Ich blicke mich um, fühle mich fast wie ein Dieb, packe rasch mein eigenes, nunmehr herrenloses Werk, doch es passt nicht in den Kombi. Regen setzt ein. Was soll's, ich versuche die Leinwand vom Keilrahmen zu lösen, um sie gerollt mitzunehmen. Shit! Zwei weitere Risse bilden sich im porösen Bildträger, der nun in Fetzen hängt. Das Bild ist hin. Ich zerknülle es, um das unfreiwillige Zerstörungswerk zu vollenden, und zertrete den Keilrahmen.

23. November
Dienstag

Mit Monika im Fleischereimuseum. Uwe freut sich immer über Besuch. Er führt uns durch die Sonderausstellung Schnapp, oder ist was? Die Tierwelt von Tomi Ungerer.

25. November
Donnerstag, Bad Cannstatt

Bei Khalil, der mir mit leuchtenden Augen von seinen Coup erzählt: Er sei nun stolzer Besitzer eines SKL 350, Baujahr 2008, ein Unfallwagen, für lächerliche 42.000 Euro! Es sei unglaublich! Im Sommer wolle er, Inshallah, damit die ganze Côte d'Azur und Costa del Sol entlangfahren, bis nach Tanger und Sidi Slimane!

2. Dezember
Donnerstag

Mirjana, die Miete fällig. Zum ersten Mal nimmt sie den pro forma angebotenen Kaffee an. Ich hab's eigentlich nicht mehr geglaubt. Plauderei, die etwas stockend in Gang kommt. Wetter, Kids, Wagen in der Werkstatt, wie geht's *dr Muddr?* Dennoch lässt sie es sich zum Abschied nicht nehmen, noch einmal wie ein Bauerntrampel durchs ganze Haus zu marschieren, ihre Stiefel knallen laut auf den Fliesen, ich habe leichte Kopfschmerzen.

5. Dezember
Sonntag

Zweiter Advent bei *dr Muddr.* Ich habe mich freundlicherweise gegenüber der Heimleitung bereit erklärt, als *Künstler-Profi* bei einer vorweihnachtlichen Bastelstunde im Goldenen Oktober mitzuwirken. Die Böblinger Zeitung ist auch da, eine rührende Story soll erzählt werden, Jung und Alt, Künstler und Laien gemeinsam beim Strohsternekleben. Und ich mittendrin.

6. Dezember
Montag, Basel

Mit Vittorio nach Basel, wo wir morgen sein Biennaleprojekt Fango Veneziano potentiellen Sponsoren vorstellen werden. Nachmittags Einschecken im Luxushotel Les Trois Rois. Ein phantastisches Haus mit mehr als dreihundertjähriger Geschichte. Eingerückt in die Häuserzeile am Fluss, ragt das langgestreckte Gebäude hoch über dem Rhein auf. Vittorios Galerist hat ihm jenes Zimmer gebucht, in dem Picasso genächtigt hat, ich muss mich mit dem Raum begnügen, wo einst Jean Tinguely logierte. Wir schlendern durch die Stadt, Vittorio sucht vergebens eine Galerie, in der er als ganz junger Kunststudent einmal ausgestellt hat, eine eigenartige Institution namens Fafas Kabinett. In den Straßen fallen die weiß-roten Plakate auf, die die Bürger zu einer Volksabstimmung aufrufen: „Schluss mit elitären, hochsubventionierten Kulturexperimenten in Schweizer Schauspielhäusern und Museen! Ja zum Mundart-Obligatorium in Oper und Theater! Ja zur Volkskulturinitiative der VSP, der Vereinigten Schweizer Patrioten!" – „So was kann man in der Innerschweiz plakatieren, aber doch nicht hier", sagt Vittorio, der sich auszukennen scheint. „Hier ist doch Kunst genauso wichtig wie die Novartis“, sagt er weiter: „Regierungsrat trifft Daniel Vasella, trifft Jacques Herzog, trifft eine der vielen reichen Erbinnen, und schon steht der Erweiterungsbau – ein Standortvorteil für alle. Metropolitan-Region statt Kantönligeist“ – so stelle er sich das vor, sagt Vittorio. Da könne die Achse der Angstmacher nicht gegen anstinken, nicht in Basel.

7. Dezember
Dienstag, Basel

Vittorio stellt im holzgetäfelten Boardroom des Trois Rois, einem denkmalgeschützten Sitzungszimmer aus dem 19. Jahrhundert, sein Biennaleprojekt Fango Veneziano vor. Der Raum, laut Hoteldirektion „ideal für Strategietagungen oder Direktorenkonferenzen“, bietet Platz für ein Dutzend Sponsoringfachleute der Lebensmittel-, Entsorgungs- und Pharmabranche. Es gehe, so Vittorio in seinem Eingangsreferat, um den Menschheitstraum, künstliche Nahrungskreisläufe in Gang zu setzen, um das Überleben in Not- und Extremsituationen. Im Klartext: Recycling von menschlichen Fäkalien zu Nahrungsmitteln, in steuerbaren Wiederaufbereitungsprozessen mit neutraler Energiebilanz. Das wäre die totale Autarkie, ein Überleben auch in ökologischen Desasterzonen, auf dem Mond oder Mars, könnte so möglich sein.

In der Weltraumtechnologie, in der Lebensmittel- und Chemiebranche hätte die Forschung diesbezüglich bereits Fortschritte gemacht, referiert anschließend ein Ernährungswissenschaftler. Großes Aufsehen habe beispielsweise der japanische Wissenschaftler Mitsuyuki Ikeda erregt. Er habe auf Anfrage der Behörden ein Verfahren entwickelt, den Klärschlamm der Stadt Okayama wiederzuverwerten. Dessen feste Bestandteile inklusive Toilettenpapier wurden erhitzt und zu Granulat verkocht, anschließend zermahlen und mit

Sojaproteinen versetzt. Das Endprodukt sei Jinko Nikku gewesen, eine Art Hamburger-Ersatz. Testesser fühlten sich an den Geschmack alter Hähnchen mit einem leichten Hautgout von Fisch erinnert. Ob sich – selbst angesichts 700 Millionen hungernder Menschen weltweit – Jinko Nikku als Alltagslebensmittel durchsetzen werde, sei zu bezweifeln. Zumal ein derartiges Menü an die 100 Euro koste. Einen anderen Ansatz verfolgten Wissenschaftler der Europäischen Weltraumbehörde. Sie arbeiteten an einem komplett autarken Lebenserhaltungssystem, der Micro-Ecological Life Support System Alternative, das frische Nahrungsmittel wie Salat, Weizen und Algen produziere – aus Fäkalien. Vittorio führt abschließend aus, dass er für die Biennale 2011 eine Kombination beider Forschungsprojekte anstrebe. Fango Veneziano werde zu je einem Drittel Fäkalien der Biennalebesucher, Meeresalgen und fünfhundert Jahre alten Faulschlamm aus den Kanälen der Stadt verarbeiten. Heraus käme am Ende eine hygienisch einwandfreie und nahrhafte Rohmasse für einen von ihm kreierten Venetian Bagel, der exklusiv während der Biennale in einem Verkaufsraum in den Giardini angeboten werde, ein Sammlerobjekt mit hoher Wertsteigerungschance. Bei der anschließenden Diskussion wird schnell deutlich, dass weder Pharma- noch Lebensmittelunternehmen Interesse daran haben, mit einem derartigen Projekt in Verbindung gebracht zu werden, der Imageschaden wäre unabsehbar. Stattdessen haben mehreren Firmen aus dem Bereich Fäkal-Entsorgungstechnik Unterstützung zugesichert, ein Zürcher Labor wird das Hygienemonitoring übernehmen, ergänzt von weiteren Firmen aus dem Thurgau, die chemische und mikrobiologische Analysen anbieten. Vittorios Meinung von Basel leidet ein wenig.

8. Dezember
Mittwoch, Basel

In der Bar des Les Trois Rois sind wir mit einem international bedeutsamen Basler Kurator verabredet, doch er scheint nicht zu kommen. Schon vierzig Minuten über der Zeit, wir trinken Cognac, versinken in den niedrigen schwarzen Ledersesseln. Ich staune über die sechs Meter langen, roten Samtvorhänge, über die gigantischen, goldenen Troddeln, groß wie Kifferköpfe mit herabhängenden Dreadlocks. Die Bar ist fast leer, nur weiter hinten sitzt ein Herr in sich gekehrt im Sessel – „da ist er doch!", rufe ich aus. Wir gehen auf ihn zu, der Kurator begrüßt uns matt. Er spricht ein halblaut vernuscheltes Englisch. Er lässt sich nicht in die Augen, in die Karten sehen, das glatte halblange Haar verschattet seinen Blick. Er ist mir ein wenig unheimlich. Wenn er ganz still sitzt, wirkt er wie eine Plastik dieses georgischen Künstlers, Andre – wie hieß er noch – Andro Wekua. When things cast no shadow.

12. Dezember
Sonntag

Dritter Advent bei *dr Muddr.* Wieder Bastelstunde im Goldenen Oktober. Man zeigt mir stolz die Böblinger Zeitung von letztem Dienstag. Das Foto zeigt eine Riege von Achtzigjährigen, einige bereits über dem Bastelzeug eingenickt, meine Wenigkeit gequält lächelnd in der Mitte. Was soll's. Social responsibility würde das heißen, wenn ich ein Unternehmer wäre. Ich mache anschließend rasch noch einige Skizzen und Vorzeichnungen für mein *Selbstporträt mit Muddr.*

15. Dezember
Mittwoch, Ostfildern-Ruit

Zu Besuch bei Monika. Sie empfängt mich mit neckischem Nikolausmützchen auf dem Kopf. Nach dem Essen lauschiges Schäferstündchen unter großer Bruno-Bruni-Aktzeichnung.

17. Dezember
Freitag, Berlin

Mit dem ICE nach Berlin. Überraschende Einladung von Sylvia, die dort ihre Verbeamtung feiert, sie ist jetzt unkündbare Professorin an der Humboldt-Uni geworden. Sylvia. Wie lange habe ich sie nicht gesehen? Vielleicht 1987, 1988 das letzte Mal. Mein ICE hält in Kassel-Wilhelmshöhe, Erinnerungen an die documenta 7, meine erste documenta. Zu viert waren wir damals nach Kassel gefahren, Markus, Regina und Sylvia aus dem Kunstleistungskurs, die alle für ein bisschen verrückt hielten, sie sah aus wie Cyndi Lauper, etwas stämmiger und weniger musikalisch vielleicht, trat aber ebenso effektvoll auf und polarisierte ihre Mitschüler. Ich gehörte zu ihren Fans, wurde aber von ihr nicht weiter beachtet. Ende der 1980er ging sie nach Berlin, studierte Kunst an der Hochschule am Hardenbergplatz. Berlin hat mich, im Gegensatz zu vielen Freunden, Kommilitonen und schwäbischen Landsleuten, in den 1980er Jahren nie gereizt. Ostberlin, das war damals die Hauptstadt der DDR, Westberlin war die Hauptstadt der Kaputten. Selbst in der dortigen CDU (sonst überall die Partei der sauberen Handwerker, der anständigen Bürger und rotbackigen Bauern) sammelten sich die Fertigen, die Gauner und windigen Gestalten.

Doch Harald Juhnke und Erich Mielke sind tot, Eberhard Diepgen in Rente. Jetzt ist alles neu, schöne Menschen, nette Cafés und Boutiquen, im Prenzlauer Berg, wo unsere frischgebackene „Professorin für Kunst- und Kulturwissenschaften/Gender Studies und Mitglied des Studienschwerpunkts Theorie und Geschichte mit den Forschungsschwerpunkten Subjekttheorie, Fragen ästhetisch-politischen Handelns sowie Theorien des Bildes und der Wahrnehmung" ihre Eigentumswohnung hat. Choriner Straße, Ecke Oderberger Straße, sanierter Altbau, vierter Stock. Ich bin ein wenig aufgeregt, die Tür geht auf, Partygäste, unbekannte Gesichter, die Gastgeberin bahnt sich den Weg. Etwas verlegen gebe ich ihr die Hand, sie führt mich rasch zur Bar, sie wird ansatzlos ins nächste Gespräch verwickelt, auffallend viele Geisteswissenschaftlerinnen sind da, kurzgeschoren und mit Bauarbeiterhändedruck, überhaupt viel junges akademisches Volk, aber auch einige Künstlertypen mittleren Alters wie ich. Aus der Zimmerecke heraus beobachte ich die Szenerie, vor allem aber die Gastgeberin. Von Cyndi Lauper keine Spur mehr. Sylvia wirkt wie zusammengesetzt aus zwei unterschiedlichen Personen, der Kopf passt nicht mehr zum Körper: Während sich ihre Gesichtszüge fast zur Hagerkeit geschärft haben, und der Eindruck der Strenge durch die poststrukturalistische Brille und die graue Kurzhaarfrisur noch verstärkt wird, lässt sich unter ihrer fließend-konturlosen, in edlem Architektenschwarz gehaltenen Garderobe ein voluminöser Körper erahnen. Dabei bewegt sie sich nicht ohne Geschmeidigkeit, sogar mit einer gewissen Grazie. Intellektuelle Härte und sinnliche Weichheit in einer Gestalt vereint, Bauhaus und Rubens in einem Bild. Nach und nach leerte sich die Party. Im Morgengrauen küssen wir uns, dreißig Jahre zu spät.

„Auf tragische Weise scheint Ronald Läpplinger doch noch seine Künstlerkarriere vollendet zu haben. Während ich auf die Seite der Theorie wechselte, blieb er seinem Traum treu. Lange Zeit schien er in gewisser Weise zu stagnieren, doch am Ende hat er uns alle überrascht – und schockiert."

Prof. Dr. Sylvia Wannemacher, November 2012

18. Dezember
Samstag, Berlin

Spaziergang durch Prenzlauer Berg. Vor etwa fünfzehn Jahren das letzte Mal hier gewesen. Auf der Oderberger Straße kommt mir eine junge Mutti mit Kind entgegen, es ist die Schauspielerin Heike Makatsch. Sie blickt mich erwartungsvoll an, ich nuschle „Hallo", eigentlich mag ich sie ganz gerne, eigentlich hätte ich sie um ein Autogramm bitten können, weniger um mir, als um ihr einen Gefallen zu tun, denn Schauspieler brauchen das als Lebenselixier, aber ich war zu schüchtern, wollte nicht aufdringlich sein und sie, sie wirkte so – so alltäglich, ganz ohne Filmglamour. Dabei müssten wir Künstler, Schriftsteller, Schauspieler und Musiker uns eigentlich unterstützen, durch permanentes gegenseitiges Loben und Anhimmeln! Weiter auf der Kastanienallee nach Süden, halte in den Cafés Ausschau nach einem freien Tisch, alles belegt, nur im Schwarzsauer ist noch ein einziger Platz frei, an einem Zweiertisch, dort sitzt der Schauspieler Joachim Król. Ich gehe weiter. Die Straßenbahn hält zufällig neben mir, ich blicke in das griesgrämige Gesicht eines Fahrgastes, es ist der Schriftsteller Maxim Biller. Auf einem Blumenkübel an der Ecke Schwedter Straße sitzt ein erschöpfter alter Mann, ich frage, ob er Hilfe brauche, geleite ihn zur Haltestelle, er sei der letzte Ossi hier, verrät er mir mit ersterbender Stimme, alle anderen seien ausgerottet worden, sie hätten das Feuerwasser nicht vertragen. Die Fehrbelliner Straße kreuzt meinen Weg. In dieser Straße fand die einzige Ausstellung statt, die ich je in Berlin hatte. Ich suche die Hausnummer 31. Hier hatten Christoph Sernd, ein Kommilitone aus Hamburg, und sein Kumpel Steve Kitten in den 1990er Jahren ihre Produzentengalerie. [Anm.: Gemeint sind Steen T. Kittl und Christian Saehrendt]

Ich stehe vor dem Ladenlokal, holy shit, saniert und sauber sieht's aus, irgendwas mit Naturkosmetik ist drin. Damals, es war im Winter 1995 oder 1996, war es ein unglaubliches Loch. Die Toilette unbenutzbar, weil zugefroren. Während die Ausstellungen im straßenseitigen Ladenraum mit Schaufenster stattfanden, malten Sernd und Kitten in den Hinterzimmern, Letzterer übrigens ganz passabel. Die beiden diskutierten mit mir ihre Bildtitel. Ich erinnere mich vage an ein Gemälde mit Reitern in Tarnklamotten, Putti, die emsig an den Hufen der Pferde polieren; ein anderes zeigte eine mickrige Managertype, die von der Last eines riesigen Telefonhörers fast erdrückt wurde (was aus den beiden Malern geworden ist, weiß ich nicht, ich habe nie wieder was von ihnen gehört). Der Clou der Galerie war der *Schimmelraum* im Keller, etwas Gruseligeres habe ich selten gesehen: ein feuchtkalter Raum, in den eine wurmstichige Treppe durch eine Bodenluke hinabführte. Nichts weiter befand sich darin als ein Bett, das völlig vom Hausschwamm überwuchert war. Welcher Penner mag dort gestorben sein? Gregor Schneider trifft Tracey Emin trifft John Carpenter.

Meine Ausstellung bestand darin, mit Sperrmüllmöbeln, Staffelei und allerlei Requisiten ein klassisches Maleratelier nachzubauen und mich dort beim Malen besichtigen zu lassen. Auf der Leinwand war aber nichts zu sehen, nur manchmal setzte ich einen *genialen* Strich in weißer Farbe auf weißen Grund. Es zählte nicht das Bild, sondern die Pose. Während Kitten und Sernd im Hinterzimmer frostgepeinigt und mit ernster Miene die Pinsel quälten, zog ich im Nachbarraum eine parodistische Malperformance auf und leerte dabei täglich zwei Flaschen Rotwein. Es kamen kaum Besucher, an manchen Tagen gar keine, oder nur ein, zwei Alkoholiker aus der Nachbarschaft, die was abholen wollten. Aber immerhin berichteten mehrere Zeitungen, darunter zwar lokale Käseblätter wie Neues Deutschland oder die Berliner B.Z., aber auch ein lokales Fernsehteam und das Fachblatt Neue Bildende Kunst. Noch wichtiger war, dass eine Stuttgarter Kuratorin zur Vernissage kam, die mir wenige Jahre später als Jurorin das Landesstipendium Baden-Württembergs zusprechen sollte. Nach der Vernissage waren wir mit ihr noch durch einige Kneipen gezogen, anschließend tanzte man ungelenk in feucht-schimmligen Clubs, bis das Schwitzwasser von der Decke troff.

19. Dezember
Sonntag, Berlin

Auf dem Weg in die Gemäldegalerie. Auf der Friedrichstraße Tumult und Geschrei, dem Vernehmen nach sind es Schweizer Schüler auf Klassenfahrt, die johlend Passanten verprügeln. Polizeisirenen im Hintergrund, ich gehe rasch weiter. Am Potsdamer Platz, in der Marlene-Dietrich-Straße, stoße ich mit einer Frau zusammen, ich stammle hastig: „Verzeihung“, blicke auf, es ist die Schauspielerin Laura Tonke, ich stottere: „Ich fand Sie super in Baader!“ (mit Frank Giering in der Hauptrolle, Laura Tonke spielte die Ensslin), und gehe weiter.

Potsdamer Platz, immer noch Niemandsland, Legoland, verschwendetes Land. Endlich in der Gemäldegalerie: Ich werde diesen Gang durch die Sammlung minutiös protokollieren, um meiner Zerstreutheit bei Museumsbesuchen entgegenzuwirken und das Kunsterlebnis intensiver zu gestalten. Punkt 14.00 Uhr an der Kasse. Vorfreude.

14.08 Uhr. Kämpferischer Blick auf den Übersichtsplan der Sammlung, Audioguide eingestöpselt, und los!

14.09 Uhr. Allein auf weiter Flur im deutschen Mittelalter. Viel Gold im Hintergrund. Leidende Kreuzträger. Gnomartige Jesulein in puppenstubenhafter Architektur. Verliere mich im exzessiven Faltenwurf monochromer Gewänder mit seiner fast schon abstrakten Linearität – so zeichnet man unter Einfluss von LSD. Gab's so was damals schon?

14.14 Uhr. Das Museum hier ist so leer wie eine Kirche. Habe jetzt den Eindruck, vom Aufsichtspersonal systematisch verfolgt zu werden. Ein Gefühl des Gekränktseins überdeckt den Kunstgenuss. Bin ich, der weithin einzige Genießer mittelalterlicher Kunst, etwa ein Sicherheitsrisiko, ein Irrer, der gleich auf die Bilder einstechen wird?

14.18 Uhr. Endgültiges Abschalten des geschwätzigen Audioguides.

14.20 Uhr. Beim Übergang in die Renaissance erste Hungergefühle, die ich heroisch ignoriere, da Lucas Cranachs Venus und Amor im Blickfeld auftaucht. Bald darauf erscheint Hans Holbeins Kaufmann Georg Gisze, weiland Prüfungsthema beim Abi, sentimentale Anwandlung, rasch weiter.

14.24 Uhr. Routine des Betrachtens: Kurzer Blick in leicht gebückter Haltung auf den Bildtitel, noch kürzerer Blick auf das Bild, eiliges Weitergehen.

14.26 Uhr. Allerorten ernste Kaufmänner und würdige Ratsherren, Spitzbärte und schwarze Kappen. Damen mit Hauben und Kopftüchern. Rätselhaftes Schönheitsideal jener Zeit: Dicke Backen und Doppelkinn, halbkugelartige, wie aufgesetzt wirkende Brüste, eingeschnürte Brustkörbe, dafür vorgewölbte Bäuche wie im siebten Monat.

14.29 Uhr. Abbruch des Versuchs, die Sammlung systematisch Bild für Bild zu betrachten. Nagender Hunger.

14.32 Uhr. In die Museumscafeteria. Mühsames Mampfen des trockenen Kuchens. Der Kaffee dafür umso stärker. Erste Warnsignale des Magens.

14.52 Uhr. Satt im Barock zurück. Gewaltige Halskrausen und schwarze Zylinder bei den Herren, porzellanartige Damen zeigen ihre Perlencolliers. Fleischige Putten, weißliche, schwammige Leiber bei Rubens und Jordaens Diana, Europa oder Andromeda.

14.58 Uhr. Eine Kindergruppe in Begleitung zweier Museumspädagoginnen strömt in den Saal. Fröhliches Geplapper vor düstersten Ölschinken. Die Kinder verkleiden sich mit Hüten und Umhängen à la Hollandaise.

15.02 Uhr. Berge von Weintrauben, Hummer, erlegtem Wild, zahllose jagende Herren und seidig schimmernde Damen. Ernste Anzeichen von Müdigkeit. Säuerliches Aufstoßen.

15.04 Uhr. Suchende Blicke nach einer Sitzgelegenheit, finde glücklich eine Bank im Rembrandtsaal.

15.08 Uhr. Eine Schulklasse betritt den Saal, junge Menschen mit abgeklärten Gesichtern und verkabelten Ohren. Eine mager-mausartige Museumspädagogin versucht tapfer, Begeisterung zu erzeugen.

15.16 Uhr. Wieder Ruhe. Der junge Rembrandt blickt mir in seinem Selbstporträt mit Samtbarett und Pelzkragen forsch entgegen: Fisseliges Bärtchen, Lockenpracht, wache Augen. In der Ecke grämt sich Der Mann mit dem Goldhelm noch immer über seinen Abstieg in den *Rembrandt-Umkreis*. Mühsam zu unterdrückendes Aufstoßen. Man kann einen Menschen auch mit einem Kaffee töten.

15.17 Uhr. Drei gutaussehende Museumsbesucherinnen betreten den Saal, unterhalten sich halblaut in einer mir unbekannten, vielleicht skandinavischen Sprache. Alle kunstsinnige Konzentration ist dahin.

15.22 Uhr. Entschwinden der zeitgenössischen Grazien. Aufatmen.

15.26 Uhr. Gainsboroughs Gesellschaftsporträts. Lady Sunderlin. Seidenroben und graue Perücken, eine fremde Welt, die nach 4711 und vermottetem Theaterfundus riecht. Schärfster denkbarer Kontrast zum Erscheinungsbild der heutigen Museumsbesucher: geschlechtslose Outdoor-Kleidung allerorten, Paare im Regenjacken-Partnerlook, beide identisch mit kurzen Haaren und Brillen.

15.36 Uhr. Dramatische Landschaften mit Gewitterhimmel und viel Gewusel, antike Heldensagen und Mythen, Bathseba im Bade, Helios, Phaeton und andere olle Kamellen. Die Beine werden schwer, der Rücken sendet unentwegt Schmerzsignale.

15.39 Uhr. Vermeers Junge Dame mit Perlenhalsband ruft die Lebensgeister zurück. Ärgerlich: Sobald man ein Werk eingehender betrachtet, kommen weitere Museumsbesucher dazu, wie Gaffer bei einem Verkehrsunfall, enerviert verlasse ich die Menschentraube, die sich um mich gebildet hat.

15.42 Uhr. Italienischer Barock. Visuelles Völlegefühl.

15.44 Uhr. Ah, Caravaggios Amor als Sieger! Störgeräusche anderer Museumsbesucher, die sich die Namen alter Meister ehrfürchtig zuraunen.

15.46 Uhr. Die Füße schmerzen infernalisch, doch ein weiteres Meisterwerk reißt mich aus der Agonie: Diego Velázquez' Bildnis einer Dame. Schwarzes, panzerartiges Kleid, bleich, aus tiefen Höhlen blicken ihre Augen.

15.51 Uhr. Gedenkminute bei Juan Carreno de Mirandas

erbkranken König Karl II. als Knabe, Ergebnis von sechzehn Generationen Inzucht. Mit ihm endeten 1700 die spanischen Habsburger.

15.56 Uhr. Lorrains südliche Ideallandschaften schmeicheln dem müden Wanderer. Man spürt die milde Abendluft eines antik grundierten Italiens. Doch die lyrische Stimmung verfliegt im Nu, zerstört vom muffigen Parfüm einer vorübergehenden ältlichen Frauensperson.

16.00 Uhr. Die Beine werden schwer, das langsame Gehen verlangt seinen Tribut, Raffaels Maria mit dem Kind, Correggios Leda mit dem Schwan verblassen in bleierner Müdigkeit.

16.02 Uhr. Entschlossenes Aufraffen. Tizians Venus mit dem Orgelspieler begeistert immer wieder. Eine perfekte Renaissance-Schönheit, doch der Orgelspieler wirkt verstörend jung, wie ein Achtjähriger mit falschem aufgeklebten Bart.

16.04 Uhr. Die Rückenschmerzen zwingen zum Sitzen, doch die einzige Gelegenheit im Raum ist von einem Wärter besetzt.

16.07 Uhr. Endlich eine Bank gefunden.

Wieder ziehen attraktivste skandinavische Touristinnen vorbei, groß, kräftig, selbstbewusst, gesund und gebildet. Ich hingegen bin körperlich bereits ein Wrack, kann ihnen nur noch mit den Augen folgen und den Schöpfer verfluchen.

16.09 Uhr. Weiter auf meinem Gewaltmarsch durch die Kunstgeschichte. Wachsende Ermattung trotz malerischer Kostbarkeiten links und rechts. Allerlei Madonnen und Genueser Kaufleute, weiter mit stumpfem, übersättigtem, bald schon wirrem Blick.

16.11 Uhr. Botticellis Venus fesselt noch ein letztes Mal den Blick: Überschlankes Gardemaß und wallendes rotblondes Haar, doch Störendes dominiert allzu bald die Wahrnehmung: Der Kopf wirkt seltsam aufgepfropft, der Hals zu dick.

16.13 Uhr. Finaler Erschöpfungszustand. Nur noch trostloses sich Dahinschleppen in Richtung Ausgang, brutalst gebeugt von 500 Jahren Kunstgeschichte, während mir Seniorengruppen in tadelloser Haltung und fröhlich fotografierende Asiaten entgegenkommen.

„Das Museum – Schule des Befremdens" Peter Sloterdijk

22. Dezember
Mittwoch

Schlaflos. Denke an Sylvia. Ich stehe auf, suche den documenta-Katalog von 1982. Auf der letzten Seite meine ungelenke Bleistiftzeichnung von ihr, Sylvia schlafend auf der Rückfahrt nach Stuttgart. Stupsnasig, sommersprossig, mit einer eigenartig asymmetrischen Frisur, wie sie damals in war: Die eine Seite kurzgeschoren, die andere langmähnig. Ich werde Sylvia den Katalog schicken.

23. Dezember
Donnerstag

Arbeit an der Selbstporträtserie, Blick in den Spiegel: Die Augenringe mittlerweile so tief ins Gesicht eingestanzt, dass man meinen könnte, ich trüge eine Brille. Selbstbildnis mit Brille begonnen.

24. Dezember
Freitag

Geriatrischer Heiligabend bei *dr Muddr* im Goldenen Oktober. Stille Nacht, Heilige Nacht – ein Chor von dünnen, krächzenden, gurgelnden Stimmen. Um 18 Uhr warten wir auf die große Überraschung. Reifenquietschen vor dem Heim, ich blicke aus dem Fenster. Ein schwarzer GL 350er Offroader kommt mühsam vor dem Haus zum Stehen, heraus klettert der Weihnachtsmann (es ist der verkleidete Heimleiter, eine Farce). Danach Drei Männer im Schnee. Die Feuerzangenbowle läuft Silvester, erklärt mir ein Altenpfleger und rollt mit den Augen. Neunmal hat er ihn jetzt schon gesehen!

25. Dezember
Samstag, Sindelfingen

Weihnachtsessen bei Matthias und Mirjana. Ich hole *d' Muddr* aus dem Goldenen Oktober ab, und wir fahren nach Sindelfingen. Bernd kommt mit Liane aus Oberursel, Tante Gisela und Onkel Herbert sind von Ludwigsburg aus im Anmarsch. Wir biegen in die Wilhelm-Haspel-Straße ein. Die Nummer 67a, ein 1970er-Jahre-Haus, beste Wohnlage im Ort, Matthias hat es vor fünfzehn Jahren gekauft, saniert, vergrößert. Vor der Haustür der neue Familienkombi R 350 BlueTec T-4matic. Mein Corolla reicht ihm kaum bis zur Schulter. Matthias & Mirjana, ein Haus, zwei sichere Jobs, zwei Autos, zwei Kinder. Sie besitzen ca. 25.000 nützliche und/oder geschmackvolle Gegenstände. Sie fahren zweimal im Jahr in den Urlaub. Sie schmücken ihr Heim. Sie sind vernünftig. Sie machen Überstunden, aber nicht zu viele. Und wählen manchmal Grün.

13.30 Uhr. Zu Tisch. Mein Bruder spricht gern und ausgiebig über seinen Beruf, besonders unter Alkoholeinfluss. Die neue R-Klasse? Ein Traum! Man säße drin wie im Wohnzimmersessel. Das selektive Airmatic Dämpfungssystem, und erst die Aktivmultikontursitze, pflichtet Mirjana bei. Matthias ist bei Daimler Entwicklungsingenieur im Bereich Motormechanik. Mit Bernd und Onkel Herbert findet er stets

Selbstbildnis als Zweifelnder, Öl auf Leinwand, 130 × 150 cm

Selbstbildnis mit Sohn, Öl auf Leinwand, 135 × 190 cm

Selbstbildnis mit Muddr, Öl auf Leinwand, 100 × 100 cm

Selbstbildnis mit Brille, Öl auf Leinwand, 150 × 210 cm

aufmerksame Zuhörer, ideale Sidekicks, die ihn immer wieder aufs Neue anstacheln. Auch *d' Muddr* blickt meinen Bruder interessiert an, weil sie spätestens am Ende eines Satzes dessen Anfang schon wieder vergessen hat. Das Werk Sindelfingen ist Matthias' Welt, eine Fabrik von der Größe des Fürstentums Monaco.

Das Gespräch kommt unvermittelt auf die Kunst, zu meiner Überraschung geht es dabei aber nicht um mich, sondern Matthias hat etwas zu berichten. Daimler feiere im neuen Jahr das 125. Jubiläum der Erfindung des Autos. Deshalb werde das Jahr 2011 im Zeichen der Innovation stehen, mit neuen Ideen auch im Arbeitsprozess und bei der Fortbildung. Ab ersten Januar werde ihnen seitens der Werksleitung ein *künstlerischer Prozessbegleiter* zugeteilt, der ihre Teamsitzungen regelmäßig beobachten und die Diskussionen aufzeichnen solle. „Ist ja interessant!", stößt Bernd aus, um hastig zu ergänzen: In der Beraterbranche gäbe es bereits Tendenzen, die herkömmlichen Powerpointpräsentationen, die sich totgelaufen hätten, durch den Einsatz lebender Künstler zu ersetzen: Während des Vortrags oder der Diskussion zeichne ein Illustrator an einer großen Leinwand pausenlos Icons und Skizzen, die den Diskussionsverlauf und die Key Messages festhielten. Diese bildgestützte Methode helfe den Zuhörern, die Inhalte aufzunehmen, und sei überdies extrem kommunikativ, weil man in der Pause dann vor der Leinwand weiterdiskutiere, statt irgendwo in der Ecke am Blackberry herumzutippen. „Na", schließt Matthias jovial, „ist das nicht ein genialer Job? Wäre das nicht was für dich, Ronny?" Bevor ich antworten kann, hat Bernd schon zu einer weiteren Suada angesetzt. Dazu müsse ich erst mal an meinem Image arbeiten, meine Expertise herausarbeiten! Ein Kollege von ihm, der Peter Brandt, gäbe Künstlern Ratschläge, wie sie sich in der Öffentlichkeit präsentieren sollen. Vielleicht könne er uns beide ja mal miteinander bekannt machen? Allerorten Kopfnicken, gedämpfte Zustimmung und ermunternde, an meine Adresse gerichtete Blicke, Mirjana und Liane mit einer aufgesetzten Miene mütterlicher Besorgnis.

„Eine Menge Leser werden sich fragen, warum wir Ronnys Tagebücher veröffentlicht haben. Weil: keiner von uns kommt hier gut weg. Im Gegenteil. Ronny zieht uns alle durch den Kakao. Da kommt so viel Peinliches, Negatives zum Vorschein, aber auch: ein Stück Wahrheit. Ronnys Tagebücher haben auch uns die Augen geöffnet, haben uns geholfen, uns selbst zu verstehen – und vielleicht auch zu ändern. Deshalb war es gut, dieses Buch zu machen."

Bernd Läpplinger, Dezember 2012

26. Dezember
Sonntag

Selbstporträt mit meinen Brüdern begonnen. Habe mich selbst, den mittleren Bruder, in der Mitte platziert, mit offenem Haar, den Betrachter frontal anblickend, Bernd und Matthias im Halbprofil, beide werden von ihren Fahrzeugen flankiert, auf den Beifahrersitzen ihre Frauen. Ich werde es Triptychon der Brüder nennen.

„Es war keinesfalls so, dass wir Ronnys Entscheidung, Künstler zu werden, von Anfang an abgelehnt hätten. Besonders am Anfang lief's ja auch gut, wir staunten nicht schlecht, waren sogar ein bisschen stolz auf ihn, als er

Preise und Stipendien abgreifen konnte, sein Name hier und da in der Zeitung stand. Es fehlte wohl nicht mehr viel, und er wäre ganz groß rausgekommen. Aber irgendwann ging's doch nicht mehr weiter. Ronny igelte sich ein, blieb irgendwie stehen, während wir weitermarschierten, im Beruf, im Alltag, im Leben … Man konnte aber schlecht mit ihm darüber reden, er war hyperempfindlich in diesem Punkt."

Matthias und Mirjana Läpplinger, August 2012

„Mein Bruder glaubte ja, besonders in jungen Jahren, er stünde meilenweit über uns. Er war ein fast unerträglicher Snob, belesen und redegewandt, und wir waren einfach nur Spießer für ihn. Ich habe meinen Bruder später trotzdem stets zu unterstützen versucht – obwohl er aus seiner stolzen Haltung heraus kaum in der Lage war, Hilfe anzunehmen. Er hat – besonders in den letzten Jahren, in der seine Karriere zum Stillstand kam - total dichtgemacht`, war hochgradig beratungsresistent. Entscheidend für seine Misere war die Tatsache, dass er immer viel zu wenig strategisch gedacht hat, er blieb auf seine Nahziele fixiert, merkte nicht, wie sein Spielraum immer enger wurde, wie er geistig stagnierte. Er hätte von Zeit zu Zeit einer Supervision bedurft, eines neutralen, analytischen Blickes von außen, der dann zu ganzheitlich orientierten und nachhaltigen Innovationen geführt hätte, zu einem regelmäßigen Relaunch von Arbeitstechniken, Inhalten und Persönlichkeit, denn in der Kunst ist ja Werk und Person bekanntlich eine Einheit."

Bernd Läpplinger, August 2012

27. Dezember
Montag

Ruhige Nacht im Taxi. Lese Der Bajazzo von Thomas Mann, eine Story, die mich seit Gymnasiastentagen fasziniert hat.

„Scheint es nicht, dass die inneren Erlebnisse eines Menschen desto stärker und angreifender sind, je degagierter, weltfremder und ruhiger er äußerlich lebt?" Thomas Mann

„Ronnys Alptraum: Eine Bajazzobegabung zu sein, ein oberflächlicher Unterhalter, vielseitig, sprunghaft, doch ohne Tiefgang, ohne die Fähigkeit, einen Gegenstand oder ein Thema künstlerisch intensiv durchdringen zu können. Der jugendliche Bajazzo erfreut sein Publikum, doch im Alter treten seine Schwächen unbarmherzig hervor. Nun, man kann nicht ganz unberechtigt sagen, dass genau das bei Ronny passiert ist. Er ahnte dies offenbar und suchte nach einem Ausweg."

Prof. Dr. Sylvia Wannemacher, November 2012

28. Dezember
Dienstag, Stuttgart-Degerloch

Immerhin hängen in nicht wenigen Privathaushalten im *Ländle* Werke von RON.EGOXL. Und selbst Damien Hirst, sagt im Kunstforum international, er ziehe die Präsenz in Privatsammlungen den staatlichen Museen vor: „Im Museum bist du doch tot!", sagt er, und das sehe ich genauso.

Besuch bei einem RON.EGOXL-Sammler in Stuttgart-Degerloch. „Prof. Dr. iur. Dipl. Ing. M. Sc. Dirk Diggler“ steht auf seinem XXL-Klingelschild. Trotzdem sind wir per du, Dirk legte Wert darauf. Seit kurzem ist er Geschäftsführender Direktor des Instituts für Volkswirtschaftslehre und Recht an der Stuttgarter Uni. Er zählt zu den wichtigsten Kunden RON.EGOXLs, hat sich aber in letzter Zeit etwas rar gemacht. Schon beim Betreten der Diele und dann anschließend im Wohnzimmer merke ich: Meine Papierarbeiten sind weg! Stattdessen sehe ich gerahmte Mark-Rothko-Kunstdrucke an den Wänden. Dirk teilt mir mit belegter Stimme mit, er habe im November seine Freundin Jennifer (eine ehemalige Studentin) geheiratet, welche, nunmehr mit offiziellem Ehefrauenstatus, die Inneneinrichtung des Hauses einem *Relaunch* unterziehen möchte. Mit anderen Worten: Man habe zur Zeit keine Verwendung mehr für meine 12-teilige Zeichnungsserie Memories of Dr. iur. I bis XII. Ob ich Interesse hätte, die Arbeiten als Dauerleihgabe in meinem Atelier zu behalten? Es war mir schon immer klar: Jennifer, *de alde Saichbloama,* hasst meine Arbeiten, sie hasst mich. Schließlich finden wir einen Kompromiss: Im Keller des Hauses wird mit meinen Zeichnungen eine Art Kabinett *Entarteter Kunst* eingerichtet, das allein Dirk und ausgewählten Gästen zugänglich sein wird, nicht aber Porsche-Cabrio fahrenden, Pferdeschwanz tragenden blonden Dauer-Jurastudentinnen und ihren Freunden.

[Anm. Christian Saehrendt: Auf mein Schreiben an Prof. Dr. Diggler, ob er zu einem Kommentar zu Ronald Läpplingers Tagebuch bereit sei, erhalte ich folgende Antwort:]

„Sehr geehrter Herr Dr. Saehrend [sic!], im Auftrag von Herrn Prof. Dr. Diggler teile ich Ihnen mit, dass mein Mandant Wert auf die Tatsache legt, dass die von Ihnen beschriebene Begegnung mit Ronald Läpplinger nie stattgefunden hat. Darüber hinaus möchte mein Mandant generell nicht mit Werken und Aktivitäten Ronald Läpplingers in Verbindung gebracht werden. Sollte dies dennoch im Rahmen einer Publikation dieser Tagebücher der Fall sein, behalten wir uns rechtliche Schritte vor. Hochachtungsvoll"

Dr. iur. Kurt Herren, Kanzlei Herren & Partner, Stuttgart, 14. Dezember 2012

31. Dezember
Freitag

Beginne etwas lustlos Selbstbildnis als Bajazzo.

„Das Getute um das eigene Ich ist vollkommen belanglos." George Grosz

Zweites Buch
2011

Neujahr 2011
Samstag

Wie kann ich noch zu Lebzeiten an meinem posthumen Ruhm arbeiten? Vier Möglichkeiten:

1.) Auch im hohen Alter noch mal für Schlagzeilen sorgen. 2.) Gute Verteilung der Arbeiten auf dem Markt, die Ware muss verfügbar sein. 3.) Haltbarkeit, Lagerfähigkeit, Handlichkeit, Wiedererkennbarkeit der Werke. Sperrige Installationen und gammlige Lebensmittelassemblagen haben es schwerer (Performancekünstler leider erst recht). Und 4.) Ein spektakulärer, tragischer oder rätselhafter Abgang.

„Vielleicht ist der tote Künstler besser als der lebende."
Joseph Beuys

2. Januar
Sonntag

Selbstporträt à la Böcklin begonnen. Hatte bereits im Herbst online für einen Euro einen defekten Kunststofftotenschädel (medizinisches Anatomiemodell) für ein Selbstbildnis im Stil von Böcklins Selbstbildnis mit fiedelndem Tod ersteigert.

3. Januar
Montag

Ziele für das neue Jahr: 1.) Meine Selbstporträtausstellung im Lütze-Museum. 2.) Die Teilnahme an der 12. Kleinplastik-Triennale Fellbach. 3.) Der Kunst-am-Bau-Wettbewerb des Restmüllheizkraftwerks Böblingen. 4.) Das Maria-Ensle-Stipendium. Außerdem wäre es gut, Kontakt zum […]
[Teil der Seite abgerissen]

„Entweder werde ich berüchtigt – oder berühmt.“
Otto Dix

7. Januar
Freitag

Mirjana. Inzwischen ist ihr die Rolle der gestrengen Mietinkasso-Unternehmerin selbst etwas peinlich. Lächerlich, die ganze Situation, die monatliche Bargeldübergabe, als sei ich in der Privatinsolvenz, als dürfte ich kein Konto mehr führen. Dabei bleibt's doch ohnehin in der Familie! Ein wenig zaghaft fragt sie: „Und, was machst du gerade so?“ Ich deute auf die Staffelei, wo das Selbstporträt mit fiedelndem Tod fixiert ist. Sie sieht mich entgeistert an: „Sag mal, alles klar bei dir? Geht's noch?“

17. Januar
Montag

Anruf aus der Redaktion des Schwäbischen Volksbeobachters. Die neue Volontärin, Frau Gül, hat die Aufgabe, in einer Artikelserie Porträts von Künstlern aus der Region zu erstellen. Man möchte einen Atelierbesuch vereinbaren, ein Interview soll stattfinden, Fotos von Arbeiten und vom Künstler persönlich würden garantiert gedruckt! Yeah!

18. Januar
Dienstag, Ostfildern-Ruit

Monika hat mich zum Abendessen eingeladen. Als ich ankomme, ist das Haus fast dunkel, nur schwaches Licht ist zu sehen. Sie öffnet die Tür: Überall flackernde Teelichter, im Flur, im Wohnzimmer, auf dem Esszimmertisch! Ein lächerlich-abgeschmackter Versuch, eine erotische Stimmung zu erzeugen, aber es funktioniert.

22. Januar
Samstag

Ben ist wieder da. Er erzählt vom Europapark Rust, wo sie kürzlich gewesen seien. Begeistert zeigt er sich insbesondere von der Gazprom Erlebniswelt – Abenteuer Energie. Es ist zum Verzweifeln. „Gangster aus dem Osten, Synonym für Korruption", geht mir durch den Kopf, aber ich schweige. Stattdessen fahren wir abends ein bisschen ziellos mit Hüseyins Taxi durch die Gegend, spielen In den Straßen der Bronx. Ich bemühe mich, Ben die übelsten Ecken von Böblingen und Sindelfingen zu zeigen. Na dann mal los. Der Busbahnhof? War früher mal gruselig, ist jetzt schön neu. Breuningerland? Auch alles renoviert. Bleibt noch die Industriezone Hulb, bisschen öde, aber gefährlich? Mir fällt einfach nichts ein. Schade. Also doch Videoabend.

23. Januar
Sonntag

Bei *dr Muddr* im Heim. Unterhaltung heute etwas mühsam, da sehr vergesslich und schläfrig. Macht nichts, beziehungsweise umso besser! Nachdem sie am Tisch eingenickt ist, nutze ich die Gelegenheit für eine realistische Bleistiftzeichnung à la Dürers Mutter.

25. Januar
Dienstag, Frankfurt/Oberursel

Große Courbet-Retrospektive im Frankfurter Museum Schirn. Seine Selbstporträts, in zweiter Linie die Akte, interessieren mich. Zudem lässt sich der Trip mit einem Besuch bei Bernd verbinden (Hintergedanke: Ein gutes Atelier braucht Oberlichter. Doch um Fenster ins Dach einbauen zu lassen, ist eine größere Investition vonnöten. Ich muss Bernd klarmachen, dass der Einbau von Dachfenstern eine wertsteigernde Maßnahme für unser Elternhaus ist). Selbstbildnis als Verzweifelter: Mit weit aufgerissenen Augen rauft sich Courbet die Haare, als ob er über sich selbst erschrocken sei. Er hat dieses Werk nie verkauft, erfahre ich, er hat es bis zu seinem Tode behalten. Selbstbildnis mit Pfeife. Das absolute Gegenbild: Eine träumerische, nach innen gekehrte Stimmung, die in den müden, verschatteten Augen und den weichen Konturen zum Ausdruck kommt. Schließlich Der Hirsch am Wasser, eine weite, düstere Landschaft, darin verloren das flüchtende, von einer Meute verfolgte Wildtier. Gemalt zu einer Zeit, in der Courbet aus Frankreich geflüchtet war. Ein verdecktes Selbstbildnis.

Oberursel, Richard-Werner-Weg 22, wo Bernd mit Liane wohnt. Er der *Systemische Berater, Prozessbegleiter* und Coach mit der *Zertifizierung Career Concept,* sie, eine alerte Anlageberaterin, ursprünglich aus Karl-Marx-Stadt (DDR) stammend. Vor der Tür sehe ich schon Bernds CLS 350 CDI BlueEfficiency, ein obsidianschwarzes Coupé mit 265 PS, porzellanfarbenen Ledersitzen, Multifunktionslenkrad in Nappalederoptik, Bi-Xenon-Scheinwerfern mit LED-Standlicht, 7-Gang 7-G-tronic, Fünfspeichen-Leichtmetallrädern, ein ehemaliger Vorstandsdienstwagen, kaum gefahren, zum Schnäppchenpreis von 69.000 Euro, wie er mir augenzwinkernd erläutert. Ich muss zugeben, nicht ganz unbeeindruckt zu sein. „Dir als Künstler", so mein Bruder, „wird die elegante Optik schon aufgefallen sein, der charakterstarke Frontbereich mit Zweilamellen-Kühlergrill, die Seitenscheiben ohne B-Säule. Und erst die Technik innen drin! Die neuen Fahrer-Assistenzsysteme, Müdigkeitserkennung, Adaptiver Fernlicht-Assistent, Abstandsregeltempomat! Der Hammer: das Agility-Control-Fahrwerk, das sich automatisch auf die jeweilige Fahrsituation und den Straßenbelag einstellt – ein völlig neues Fahrgefühl!" Auf dem Weg zum Wohnzimmer muss ich noch ein weiteres technisches Wunderwerk betrachten, ein Trainingsgerät: Power Plate proAktiv 4000 ist die aktuellste Evolutionsstufe der Power-Plate-Modellreihe. Die multidimensionalen Vibrationen des Geräts erzeugten bis zu fünfzig Muskelreflexe in der Sekunde, eine Technologie, die sonst nur im Spitzensport, zum Raumfahrertraining und im medizinischen Bereich verwendet werde. [Anm.: Es handelt sich um eine vibrierende Platte, auf die sich der Trainierende stellt] Bernd ist im Geschäft, Bernd ist fit. Es kommt noch besser: Bernd ist jetzt auch Kunstexperte. Kreative Prinzipien der Kunst könne man ideal auf Managementaufgaben und Veränderungsprozesse in Unternehmen übertragen, dazu habe er eigens eine neue Methode entwickelt. In der Auseinandersetzung mit der Kunst würden „zentrale Kompetenzen geschult", belehrt er mich, vor allem die Fähigkeit, sich selbst und andere zu motivieren. Inzwischen bin ich zu matt, um mein Atelier-Oberlicht-Projekt noch wirkungsvoll darstellen zu können. *Bleedr Seggl, bleedr.*

„Wer jemand sein will, eröffnet in seinem Inneren ein Konto für die Kunst." Peter Sloterdijk

„Das Verhältnis zu meinem Bruder war immer schwierig. Ich war schon früh aufs berufliche Weiterkommen orientiert, Ronny hat das damals als Strebertum verachtet. Meinerseits ging mir sein neunmalkluges Getue wahnsinnig auf die Nerven. Dieses Über-den-Dingen-Stehen, diese altkluge Belesenheit (ich glaube kaum, dass er damals irgendeines dieser Bücher wirklich verstanden hat). Jahrelang hatten wir ein Nicht-Verhältnis, Ronnys erste Erfolge habe ich zwar mit Respekt zur Kenntnis genommen, die Kunst hat mich aber eigentlich nie so direkt interessiert. Erst in den letzten Jahren bin ich darauf gekommen, wie wichtig Kunst auch in meinem Berufsbild, in der Unternehmens-Leitbildentwicklung, beim Inhouse-Coaching und bei Teambildungs-Projekten sein kann. Doch in dem Augenblick, in dem ich mit Ronny das Gespräch über Kunst anstrebte, machte er dicht!"

Bernd Läpplinger, November 2012

28. Januar
Freitag

Die Volontärin des Schwäbischen Volksbeobachters klingelt an der Tür, im Schlepptau ihren langhaarigen Fotografen (der mir lächerlicherweise ähnlich sieht, man könnte meinen, wir wären verwandt) und eine Praktikantin („Ich bin die Danny"). Der Fotograf schießt ohne Vorwarnung aus der Hüfte, es gehe ihm um möglichst authentische Bilder, erfahre ich. Auch die Praktikantin macht mit ihrem Telefon munter Fotos, mein Selbstbildnis als Kranker hat es ihr angetan („Krass, is das krass!"). Das Gespräch mit Frau Gül verläuft kühl, sie wirkt weder besonders motiviert noch kunstinteressiert, das Volontariat beim Volksbeobachter war wohl eher zweite Wahl. Standardfragen nach Studium, Stipendien, Lebenslauf, ich plaudere weltmännisch über Erlebnisse in London und New York, da trifft mich wie ein Handkantenschlag ihre unvermittelte Frage: „Sind Sie eigentlich Surrealist?" Und noch so ein paar Kracher. Plötzlich ein Anruf aus der

Redaktion, Frau Gül muss weg, aber „die Danny, die macht hier weiter!“ Ich zeige noch ein paar Arbeiten, der Fotograf schießt pausenlos. Jetzt wurden die Fragen vollends unerträglich: „Das ist doch noch nicht fertig, oder?“ Und: „Warum steht da O.T., müsste es nicht eher heißen E.T.?“

3. Februar
Donnerstag

Mirjana berichtet, noch immer aufgeregt, von der Riesenjubiläumsgala, die am vergangenen Wochenende im Mercedes-Benz-Museum stattgefunden hat, genau 125 Jahre nach der Patentanmeldung des ersten Autos durch Carl Benz. Matthias gehörte zu den wenigen glücklichen Ingenieuren, die ausgelost worden waren, sich mit Gattin unter die 1400 Promis mischen zu dürfen. Es sei unglaublich gewesen! Die Kanzlerin sei da gewesen, Beckenbauer, Bierhoff, Boris Becker mit Lilly, Jogi Löw, Niki Lauda, David Coulthard und, das sei der Knaller gewesen: Schumi, der mit einem F-Cell-Elektromobil auf die Bühne rollte! Corinna Schumacher übrigens, die sei vollkommen arschlos: Von vorne sähe sie genauso aus wie von hinten! Dann habe Zetsche den neuen SLK präsentiert, zusammen mit Jutta Benz, der Urenkelin vom Carl. O-Ton Zetsche, diesen Satz habe sie im Kopf behalten, ein richtiger Ohrwurm:

„Die Erfindung von Daimler und Benz hat die Welt zum Besseren verändert.“

4. Februar
Freitag

Selbstporträt mit Pinsel à la Courbet begonnen.

„Nach meinem Tode soll man von mir sagen: Der hat keiner Schule, keiner Institution, keiner Akademie und keinem

Regime angehört, als dem der Freiheit allein." Gustave Courbet

5. Februar
Samstag

Ben. Wir streiten. Gestern hätte er im Cinemaxx Sindelfingen den türkischen Actionfilm Tal der Wölfe – Palästina gesehen, zusammen mit seinem Kumpel Yasin, dessen älterer Cousin Hasan habe sie eingeladen, dazu noch eimerweise Cola und Popcorn spendiert. Sei alles megageil gewesen. Bin fassungslos. Nun muss ich Ben mühsam klarmachen, dass Jude kein Schimpfwort ist.

11. Februar
Freitag, Heidelberg

Mit Vittorio zur Vernissage im Kunstverein. Eine Ausstellung über fiktive Künstler. War stinklangweilig, deshalb habe ich mich bald in eine Bierstube in der Altstadt abgesetzt. Die Theke in U-Form, an ihr sitzen lauter stumme Männer im Mindestabstand von zwei Barhockern zueinander. Voll im Funkloch, alle Mann. Sie starren abwechselnd tief in ihre Gläser oder die Barfrau an, ich kann sie dazu überreden, meine mitgebrachte Bad-Religion-CD einzulegen. Silvana kommt aus Bukarest, studiert in Heidelberg irgendwas mit Tourismus, den Thekenjob hier hat sie nur angenommen, um ihr Deutsch zu verbessern, sie konnte ja nicht wissen, dass keiner mit ihr spricht: „Da hätt ich gleich im Aquarium arbeiten können!"

17. Februar
Donnerstag

Mein Künstlerporträt ist im Schwäbischen Volksbeobachter erschienen. Gespannt und mit überkritischer Aufmerksamkeit beginne ich Wort für Wort zu lesen. Zwei Fotos bebildern den Artikel. Das kleinere zeigt mein Selbstporträt mit Picasso-Unterhose, das größere mich im Wohnzimmeratelier, inmitten meiner Werke: Man sieht einen ausdruckslosen mittelalten Mann, der rauchend auf dem Sofa sitzt, der Couchtisch vor ihm mit Zeitschriftenstapeln, Flaschen und Gläsern bedeckt. Im Hintergrund dräut eine dunkelgebeizte Schrankwand im reinsten Gelsenkirchener Barock. Tja. Ob dieser Artikel in irgendeiner Weise werbewirksam sein wird?

„KREATIVE BÖBLINGER (TEIL 3):
RONALD LÄPPLIGER von Sevgi Gül, Daniela Körber. Böblingen hat viel zu bieten – auch auf den zweiten Blick! So erwartet den Besucher auch in einer ruhigen Wohnstraße ein überraschendes kulturelles Highlight. Der Böblinger Künstler RONALD LÄPPLINGER hat hier in der Achalmstraße sein Domizil: Atelier, Laboratorium, Galerie und Wohnung zugleich. Der gebürtige Böblinger (46) ist über den Landkreis hinaus bekannt geworden. Er studierte in den 1990er Jahren an der Kunstakademie Hamburg, gewann zahlreiche Preise und Stipendien (darunter das Landesstipendium Baden-Württembergs), lebte in London und New York und kehrte dann in sein Elternhaus zurück. ROLAND LÄPPLINGER ist trotz seines Studiums in der Weltstadt Hamburg immer ein bodenständiger Typ geblieben. Wie es sich für einen schwäbischen Tüftler gehört, hat er viel experimentiert, aber seine Kunst ist im Endeffekt leichtverständlich geblieben. Zur Zeit

arbeitet er an einer Serie von Selbstporträts, von denen sich jedes Einzelne im Stil unterscheidet und an eine bestimmte Epoche in der Kunstgeschichte erinnert. Im Juni wird die ganze Serie in der Stadtgalerie Sindelfingen zu sehen sein. Sein Atelierhaus in der Achalmstraße 11 ist täglich nach Voranmeldung zu besichtigen."

Schwäbischer Volksbeobachter, 17. Februar 2011

Fassungslos lege ich die Zeitung weg. Das war alles?! Dafür, dass die drei fast zwei Stunden lang Fragen gestellt, mitgeschrieben und fotografiert haben, ist ein ebenso skandalös kurzer wie belangloser Artikel herausgekommen, eher eine erweiterte Bildunterschrift statt eines illustrierten Textes. Außerdem haben sie es fertiggebracht, meinen Namen in diesem kurzen Text in drei Varianten zu schreiben. Immerhin gehen einige telefonische Gratulationen ein, von Hüseyin, Uwe, Elke und Monika, die tröstend sagt: „Jede Publicity ist gute Publicity!"

19. Februar
Samstag

Habe Selbstbildnis als Schwabe begonnen. Frau Gül vom Volksbeobachter hat mich als „bodenständigen Typen" bezeichnet. Wahrscheinlich sollte das ein Kompliment sein, einen Künstler kann sie ihren Lesern offenbar nur verkaufen, wenn er als Provinz-Ei dargestellt wird. Aber was ist überhaupt Provinz? Provinz ist Heimat. In den Metropolen, am Jungfernstieg, in der Bahnhofstraße, am Potsdamer Platz, dort wird man nicht geboren, dort wächst man nicht auf, dorthin sehnt man sich nicht zurück. Downtown London, New York,

Hamburg, Berlin oder Zürich lebt doch überall nur noch eine zusammengewürfelte Menge von Touristen, Barbetreibern, Hoteliers, Zweit- und Drittwohnungsbesitzern, Wachmännern, Hausmeistern. Und in den angesagten Altbauvierteln drum herum trifft sich ein Potpourri frisch zugezogener narzisstischer Provinzbegabungen, bis diese Boheme von der Invasion der Langweiler, bestehend aus Anwälten, Zahnärzten, Werbern und Bankern, verdrängt wird. Ich habe dieses Naserümpfen über die *provinziellen* Schwaben nie verstanden (andererseits habe ich mir das Schwäbisch in Hamburg schnell abzugewöhnen versucht, ein beflissener Assimilierungsversuch, wird manch einer sagen, doch andererseits hing ich nie am Dialekt). Der breite, größtenteils solide erarbeitete Wohlstand, das prosperierende Autoland bietet Künstlern doch erst eine einigermaßen menschenwürdige Lebensgrundlage. Eine organisch gewachsene Kulturlandschaft, in jedem Kaff ein Kunstmuseum, eine historische Altstadt, eine Stiftung, ein Sammlermuseum. Baden-Württemberg, was soll daran schlecht sein?

21. Februar
Montag, Bad Cannstatt

Bei Khalil, in seiner Pizzeria Diavola. „Salaam Ronny, va bene?“ Wir plaudern im Hinterzimmer, zumal im Restaurant (wie immer) nicht viel los ist, Khalil stellt einen Teller mit Gebäck auf den Tisch. Rania, erklärt er etwas übellaunig, sei beim Aqua-Fitness, sie habe ihm wochenlang damit in den Ohren gelegen, nun habe er widerwillig zugestimmt, nachdem man ihm versichert habe, der Kurs sei ausschließlich für Frauen.

Der Tee. Ein wohliges Gefühl, als das darin gelöste Haschöl seine Wirkung sanft entfaltet. Wir schwelgen in

Erinnerungen. „Dieser Libanesendreck, diese lieblose Massenproduktion: Was habt ihr früher bloß für einen Mist geraucht“, ruft Khalil in gespielter Empörung aus. Anbau auf riesigen Feldern, Abtransport der Ernte mit Traktoren und LKWs, Schmuggel und Profitverteilung straff über Clans geregelt, die PLO habe dick mitverdient, die Hizbollah ebenso. Khalil hat recht: Kratziger, mit üblen Bindemitteln wie Motoröl, Paraffin und Wachs gestreckter und in Platten gepresster Libanese beherrschte in den 1980ern den deutschen Markt. Seine Wirkung war schwach, kraftlos, stumpf-ermüdend und rasch nachlassend; das passende Hasch zum Punkkonzert, für Leute, die ohnehin schon besoffen waren. Der Philantrop Khalil hingegen, stets besorgt um die Gesundheit seiner Kunden, habe „schon immer“ marokkanische Qualität angeboten, Bio-Dope sozusagen.

22. Februar
Dienstag, Ostfildern-Ruit

Zu Besuch bei Monika. Garstiges Wetter. Den Nachmittag zusammen auf der Ledercouch in ihrem Esszimmer verbracht. Ihr zuliebe Breakfast at Tiffany's geschaut.

5. März
Samstag

Ben zu Besuch. Ich zeige ihm ein paar meiner Selbstporträts, möchte seine ehrliche Meinung dazu hören. Er bleibt vor dem Selbstbildnis mit Picasso-Unterhose stehen und murmelt: „Sieht voll behindert aus.“

10. März
Donnerstag, Karlsruhe

Mit Uwe zur Art Karlsruhe gefahren. Publikum strömt zur

leergeräumten Koje der Galerie Klobiger, ein Karlsruher Kunststudent, wird mir gesagt, werde dort seine Arbeit präsentieren. Ich komme näher, aber holy shit, wer ist das? Der Mann, der in der Mitte der Koje steht, ist Caligula! Er grinst sein Publikum an, ich erwarte eine scheppernde Lachsalve, doch stattdessen beginnt er sich selbst auf die Nase zu schlagen. Auch nicht schlecht! Er schlägt erst sachte, dann stärker, schlägt weiter, bis endlich Blut fließt, das in einer Schüssel aufgefangen wird, die man ihm eiligst gereicht hat. Ich pruste los, jetzt muss ich mal zur Abwechslung herzhaft lachen, jetzt hätte er eigentlich mal einen fetten Applaus verdient, denke ich, doch niemand fällt in mein Klatschen ein, stattdessen verlegene Stille im Publikum. Mit einem Haarpinsel trägt Caligula anschließend sein Nasenblut auf die Wand auf, als minimalistisches Gemälde. Ähnelt irgendwie einem Eichhörnchen.

Flaniere in meinem Emerging-Collector-Outfit durch Halle 1, dort läuft Fashion – Modephotographie aus neun Jahrzehnten aus dem Bestand der Galerie Camera Work. Im Gespräch mit der ebenso gutaussehenden wie eloquenten Galerieleiterin schaffe ich es, mich irgendwie interessant zu machen beziehungsweise am Galeriebestand interessiert zu wirken. Sie gibt mir ihre Karte, „Steffi Schulze" lese ich, ein leicht zu merkender Name, ich verspreche, zum nächsten Gallery Weekend nach Berlin zu kommen, mit satt Penunze auf Tasche.

Später bekommt Werner Büttner den Hans-Platschek-Preis für Kunst und Schrift überreicht. Die Jury bestand einzig aus dem Sammler Harald Falckenberg, ein Kumpel Büttners aus Hamburg. Das ist fast so gut wie der Werner-Kunstpreis Ende der 1990er: Der Galerist Michael Werner hatte damals den Schmierstoffhersteller Rhenus LUB zur

Stiftung eines Kunstpreises für moderne Kunst überredet. Es lief dann auch wie geschmiert. In der Jury saßen nämlich Werners Galeriekünstler Lüpertz, der (mit Werner bekannte) britische Kunsthistoriker Norman Rosenthal und Werner persönlich. Der erste Preisträger (50.000 Euro) war Baselitz, ebenfalls Künstler der Werner-Galerie. Ein geschlossener Kreislauf, der Kunstbetrieb als selbstreferentielles System. Oder war's subversive Konzeptkunst?

18. März
Freitag, Stuttgart

Mit Monika essen gegangen im neueröffneten Restaurant des Fernsehturms. Sie spricht über ihre Zeit an der HfbK, die Jahre, bevor sie Wolfgang heiratete und noch davon träumte, selbst eine große Künstlerin zu werden. Die Höhe beflügelt die Gedanken. Spaßeshalber stellen wir eine Gebrauchsanweisung für erfolgreiche Jungkünstler und -künstlerinnen zusammen. Jeder darf abwechselnd eine Regel aufstellen, ich beginne: „Bleib flexibel in der Wahl deiner künstlerischen Medien, wechsle von Video über Fotografie zur Performance, mache Musik, bastele Mixed-Media-Installationen, vermeide die Festlegung auf Malerei und Zeichnung, dies gilt als ausgereizt, altmodisch, prätentiös, marktgefällig!" Monika stimmt zu und ergänzt mit Regel Nr. 2: „Nutze die Kunst als Bühne zur Selbstdarstellung!" Stimmt. Es ist unübersehbar, dass das authentische persönliche Erleben und Fühlen im Mittelpunkt vieler Gegenwartskunstwerke steht. Dies funktioniert aber nur, formuliere ich die dritte Regel, wenn man ein Geheimnis daraus macht, das heißt Interviews verweigert, sich verrätselte Werktitel ausdenkt und kryptische Äußerungen in der Öffentlichkeit macht. Monika fügt lachend hinzu: „Nicht die vierte Regel vergessen: Suche immer den inhaltlichen oder technischen Realitäts- und Alltagsbezug, zitiere Kitsch und Pop!" – „Fünftens", rufe ich aus: „Sei politisch! Stichworte: Umwelt, Architektur, öffentliche Räume, urbane Interventionen." Monika, auch sie jetzt voll in Fahrt, ergänzt: „Sechstens: Sei theorisch!" Und richtig: Angesagt ist Kunst, die sich selbst analysiert, die Prozesse der Bildfindung und -entstehung beleuchtet, Bilder von einem Medium zum anderen transformiert. „Siebtens", rufen wir wie aus einem Munde: „Sei rebellisch! Beleidige ab und an das Publikum und deine Unterstützer!" Wie viele Kunstwerke gibt es inzwischen, die die Mechanismen des Kunstmarktes und Kunstbetriebs, die Funktionen von Museen und anderen Institutionen, die formellen und informellen Hierarchien und Machtstrukturen thematisieren und kritisieren?

Zu Hause angekommen, denke ich noch mal darüber nach: Es ist unglaublich. Es passt alles perfekt zu Vittorio! Er hat einfach alles richtig gemacht. Vittorio, *du bisch a gaila Siach!*

„Ich war phasenweise sauer und enttäuscht, als ich Ronnys Tagebuch las, fühlte mich missverstanden und mies gemacht. Meine Galeristen haben mir geraten, bestimmte Passagen des Tagebuchs streichen zu lassen. Doch ich bin zum Schluss gekommen: Das wäre kleinlich und feige. Man muss Gegensätze und Kritik ertragen können."

Vittorio Bernasconi, November 2012

22. März
Dienstag, Bad Cannstadt

Bei Khalil. Er stellt missmutig einen Teller mit Gebäck auf den Tisch, alles müsse man selber machen. Rania sei wieder mal beim Aqua-Fitness, überhaupt denke sie nur noch an sich, ans Styling, Shoppen et cetera, wie eine Deutsche. Der Tee wirkt. Ein wohliges Gefühl.

Haschöl sei die Zukunft, doziert Khalil jetzt in strategischer Weitsicht, denn es brächte den Vorteil, dass bei der Einnahme auf das gesundheitsschädliche Rauchen ganz verzichtet werden könne, und zudem eine breite kulinarische Produktpalette auf den Verbraucher warte, vom Hasch-Schokokeks bis zum Hasch-Pesto, überhaupt böte auch die Pizza ein weites Anwendungsfeld. Plötzlich steht eine gemeinsame Geschäftsidee im Raum: Pizza-Lieferservice für Kiffer! Khalil backt die Haschölpizza, die das Bedürfnis nach Dröhnung und Fress-Flash gleichermaßen befriedigt, und ich als routinierter Taxifahrer liefere aus. Eine ideale Paketlösung. Wie soll unser Unternehmen heißen? Ein heftiger Brainstorm erbringt zweifelhafte Ergebnisse wie „Italo-Dröhnung 3000" oder „Pizza-Lieferservice Bad Cannabisstatt". Aber Rom wurde auch nicht an einem Tag gebaut.

[Die beiden folgenden Seiten sind leer]

28. März
Montag, Ermatingen

Mit Vittorio nach Ermatingen am Bodensee gefahren. Ein Sponsor hat uns einen bulligen, fabrikneuen Chrysler 300 Sedan zur Verfügung gestellt, wir fahren durch Stein am Rhein am Südufer des Bodensees entlang Richtung Konstanz, eine wundervolle Landschaft. An den Straßen gigantische Plakatwände der VSP, die die Bürger zu einer Volksabstimmung aufrufen: „Ja zum obligatorischen Schul- und Hochschulunterricht in Schweizer Mundart! Ja zur Heimatschutzinitiative der Vereinigten Schweizer Patrioten!"

Im Tagungszentrum Wolfsberg hat Vittorio im Rahmen

des UBS Arts Forum die Gelegenheit, Fango Veneziano vorzustellen, um die Fachwelt schon vorab positiv auf sein Projekt einzustimmen. Auch die Biennale-Chefin Bice Curiger erläutert ihr Konzept für die allgemeine Ausstellung. Die Schau wird den Titel ILLUMInazioni tragen, ein Drittel der eingeladenen Künstler ist unter 35 Jahren, achtzig Prozent der Werke werden speziell für die Biennale entwickelt. Dem Nachwuchs eine Chance. Man konnte sich sogar persönlich als Künstler bewerben, über ein Formular auf der Netzseite der Biennale, es sei aber, so Curiger, „wenig Erfreuliches dabei gewesen". Von wegen „Selbstbewerbungen sind möglich": So leicht geben Kuratoren das Heft dann doch nicht aus der Hand.

Beim Dinner Begegnung mit Thomas Hirschhorn, wir tragen die gleiche Brille, er starrt mich irritiert an.

29. März
Dienstag, Ermatingen

Hirschhorn, der diesmal den Schweizer Pavillon bespielen wird, stellt seine Arbeit Crystal of Resistance vor und verkündet, wie ich finde, etwas scheinheilig: „Ich vertrete nicht die Schweiz, ich vertrete nur mich selbst, meine Kunst." Eine Ehre, ein Prestigegewinn? „Prestige? Das sind die anderen, die das so sehen." Widerständigkeit als Pose, als ästhetisches Oberflächendesign. Was ist echter Widerstand? „Nein sagen" sei die letzte Widerstandsmöglichkeit des Künstlers, sagt der ehemalige documenta-Chef Roger Buergel dann in der anschließenden Podiumsdiskussion, nein sagen zum marktkonformen Ausstellungs- und Kunstbetrieb.

Mittags Spaziergang vom Wolfsberg herab an den Untersee, nach Ermatingen. Setze mich auf eine Bank, schräg gegenüber hängt ein Wahlplakat. Es zeigt den VSP-Leiter des

Thurgaus. Ein junger Mann in dunklem Anzug und mit Krawatte, mit feistem Gesicht und gegelter Igelfrisur. Sicherlich arbeitet er fleißig, zuverlässig und loyal in irgendeiner Versicherung oder Bank (Kreissparkasse, ob es das hier wohl auch gibt?). Trotz aller Solidität, aller bodenständiger Dynamik, aller rationaler Zuversicht, die das Bild ausstrahlen soll: Etwas passt nicht, es ist – es ist ein melancholischer Zug um die Augen, eine leichte, kaum sichtbare Andeutung des Bekümmertseins, des Zweifels. Was als Propaganda gedacht war, wirkt wie ein Vantitassymbol, wider Willen. Eine Windböe reißt mich aus meiner Grübelei, ich muss zurück, bald prasselt kalter Regen auf mich herab. Ich versuche eine Abkürzung zum Tagungszentrum über die Wiese zu nehmen, doch sie ist zu glitschig, ich gleite aus und rutsche einige Meter den Hang hinab. Mühsam versuche ich, wieder auf die Beine zu kommen, doch vergebens, erneut rutsche ich aus, schlittere, nunmehr in Bauchlage, die schlammige Wiese herab. Verzweifelt suche ich Halt, ein Auto nähert sich auf dem angrenzenden Feldweg, der Fahrer drosselt das Tempo, ruft irgendetwas, ich verstehe ihn nicht, johlend und hupend beschleunigt er wieder. Völlig durchnässt, über und über mit Lehm beschmiert, erreiche ich das Tagungszentrum, begegne im Foyer zwei Konferenzteilnehmerinnen, aparten Zürcherinnen in malven- und fliederfarbenen Kostümen, sie mustern mich mit angewidertem Ausdruck.

Frisch umgezogen, nehme ich am Nachmittagsprogramm teil. Auftritt Niklas Maak, Kunstredakteur der FAZ. Flegelt sich in den Sessel auf dem Podium, hastiges Manuskript-Ablesen ohne Blickkontakt zum Publikum, als ob er einen eigenen Zeitungsartikel vorliest, bemüht um Lässigkeit und Souveränität, doch überwiegt der Gesamteindruck des Wurschtigen, Ungekonnten.

30. März
Mittwoch, Zürich

[...] [unleserlicher Eintrag, offenbar treffen sich Ronald und Vittorio mit einem Schweizer Künstler im Cabaret Voltaire]

4. April
Montag

Ben war am Wochenende zu Besuch, hat mir ein Geschenk zum 46. Geburtstag dagelassen, ich durfte es erst heute Morgen öffnen. Er hat im Kopierladen ein Mottoshirt machen lassen, drauf steht in Fraktur: „Ich war auch mal cool ...“

5. April
Dienstag

Monika steht mit einer Torte vor der Tür. Überraschung! Zwar hatte ich schon gestern Geburtstag, aber was soll’s. Schwarzwälderkirsch und Eierlikör, anschließend heavy petting: You can't beat the feeling.

7. April
Donnerstag

Mirjana. Gratuliert mir nachträglich zum Geburtstag, knapp und kühl, aber immerhin. Sie hat ein gutes Zahlengedächtnis, braucht man ja wohl auch in ihrer Branche.

12. April
Dienstag

Einer meiner wichtigsten Sammler und Förderer der letzten Jahre, man kann sogar sagen: der wichtigste Sammler und Förderer RON.EGOXLs: Werner Borstmann, Inhaber der Facilitymanagement IMMOTEC GmbH Böblingen ist am

Telefon: Er habe einen Auftrag für mich, das Porträt eines Familienmitgliedes. Immer wieder stellt er mir das Foyer seines Firmengebäudes für Ausstellungen zur Verfügung, spendiert sogar stets eine Vernissage für die Mitarbeiter („Kunst am Arbeitsplatz erhöht die Motivation und die Produktivität der Mitarbeiter") und kauft regelmäßig Werke für die Büros an. Nun möchte er zum zehnten Todestag ein Porträt seines verstorbenen Vaters in Öl malen lassen, das fertige Opus solle im Chefbüro die Wand schmücken. Als Vorlage müsse also ein Foto dienen, der Kurierdienst sei schon auf dem Weg zu mir.

11.14 Uhr. Das Foto ist da. Fuck! Allen Ernstes hat mir Borstmann ein altes Passfoto seines Vaters aus den 1960er Jahren geschickt. Schwarzweiß, sechs mal vier Zentimeter! Zu sehen ist ein Herr mit Hornbrille, Stirnglatze und zurückgekämmtem Haar, er sieht aus wie Heinz Ehrhardt mit schlechter Laune, ein Gesicht, das es millionenfach gab!

„Wie schwierig ist es, eine einzige Figur auf die Leinwand zu setzen, und auf diese Figur das ganze Interesse so zu konzentrieren, dass sie lebendig und leibhaftig vor einen tritt."
Eduard Manet

14. April
Donnerstag, Köln

Mit Vittorio auf die Art Cologne, wo er in zwei Galerien vertreten ist. Ich schlendere durch die Hallen, bleibe vor Eigen+Art stehen, wo (Sensation!) Neo Rauchs erste Plastik angeboten wird. Gerd Harry Lübke läuft aufgeregt vor seinem Stand hin und her, erzählt jedem, dass er dieses Jahr nicht in Basel mitmachen darf, jetzt hat er Michael Ballack am Wickel, quatscht ihn schwindelig. Ballack: Was macht der eigentlich hier, sollte er nicht besser trainieren? Verdacht: Sobald sich die Karrieren von Prominenten dem Ende zuneigen, werden sie plötzlich in Museen und auf Kunstmessen gesehen und fangen auch noch an, selbst zu sammeln oder zu malen: So war es bei dem seligen Dennis Hopper, bei George Michael, bei Silvester Stallone, bei Claudia Schiffer und nun: Bei M. Ballack.

Anschließend festliche Preisverleihung. Die Koelnmesse und der Bundesverband Deutscher Galeristen vergeben den Art-Cologne-Preis für herausragende Leistungen der Kulturvermittlung an: Michael Werner!

15. April
Freitag

Zum Pizzaessen im Breuningerland mit Ben. Er berichtet mit tonloser Stimme vom gestrigen Praktikumstag, den er hier absolviert habe. Wo denn, frage ich, im Media Markt? „Nee, bei Douglas“, antwortet Ben. Wie bitte, in der Parfümerie? Ja, gestern sei Boy's Day gewesen, alle Jungs mussten für einen Tag in Frauenberufen arbeiten, es sei furchtbar gewesen, er hätte die ganze Zeit Angst gehabt, dass ihn jemand sieht. Der arme Junge. Verficktes Gendermainstreaming, wer denkt sich so was nur aus?

16. April
Samstag, Schwäbisch Hall/Bad Cannstadt

Mit Monika zur Eröffnung der großen Niki-de-Saint-Phalle-Ausstellung in der Kunsthalle Würth, die unter dem heiteren Titel Spiel mit mir firmiert. Über hundert Arbeiten, vom malerischen Frühwerk bis zu den späten Skulpturen. Viel Publikum ist gekommen, im Hintergrund wiehert Caligula. Monika heute mit angestrengtem, etwas verquältem Gesichtsausdruck, den ich fälschlicherweise auf ihre neuen Pumps zurückführe.

Anschließend lade ich Monika zum Essen bei Khalil ein. Sie wirkt immer noch ernst, hat mir offenbar etwas Unangenehmes mitzuteilen. Wolfgang gehe es nicht gut. Er habe einen Burn-out erlitten, könne auf absehbare Zeit nicht mehr arbeiten. Er brauche sie nun, vielleicht so wie nie zuvor in seinem Leben. Rollentausch: Aus dem weltmännischen Geschäftsmann, dem Lufthansa-Bonusmeilensammler wird ein labiler Stubenhocker, während die zu Hause Sitzengelassene das Kommando übernimmt. Zurzeit sei er noch zur Kur in einer Privatklinik in Meiringen, doch sobald er wieder nach Hause komme, könnten wir uns nicht mehr sehen, das müsse ich verstehen. Ihr täte es auch leid, es wäre sehr schön gewesen mit uns, doch sie müsse jetzt Prioritäten setzen.

Ausgespielt. Vorbei. Eine gewisse Leere bleibt zurück. Ich muss mich wieder in die Arbeit stürzen:

Noch am gleichen Abend habe ich mein Selbstbildnis als Verlassener begonnen, eine Darstellung als erschöpfter Bajazzo, als müder Harlekin schwebt mir vor.

18. April
Montag

Arbeit am Porträt Borstmann senior. Ein Porträt kann nur gelingen, wenn man die Persönlichkeit begreift, das Wesen ergründet, sich in die darzustellende Person hineinversetzt. Langjährige Angestellte von IMMOTEC bzw. der Vorläuferfirma Gebäudereinigung Borstmann & Söhne erzählen, der Senior sei „ein harter Hund“ gewesen. An Lehrlinge habe er gerne Schellen verteilt, die Ängstlichen beim Fensterputzen auf besonders hohe Anlegeleitern (die sich in der Mitte elendig durchbogen) gescheucht, Anweisungen ganz überwiegend im Brüllton erteilt. Auch seine Söhne hatten wohl wenig zu lachen. He was a real dickhead.

23. April
Ostersamstag

Arbeit am Porträt Borstmann senior. Ein warmer Tag, gut 25 Grad. Ich sitze in Shorts auf der Gartenbank, mit meinem Pfeifchen, Zeit für den ersten Campari-O dieses Frühjahres. Zartes Grün an den Sträuchern, eine Idylle, wie von Leibl gemalt. Ich weiß, dass mich mein rechter Nachbar, der Gartennazi, hinter seinen Gardinen beobachtet. Nachbarn können einem das Leben zur Hölle machen, vor allem, wenn man wie ich Unmengen von Material auf seinem Grundstück sammelt und selten Rasen mäht. Linker Hand leben gute, brave Menschen, Familie Dejanovic, Mazedonier oder Serben, rechter Hand aber ein Frührentner, der hauptberuflich seinen Garten pflegt (obwohl ich ihn fast nie im Garten sehe, wahrscheinlich, weil ich so lange schlafe). Es gibt keinen ordentlicheren Garten in ganz Baden-Württemberg. Alles ist rechtwinklig, alles getrimmt, geschnitten, begradigt. Dazu besitzt der Gartennazi ein riesiges Arsenal von Gerätschaften, Maschinen, Sägen, Scheren. Keine Schnecke, kein Unkraut überlebt länger als zwölf Stunden auf seinem Areal. Alles wirkt wie aus Plastik, selbst Blumen und Salatköpfe sehen wie industriell vorproduzierte und in den Boden einmontierte Kunststoffobjekte aus. Entlang der Grundstücksgrenze hat er einen geharkten Postenweg angelegt, auf dem seine beiden Rottweiler Doppelstreife laufen. Wenn er nicht im Garten ist, lauert der Gartennazi hinter der Gardine, um jegliche Unregelmäßigkeiten oder Regelverstöße in der Nachbarschaft umgehend dem nächsten Polizeirevier zu melden.

16. April
Ostermontag

Arbeit am Porträt Borstmann senior. Ich befinde mich mit

ihm in einem wortkargen Zwiegespräch, denn er ist mir in den letzten Wochen nicht sympathischer geworden. Wie porträtiert man einen Menschen, den man weder kennt noch mag? Gibt es eine Art Objektivitätsgebot in der Kunst, wie in der Wissenschaft?

„Wir wissen heute, dass die Malerei nicht die Wahrheit ist. Die Kunst ist Dichtung, die uns erlaubt, an die Wahrheit heranzukommen." Pablo Picasso

29. April
Freitag

Arbeit am Porträt Borstmann senior. Er ist nun leider etwas maskenhaft-starr geworden. Wie eine Wachsfigur, ein Untoter. Das wird Werner nicht gefallen. Schluss für heute.

„Das Werk drückt oft mehr aus, als der Urheber bewusst gewollt hat." Pablo Picasso

1. Mai
Sonntag

Endlich! Saisonstart im Freibad Silberweg. Da sind sie alle wieder, die Saisonkartenabonnenten, wir nicken uns zu, wechseln ein paar Worte. Zwei von den Ledermumien vermisse ich, sie sind wohl zwischenzeitlich verstorben.

Abends Weiterarbeit am Selbstbildnis als Verlassener. Die erste Fassung als müder Bajazzo ist glatt misslungen, wirkt lächerlich, wie eine Marionettenfigur in der Spielpause des Kasperltheaters.

3. Mai
Dienstag, Stuttgart

Wieder mal im Singleclub der Staatsgalerie. Ich zucke zusammen: Inmitten graumelierter Damen ein großer bunter Vogel,

Triptychon der Brüder, Öl auf Leinwand, 420 × 200 cm

die unglückliche Elke. Sie begrüßt mich mit Wangenkuss, aufmerksam beobachtet von den Graumelierten und dem UV-gegerbten Lederstrumpf Claudia. Einerseits freuen wir uns über das Wiedersehen, andererseits ist es uns auch etwas peinlich (zumal wir beide wissen, dass es mit uns nichts mehr werden wird). Trotzdem gehen wir anstandshalber noch was trinken. Nun, da meine große Ausstellung im Lütze-Museum, die durch ihre Vermittlung zustande kam, näher rückt, fühle ich mich ihr gegenüber doch etwas verpflichtet.

4. Mai
Mittwoch, Bad Cannstatt

Bei Khalil. Habe gestern deine Ex getroffen, teile ich ihm mit. Er winkt ab. Rania, die heute wieder blendend aussieht, serviert uns Safranbällchen und Tee. Sie bringt die Speisekarte, deutet lächelnd auf Gericht Nr. 41, ich lese ungläubig: Pizza Ronny Läpplinger speciale. 13,95 Euro. Ich bin zutiefst gerührt, man hat ein Hauptgericht nach mir benannt! Mit wässrigen Augen blicke ich auf der nicht enden wollenden Kingsize-Pizza umher, die mir bald darauf serviert wird. Ich sehe Sardellen und Peperoni, Kapern und Zwiebelringe, Walnusskerne und Parmaschinken, Mozzarella und Pferdewurst, wahre Landschaften von Belägen, es ist überwältigend!

Im Übrigen, so Khalil gütig, könne die Pizzeria Diavola noch besser aussehen, mit meinen Bildern an der Wand (schon in Latif's Falafel Palace hätte ich ja die Atmosphäre mit einigen Palmen- und Kameldarstellungen bedeutend verbessert, und immer wieder hätten sich Kunden anerkennend über meine Wandmalereien geäußert)! Am liebsten wären ihm ein paar große italienische Landschaften, mit Sonnenuntergang, antiken Ruinen, die Bucht von Neapel, Capri oder so. Ich könne mir ja mal was überlegen, über den Preis reden wir dann.

5. Mai
Donnerstag

Mirjana. Ein ungewöhnlich warmer Tag, satt über 25 Grad bestimmt. Sie schaut sich im Atelier um, o nein, sie hat das Selbstbildnis als Verlassener entdeckt, diesen grotesk verunglückten Clown! Bitte, sag jetzt nichts, denke ich. Mirjana blickt abwechselnd mich und das Bild an, legt den Kopf ein wenig schief, zieht kaum merklich eine Augenbraue hoch und seufzt leise beim Weitergehen. Ihre etwas spröde Art gefällt mir im Grunde, der jähe Wechsel zwischen spöttischer Überheblichkeit und Selbstironie, zwischen verletzend kaltem Urteil und stillschweigendem Wohlwollen. Auch ihr badischer Akzent hat mich nie gestört, im Gegenteil. Heute fällt mir zum ersten Mal auf, wie gut sie eigentlich aussieht! Den Blazer locker über die Schulter gehängt, geht sie voran zum Kaffeetrinken in den Garten. Unter der engen magentafarbenen Bluse erahne ich ihren BH, er schneidet in ihren weichen Rücken ein, mein Blick wandert weiter, nach unten. Plötzlich, o Schreck, dreht sie sich um, blickt mich mit einem gespielt verwundert-amüsierten Ausdruck an. O Gott. Wie pervers bin ich eigentlich, meiner Schwägerin auf den Arsch zu starren? Und sie hat's auch noch gemerkt!

„Ich habe lange überlegt, ob ich der Veröffentlichung des Tagebuchs zustimmen soll. Für uns Mitarbeiter der Sparkasse ist Diskretion, ist ein guter Ruf das A und O. Gerade in einer kleinen Stadt wie Böblingen, wo man viele Kunden persönlich kennt. Doch in Ronnys Tagebuch, da steht sehr Persönliches, Intimes, vielleicht auch Peinliches über mich. Die Geschichte wurde sogar im Vorstand diskutiert,

Auszüge aus dem Text wurden dort herumgereicht. Dabei ging es hoch her. Der Herr Günter sagte, wenn dieses Buch herauskommt, sollte man klagen, das sei doch Rufschädigung für unser Finanzinstitut! Dr. Schmieders und Herr Kurt meinten jedoch, die Kreissparkasse Böblingen könne imagemäßig davon profitieren – Kunst, das mache die Kreissparkasse interessant, das sei doch ein ideales Distinktionsmerkmal im Privatkundenmarketing! Die beiden haben sich im Vorstand schließlich durchgesetzt, und so bekam ich sogar von meinem Arbeitgeber grünes Licht und obendrein einen Druckkostenzuschuss von tausend Euro, um gemeinsam mit Matthias, Bernd, Vittorio und Uwe dieses Buch zu veröffentlichen. Die Geschichte gehört einfach zu meinem Leben. Und jeder hier im Städtchen, da bin ich ganz sicher, hat bestimmt auch seine kleinen, peinlichen Geheimnisse. Ist mir egal, was getratscht wird. Ich bin ich!"

Mirjana Läpplinger, November 2012

6. Mai
Freitag

Weiterarbeit am Selbstbildnis als Verlassener. Ich bräuchte ein neue Muse, ein Modell, das sich bewundern lässt und gleichzeitig bereit ist, mich, den Künstler zu bewundern, eine, wie man heute sagen würde, *künstlerische Prozessbegleiterin.*

7. Mai
Samstag

Zweite Fassung des Selbstbildnis als Verlassener. Wie schwer es ist, echte Trauer und Verlorenheit darzustellen, ohne abgeschmackt und klischeehaft zu werden! Ich schaffe es einfach nicht, vom Kaufhauskunstmotiv des Sad Clown wegzukommen!

Schlaflos. Setze mich gegen halb vier in den Wagen, steuere die A81 an, fahre und fahre, immer weiter südwärts, runter bis nach Radolfzell. Sonnenaufgang über dem Bodensee. Zigarette geraucht und zurück.

„Die Nacht ist schweigend und dröhnt." Ludwig Meidner

12. Mai
Donnerstag, Stuttgart

Mit Matthias und seinen Jungs in der Ausstellung Art, Stars & Cars im Mercedes-Benz-Museum. War langweilig (Werke der Daimler Sammlung mit Autos kombiniert, darunter Warhols Serie Cars).

13. Mai
Freitag

Weitergearbeitet am Selbstbildnis als Verlassener. Es ist unerträglich süßlich-kitschig geworden, ich musste einen radikalen Schnitt machen, und habe mit einem terpentingetränkten Lappen das Gesicht ausgewischt, das Ergebnis war eigentlich schon recht annehmbar, à la Francis Bacon. Doch im Furor wischte ich immer weiter, bis das Gesicht völlig leer war und die weiße Grundierung sichtbar wurde.

14. Mai
Samstag

Elke, gerade mit ihrer Bauchtanzgruppe von einem Ethno-Tribal-Worldmusic-Festival aus Dublin zurückgekehrt, ist aus dem Häuschen: Eine Fernsehshow habe angefragt, ob sie Lust zu einer Belly-Dance-Einlage vor der Kamera hätte, schon nächste Woche am Mittwoch! Wie heißt denn die Show, frage ich. Britt antwortet Elke, die laufe immer auf SAT 1. Wir sehen uns einige Clips auf Youtube an. Dort beschimpfen sich Asiweiber gegenseitig als „fette Sau", oder „arbeitsscheue Schlampe" das Publikum grölt vor Begeisterung. Elke neben mir wird immer stiller.

17. Mai
Dienstag, London

Mit Vittorio zur Eröffnung der Tracey-Emin-Ausstellung in der Hayward Gallery. Sein Galerist hat uns eine Einladung besorgt. Die Ausstellung im South Bank Center ist durchwachsen, einige Klassiker wie Psycho Slut sind dabei, aber auch schwache Arbeiten wie Salem, ein fünf Meter hoher Turm aus alten Dachlatten. Die Künstlerin ist anwesend, ich kann sie aus der Nähe betrachten (leider wurden wir nicht persönlich vorgestellt, von uns beiden hatte nur Vittorio das Vergnügen). Irgendwie mag ich Tracey, ich kann es nicht erklären, obwohl sie mächtig überdreht zu sein scheint, mit ihrem ungeheuer schiefen Grinsen, ihrer exzentrischen Art, erst recht jetzt, wo sie als Grande Dame der britischen Gegenwartskunst gilt. Irritiert stelle ich bei ihr eine gewisse Ähnlichkeit mit Mirjana fest – wenngleich Mirjana deutlich voller, solider, muttimäßiger als Tracey wirkt. Love is what you want.

„Ich bin ein sehr trauriger Mensch, aber ich kann mich nicht entscheiden, ob ich unglücklich bin, weil ich traurige

Kunst mache, oder ob ich traurige Kunst mache, weil ich unglücklich bin.“ Tracey Emin

18. Mai
Mittwoch, London

Treffen mit John-Paul Stonard, Mitarbeiter des Burlington Magazines. Vittorio möchte die Zeitschrift als Medienpartner für Fango Veneziano gewinnen. Stonard gibt in einer leicht gelangweilten Tonlage zu bedenken, dass das Burlington Magazine traditionell ein Organ des klassischen Connaisseurs sei. Ob diese gediegenen Genießer Fango Veneziano goutierten, wage er zu bezweifeln.

„Ronnys Englisch: Obwohl er ja angeblich lange in New York und London war, und trotz aller Rock'n'Roll-Coolness: Ronny sprach ein grottenschlechtes Englisch, ja, fast ein Oettinger-Englisch, und: Merkwürdigerweise kam sein schwäbischer Akzent eher im Englischen als im Hochdeutschen durch!“

Vittorio Bernasconi, November 2012

20. Mai
Freitag

Wiederaufnahme der Arbeit am Porträt Borstmann senior. Geniale Idee für den Hintergrund: Ich führe ihn als farbenfrohes Drip painting aus (*Bild im Bild*, welch ein kluger kunsthistorischer Verweis!).

21. Mai
Samstag

Arbeit am Porträt Borstmann senior. Durch den Pollockschen

Hintergrund ist Borstmann noch bleicher, gespenstischer geworden. Ich beschließe, seinem Teint eine leichte Tönung zu verleihen, mittels einer bronzenen Lasur.

22. Mai
Sonntag

Arbeit am Porträt Borstmann senior. Blick auf das Werk der vergangenen Nacht. Schock: *Jessesgoddemvaddr,* die Lasur ist beim Trocknen auf fatale Weise nachgedunkelt! Borstmann ist nunmehr derart gut gebräunt, dass er als nigerianischer Öl-Exporteur durchgehen könnte.

24. Mai
Dienstag, Venedig

Fliege nach Venedig, um Vittorio beim Aufbau zu helfen, er ist bereits seit fast zwei Monaten da, pausenlos auf der Baustelle beschäftigt. Fango Veneziano gehört offiziell zur internationalen Ausstellung, ist aber nicht im Arsenale, sondern am Ufer des Rio dei Giardini, also direkt auf dem Gelände der historischen Biennalepavillons angesiedelt worden, genauer gesagt, auf einer Grünfläche am Riva dei Partigiani zwischen dem französischen und dem britischen Pavillon. Boltanski soll sich bereits beschwert haben, die Franzosen finden ihre neue Nachbarschaft entwürdigend. Durch grellorange Leitungen, auf denen überall in weißen Buchstaben „Fäkal-Entsorgungstechnik Döbler GmbH, Freiburg (D)" steht, werden die Ausscheidungen der Biennalebesucher aus den Toilettenanlagen der Giardini Pubblici und der Faulschlamm aus dem Canale di San Marco herangeführt. Der Verkaufspavillon für die Venetian Bagels ist außen in Meergrün mit orangen Signalstreifen gehalten, innen dominieren warme Töne wie Kadmiumdunkel und Venezianischrot. Die

Biennale wird am 4. Juni eröffnet, schon ab dem 1. Juni ist die Vorbesichtigung angesagt. Da pressiert's schon ein wenig, diesmal muss ich wohl wirklich mit anpacken, und kann nicht nur spazieren gehen.

25. Mai
Mittwoch, Venedig

Schlaflos, trotz Unterbringung im Fünf-Sterne-Hotel Danieli direkt am Canal Grande. Ungeheure Hitze, die auch nachts kaum weicht. Am nächsten Morgen im grellen Licht auf die Baustelle: Ein Heer von Installateuren und Technikern ist damit beschäftigt, das Chaos von Wasserleitungen, Schläuchen und Pumpen in ein komplexes, funktionierendes System zu verwandeln. Vittorio in der Mitte, flankiert von zwei italienischen Assistenten. Pausenloses Reden und Gestikulieren, gegenseitiges Anschreien, allerorten Augenrollen, wildes Grimassieren, wie in der Stummfilm-Ära. Ich fühle mich bald deplatziert, setze mich in den Schatten. Ich hasse Italien.

26. Mai
Donnerstag, Venedig

Vittorio hat eingesehen, dass ich hier nicht viel helfen kann. So nehme ich mir vor, den Tag im Hotel zu verbringen, am Abend ein bisschen spazieren zu gehen und über den Markusplatz zu schleichen. Was sich allerdings als unmöglich erweist, da ich nach wenigen Schritten im dichten Gedränge der Tagestouristen feststecke. Über mir ebenso dichte Taubenschwärme.

Ich besteige ein Boot nach San Michele, der Friedhofsinsel. Kein Fahrgast außer mir ist an Bord. Auch auf der Insel kein Mensch weit und breit, eine leichte Brise kommt auf, Abendlicht wie auf einem Canaletto-Gemälde. Ich mag

Italien wieder. Ungestörter Gang durch die Gräberreihen, vor einer Backsteinmauer bleibe ich stehen, Fensterlaibung und Fensterbank aus Marmor sind daran montiert worden, auf der Bank steht eine Urne, doch bietet das Fenster keinen Durchblick, es ist vermauert. Ich lese: „Helenio Herrera. Buenos Aires 1910 – Venezia 1997". Herrera, Trainerdiktator der 1960er, Dirigent von La Grande Inter, Disziplinfanatiker, Psychologe, Ergebnisminimalist, Erfinder des Catenaccio, Totengräber des Fußballs.

27. Mai
Freitag, Venedig

Immer noch grauenhaft warm. Der Gestank des Faulschlamms in den Kanälen ist unerträglich. Plötzlich erscheint ein älterer Herr auf der Baustelle, läuft mit energischen Schritten auf Vittorio zu. Brille, halblange graue Föhnfrisur mit Seitenscheitel. Ist es Bazon Brock? Es folgt eine Tirade, von der ich nur einzelne Brocken verstehe: „Porco schifoso! Testa di cazzo! Brutto cretino!", schleudert er Vittorio entgegen, der ganz blass geworden ist. Der Herr wendet sich abrupt zum Gehen, uns noch mit einem kräftigen: „Stronzi!" bedenkend, verlässt halblaut vor sich hin schimpfend die Baustelle: „Cesso schifoso, cesso schifoso ... l'arte non è cosa nostra." Rätselhaftes Italien, alles ist Theater.

Speise in der Enoteca Mascareta nahe dem Campo Santa Maria Formosa bei Mauro Lorenzon, dem der Ruf vorauseilt, ein kulinarischer Kommunist zu sein. Am Nebentisch eine Gruppe von Tschechen oder Polen, darunter ein feminin wirkender junger Mann mit langem, blondem Haar, das er von Zeit zu Zeit schwungvoll aus der Stirn streicht, wobei er mich mit einem etwas klebrigen Blick fixiert. Irritiert schirme ich mich mit der ausgefalteten Repubblica ab, zahle überstürzt und eile zurück zur Baustelle. Die Lage dort hat sich entspannt, Vittorio ist wieder guter Dinge. Am Abend geht mein Flieger, ein fester Händedruck zum Abschied, ich merke, wie nervös er ist, die Biennaleteilnahme, das ist sein Karrierehöhepunkt, und wer weiß, was danach noch kommt?

29. Mai

Sonntag, Leinfelden

Heute Eröffnung der Dental-Design-Klinik-Dr.-Riechert in Leinfelden-Echterdingen. Ich sehe Thomas und Sabine in einem ganzseitigen Inserat im Volksbeobachter verkünden: „Für perfekte Ästhetik im Mundbereich, für die Pflege und Rekonstruktion schöner, natürlicher Zähne, benötigt man nicht nur rein technisches Know-how, sondern auch Kreativität und persönliches Einfühlungsvermögen, also: Das Auge des Künstlers." Die Synthese von Kunst und Zahnmedizin, hier haben sich Sabine und Thomas definitiv selbst verwirklicht.

Ich weiß noch, wie das Unheil anfing: Sie war Patientin in seiner Praxis, und er bot ihr an, im Wartezimmer auszustellen. Mehrere Aquarelle sollen sofort von begeisterten Patienten gekauft worden sein (ich bin zu 150% sicher, dass Thomas hinter diesen Transaktionen stand, Sabine will es bis heute nicht wahrhaben)! Um die *erfolgreiche* Zusammenarbeit fortzusetzen, erteilte Thomas Sabine den Monsterauftrag, die ganze Praxis künstlerisch durchzustylen, zu einer Art Gesamtkunstwerk rund um den Zahn. Ein Jahr später willigte ich in die Scheidung ein. Soll ich zur Feier hingehen? Ich fahre hin.

Eine umgebaute Villa am Leinfeldener Dornbuschweg. Alle Parkplätze schon belegt mit GL, GLK, SLK, E- und M-Klasse, dazwischen einzelne Vehikel aus Zuffenhausen und

Ingolstadt. Die Tür steht offen, Thomas begrüßt mich hochprofessionell mit einem echten falschen Lächeln, seine Zähne sind ungeheuer weiß, blenden wie ein Daimler mit Fernlicht: „Ronald, schön, dich zu sehen! Nimm dir was zu trinken." Sabine hingegen beherrscht ihre Mimik nur unzureichend. Beiderseitiges Erschrecken, wir haben uns bestimmt seit einem halben Jahr nicht mehr face to face gesehen. „Don't spoil the party!", steht auf ihrem Gesicht geschrieben. Sie reagiert auf meine Präsenz so erschrocken, wie man einen Rotweinfleck auf einem weißen Anzug bemerkt, ich bin ein ästhetischer Störfall (mit meinen unregulierten Zähnen hier völlig deplatziert). Aber auch ich bin erschrocken, denn Sabine sieht aus, als wäre sie eine Zeitlang in einer Art Internierungslager gewesen: die Haare kurz, die Wangen schmal, angespannte Gesichtsmuskulatur, ein abgemagerter Körper. Später erzählt man mir, sie trainiere für den New-York-Marathon! Und heute Morgen um halb zehn habe sie bereits den Stuttgarter-Zeitungs-Lauf, einen Halbmarathon, absolviert – ganz locker, man sähe ihr die Anstrengung kaum an! Sportsucht, diagnostiziere ich, Statussymbol aller erfolgreichen Menschen. Mein Sohn gibt mir die Hand, sie haben ihn in ein Armani-Sakko gesteckt und seine Haare mit Gel bearbeitet. Stoisch hat er alles über sich ergehen lassen. Im Vorbeigehen frage ich: „Na, wie isses?" Ben antwortet kaum hörbar: „Horror in 3D."

Anschließend Führung durch die Behandlungs- und Warteräume, viel Weiß natürlich, helles Parkett, moosgrüne und pfauenblaue Farbakzente. An jeder Ecke steht eine lächelnde Dentalhygienikerin mit angeheftetem Namenschild, ich lese Natalie, Nilüfer, Nadja, Nazan. An den Wänden Sabines großformatige Aquarelle, abstrakte, florale Motive in dunkelgebeizten Holzrahmen. Stehparty im Garten. Ich ordere fatalerweise Prosecco und Rotwein im Wechsel. Nun werden Reden gehalten, erst ein alter Medizinerkumpel von Thomas, dann der Architekt, der die Kiste umgebaut hat *(Bauhaus meets Schwarzwaldklinik)*, schließlich eine Dozentin vom Kunsthistorischen Institut der Stuttgarter Uni, die in leierndem Tonfall vorträgt: „Die Künstlerin Sabine Riechert überrascht uns immer wieder aufs Neue ... ihre Malerei, eine Mischung aus Erlebnis und Vision ... die Schwerelosigkeit irritierender Farben ... diese Malerei ist in ihrer diffusen Körperlosigkeit wie Musik." Da passiert's. Unüberhörbar muss ich aufstoßen, es gelingt mir diesmal nicht mehr, das Gas durch einen leisen Zischer entweichen zu lassen. Man ignoriert diesen Zwischenfall, hat aber mich als Urheber stillschweigend markiert. Zu spät folgt eine rettende musikalische Einlage, spilleriges Jazz-Gedudel, zu dem alle angestrengt heitere Gesichter machen. *Gugge rom, gugge rom, laudr daggl om me rom.*

Ich verlasse die Dentalklinik, um vor der Tür weitere, gewaltige Rülpser auszustoßen, selbst in hundert Meter Entfernung drehen sich noch Spaziergänger entrüstet um. Fast tierartige Laute, fear and loathing in Leinfelden-Echterdingen, ich will nur noch fort, rufe Hüseyins VIP-Taxi.

„Ich glaube, dass Ronny auch nach den vielen Jahren noch Probleme hatte zu akzeptieren, dass Sabine einen anderen Weg gewählt hat. Wir haben uns ihm gegenüber immer offen gezeigt, auch, um Ben ein möglichst harmonisches Verhältnis zu beiden Seiten zu ermöglichen. Doch Ronnys Probleme wurden mit der Zeit größer statt kleiner, so dass wir es dann ab Sommer 2011 nicht mehr verantworten konnten, Ben übers Wochenende zu Ronny zu schicken."

Dr. med. dent. Thomas Riechert, November 2012

30. Mai
Montag

Selbstporträt mit Exfrau begonnen. Man sieht mich im Vordergrund des Bildes, rechts hinter mir lauert ein dunkler Schatten, ein schwarzes Loch, pure Antimaterie – Sabine in Absenz.

[Anm. Christian Saehrendt: Auf mein Schreiben an Sabine Riechert, ob sie zu einem Kommentar zu Ronald Läpplingers Tagebuch bereit sei, erhalte ich folgende Antwort:]

„Sehr geehrter Herr Dr. Sahrendt [sic!],
im Auftrag Frau Riecherts teile ich Ihnen mit, dass meine Mandantin Wert darauf legt, nicht mit Werken und Aktivitäten Ihres Exmannes Ronald Läpplinger in Verbindung gebracht zu werden. Sollte dies dennoch im Rahmen einer Publikation dieser Tagebücher der Fall sein, behalten wir uns rechtliche Schritte vor.
Hochachtungsvoll"

Werner Thiele, Kanzlei Thiele & Thiele, Böblingen, 14. Dezember 2012

6. Juni
Montag

Vittorio am Telefon, er wirkt etwas disordered. Die Presse nimmt Fango Veneziano unter Feuer. La Stampa schreibt angewidert von „Öko-Klamauk" und „Ekelkunst". Le Monde und The Guardian verhalten sich ablehnend bis neutral, während einige britische Tabloids die Installation unverblümt als „bloody art shit“ und „like disgusting idea of a mad German professor“ betitelt haben. Das Echo der britischen Presse ist auch deshalb so stark, weil der britische Pavillon von Fango in den Schatten gestellt zu werden droht. Und, zu allem Überfluss: Die politische Rechte Italiens hat Fango Veneziano als Mobilisierungsthema entdeckt. Am stärksten sucht sich Alessandra Mussolini und ihre Azione Sociale damit zu profilieren. Ihre Forderung: „Weg mit einer Kunst, die Publikum, Volk und Nation beleidigt!“ Die Enkeltochter des Duce fordert, die Installation sofort abzubauen und Vittorio den italienischen Pass zu entziehen (er hat ja gar keinen, du blöde Kuh!). Fini und andere Spitzenpolitiker der Allianza Nazionale stimmen überein, das Stimmungsbild im Popolo della Libertà ist diffuser, Berlusconi selbst hat sich noch nicht geäußert.

Vittorio in Sorge, seit sein Foto steckbriefartig in der Zeitschrift Megafono, dem Presseorgan der faschistischen Forza Nuova erschienen ist, mit folgendem Text, den er mir in Übersetzung vorliest: „Was erlaubt sich eigentlich Vittorio Bernasconi, *Künstler* und Auslanditaliener aus Stuttgart? Er beschmutzt die Kunst, er beschmutzt die Serenissima, er beschmutzt die ganze stolze italienische Nation mit seiner widerlichen Kläranlage, die auf einer Kunstausstellung nichts zu suchen hat. Diesem Vaterlandsverräter sollte man mal die Meinung geigen! Soll er doch seinen Mist den degenerierten Deutschen unter die Nase reiben!“

7. Juni
Dienstag

Anruf Vittorios: „Fango Veneziano destrutto!“, erzählt er mir, mit den Tränen ringend. Eine schwere Havarie, die

Ursachen sind unklar, die Anlage muss abgeschaltet werden. Enorme Geruchsbelastung in den gesamten Giardini, die Verkäufe im Venetian Bagel Shop gehen auf null zurück. Auch nahezu alle Besucher des französischen und britischen Pavillons kapitulieren vor dem Gestank und kehren um.

8. Juni
Mittwoch

Sensation in Venedig. Die Polizei hat drei Männer festgenommen, die die Havarie bei Fango Veneziano durch Sabotage herbeigeführt haben sollen. Die Täter gehören zu den Irriducibili, rechtsextremen Fußballfans von Lazio Rom. Sofort setzt eine Solidarisierungswelle ein, Fango wird umgehend wieder instand gesetzt.

Nun wird auch bekannt, dass Vittorio bereits seit einiger Zeit auf der Shortlist des Silbernen Löwen geführt wird, man erwägt, ihm den Preis jetzt als demonstrative politische Geste, zur Verteidigung der Freiheit der Kunst, zu verleihen. [Anm.: Silberner Löwe: Auszeichnung für den besten Nachwuchskünstler in der Biennale-Abteilung Internationale Ausstellung]

9. Juni
Donnerstag

Mirjana, Mutti-Version von Tracey Emin. Ihr zederngrüner Bleistiftrock wieder eine Nummer zu knapp, er gestattet mir einen Blick auf ihre kräftigen Beine. Bloody hell, wie von Robert Crumb gezeichnet! Will sie mich fertigmachen? Diesmal lasse ich mich nicht auf dieses Spielchen ein (das sie womöglich auf perfide Weise genießt!!), lenke stattdessen das Gespräch auf die Kunst, denn da bin ich der Herr im Haus! Wie ihr denn das Porträt gefalle, an dem ich gerade arbeite?

Etwas ratlos steht sie vor Borstmann senior, den ich inzwischen wieder etwas aufgehellt habe: „Ist das Roberto Blanco mit Pigmentstörung?"

„Ich hatte schon gemerkt, dass mich Ronny anders angesehen hatte, im Frühjahr 2011 ging das los. Ich fürchte, er hatte sich verliebt. Ein Witz, absolut lächerlich, fünfzehn Jahre zu spät. Oder vielleicht war er einfach nur wuschig, weil: meistens alleine. Er hat sich dann in den folgenden Monaten in irgendwas reingesteigert, ich meine, ich habe ihm nie zweideutige Signale gegeben, für mich war das immer ganz klar: Schwager und Schwägerin, da läuft nichts. Alles, was darüber hinaus ging, hat Ronny zusammenphantasiert. Trotzdem war es mir irgendwie peinlich, als wir alle die Tagebücher lasen, und fühlte mich schon unter Druck, da was erklären zu müssen – vor allem Matthias gegenüber."

Mirjana Läpplinger, Oktober 2012

„Tja, zugegebenermaßen habe ich mich nach der Lektüre von Ronnys Tagebüchern gefragt, ob zwischen den beiden was gelaufen ist. Mirjana und ich hatten deswegen ziemlichen Zoff. Heute glaube ich ihr, dass da nichts war, und wir gehen die Sache jetzt gemeinsam locker an. Tatsache ist, dass ich damals nie gedacht hätte, dass Ronny auf meine Frau so scharf war, und andererseits habe ich gar nicht gemerkt, wie viel Zeit Mirjana mit ihm verbrachte, weil sie einfach jemanden zum Zuhören, Quatschen,

Relaxen brauchte – wir hatten uns voneinander entfernt, lebten nebeneinander her, und sind uns – so zynisch das klingt – durch Ronnys Katastrophe wieder näher gekommen, weil wir dadurch gemerkt haben, was in unserer Beziehung zu kurz gekommen war."

Matthias Läpplinger, Oktober 2012

10. Juni
Freitag

Ben zu Besuch. Aus seiner Tasche fällt ein merkwürdiges Gerät, das ich geistesgegenwärtig aufhebe: „Was ist denn das?" Ben druckst herum. Es ist eine Art Wurfschleuder mit starkem Gummizug und massivem Griff. Was er damit wolle, das sei ja ein Mordinstrument, rufe ich aus. Ben beschwichtigt, er würde damit höchsten Fenster zerschießen, die ohnehin schon kaputt seien. Eine verführerische Waffe, denke ich und schlage ihm ein kleines Abenteuer vor, ohne vorsätzliche Sachbeschädigung. Wir spielen Vietcong und geigen den Green Berets mal ordentlich die Meinung!

In der Dämmerung fahren wir die Panoramastraße hoch, parken Ecke Kranichweg und laufen die letzten zweihundert Meter durch den Wald. Es ist schwül, tropische Hitze, die Äste knacken im Unterholz, Mückenschwärme erheben sich, Tropic Thunder in Böblingen. Zwischen den Bäumen sehen wir jetzt die alte Panzerkaserne, wo das erste Bataillon der 10th Special Forces stationiert ist. Wir wickeln Kieselsteine in Papierstreifen ein, auf die Zettel haben wir geschrieben: „Notorious BASTARDS", „You SUCK", „Fuck OFF" und Ähnliches. In hohem Bogen schießen wir unsere Messages auf das Kasernengelände, bis wir hören, wie jemand empört „Hey" schreit, und hasten durch den Wald zum Auto zurück.

Ben ist völlig begeistert – und will wissen, wie ich auf diese Idee gekommen bin. „Lesen bildet!", antworte ich ihm mit Edward Abbeys Kultklassiker The Monkey Wrench Gang, dessen Theateradaption am Stuttgarter Staatstheater derzeit vom Publikum irritiert bis angewidert rezipiert wird.

11. Juni
Samstag

Glückspilz Vittorio. Er hat den Silbernen Löwen!

„Mitfreude, nicht mitleiden, macht den Freund aus." Friedrich Nietzsche

13. Juni
Montag

Vittorio am Telefon, überglücklich. Die Presse lobe Fango Veneziano jetzt in den Himmel. Seine Installation sei als „geniales Gegenstück" zu Wim Delvoyes legendärer Cloaca anzusehen, schreibe etwa der Corriere della Sera. Während die künstliche Verdauungsmaschine Cloaca überall dort, wo sie aufgebaut wurde, regionale Nahrungsmittel zu Fäkalien verarbeitete, und die in Plastik verpackte Scheiße vor Ort an Sammler verkauft wurde (New Yorker Sammler kauften Scheiße aus New Yorker Pizza), gehe seine Installation den umgekehrten Weg: Aus dem Faulschlamm der Lagune sei in einem mehrstufigen Prozess eine unvergessliche *Spezialität* geworden. Der Venezianische Bagel sei eine „Köstlichkeit sondergleichen" jubelt die Frankfurter Allgemeine Sonntagszeitung. Kehrtwende bei den rechtsgerichteten italienischen Medien, jetzt jubeln sie alle: Ein Italiener holt den Silbernen Löwen! Die türkische Presse hingegen kocht vor Wut, man raunt von einer antitürkischen Verschwörung in der Jury, Erdogan spricht von einer Beleidigung aller Türken, ja, aller

Muslime überhaupt: Während Vittorio den Preis bekam, ging Ayse Erkmen leer aus mit ihrer durchaus artverwandten Installation Plan B, einer filigranen Wasserreinigungsanlage mit farblich akzentuierten Flüssigkeitszuleitungen, die im Arsenale platziert worden war. Die Anlage lieferte 4000 Liter Trinkwasser pro Stunde, das dann wieder in den Canal Grande gepumpt wurde. Bereits im Frühjahr hatte die Münsteraner Kunstprofessorin in Istanbul ihr Projekt vorgestellt, das von FIAT und dem Türkischen Ministerpräsidialamt gesponsort wurde und ganz offiziell unter der Schirmherrschaft des Türkischen Außenministeriums lief.

14. Juni
Dienstag

Wie vereinbart, bringe ich das Borstmannporträt in die IMMOTEC-Zentrale. Es ist ein Fiasko, ich spüre es. Ich habe Wilhelm Borstmann totgemalt. Natürlich war er schon zehn Jahre tot, aber jetzt ist er doppelt tot. Eine Stunde später Anruf der Chefsekretärin. In ungewöhnlich kühlem Tonfall teilt sie mir mit: Herr Borstmann könne in dem angelieferten Porträt keinerlei Ähnlichkeit mit seinem Vater erkennen. Ich möge das Bild bis spätestens Ende der Woche wieder abholen.

„Ein Bild muss mit demselben Gefühl gemacht werden, mit dem ein Verbrecher seine Tat ausführt.“ Edgar Degas

[Anm. Christian Saehrendt: Auf mein Schreiben an Werner Borstmann, ob er zu einem Kommentar zu Ronald Läpplingers Tagebuch bereit sei, erhalte ich folgende Antwort:]

„Sehr geehrter Herr Dr. Sarendt [sic!],
Herr R. Läpplinger hat in den Jahren zwischen

2001 und 2011 mehrfach Auftragsarbeiten und Aufgaben im Bereich der Innendekoration für unser Unternehmen übernommen. Im Juni 2011 haben wir diese Zusammenarbeit in beiderseitigem Einverständnis aufgelöst. IMMOTEC legt auch künftig Wert darauf, nicht mit Werken und Aktivitäten R. Läpplingers in Verbindung gebracht zu werden. Sollte dies dennoch im Rahmen einer Publikation dieser Tagebücher der Fall sein, behalten wir uns rechtliche Schritte vor. Hochachtungsvoll

I. A. Werner Borstmann, Böblingen, 14. November 2012

(Nach Diktat verreist)

15. Juni
Mittwoch, Basel

Mit Vittorio auf der Scope. Wir treffen dort einen Sammler, der Vittorio schon seit Jahren unterstützt. Dieser unglückliche Basler hat alles, Geld, Geschmack, glänzende Herkunft (alter Basler Daig), Bildung; leidet aber unter extremer Sprechangst. Das ist natürlich tragisch in der Kunstszene, wo es doch so sehr auf Smalltalk und Networking ankommt. Er hat beispielsweise noch nie ein Werk auf einer Messe kaufen können, denn er würde einen Galeristen niemals anzusprechen wagen, und wenn man selbst an ihn herantritt, leidet er augenblicklich unter Symptomen wie gepresstem, zittrigem Stimmklang, gespannter Gesichtsmuskulatur und pulsierenden Flecken im Gesicht. Nun haben wir vereinbart, dass ich in seinem Auftrag auf der Art ein Werk erwerben solle. Ausgestattet mit einem Limit von 500.000 Franken gehe ich in die betreffende Koje, schaue mich dort um. Mit einer Mischung aus Unterstatement und beiläufigem Interesse lasse ich mir von einer grazilen Blondine, die English with heavy russian accent spricht, dieses und jenes zeigen, bleibe scheinbar zufällig bei einer Plastik haften, 450.000 Franken, nun wird der Galerist persönlich herbeibemüht, der sich gewaltig aufbläst. Ich lächle weise, deute an, eine Sammlung aufzubauen und demnächst weitere Arbeiten, ja ganze Konvolute aus dem Galeriebestand erwerben zu wollen. Am Ende bekomme ich die Plastik für 375.000, inklusive mehrerer Skizzen und Papierarbeiten. Mein Auftraggeber ist begeistert, und ich habe mir sozusagen im Vorbeigehen meine Jahresmiete verdient.

16. Juni
Donnerstag, Basel

Nachmittags Artist Talk und Podiumsdiskussion auf der Messe. Unmöglich finde ich es, wenn Zuhörer in der ersten Reihe einschlafen! Extrem demotivierend für alle Rednerinnen und Redner. Und es scheint ihnen überhaupt nichts auszumachen, dass sie auf etlichen Pressefotos als VIP-Schlafmützen verewigt werden! Übertroffen wird diese Bräsigkeit nur noch von denen, die es schaffen, auf dem Podium einzuschlafen, während ihr Nebenmann gerade einen Vortrag hält.

17. Juni
Freitag, Sindelfingen

Hängung meiner Bilder im Lütze-Museum abgeschlossen. Nach tagelanger Überlegung habe ich 24 Selbstporträts aus dem letzten Jahr ausgewählt, jedes in einem anderen Stil, jedes mit anderen kunsthistorischen Referenzen, davon fünf Doppelporträts, mit Muse, mit Sohn, mit Exfrau, mit *Muddr*, mit fiedelndem Tod sowie das Dreierporträt Triptychon der Brüder mit Matthias und Bernd, die noch gar nichts von ihrem Glück wissen. Zu sehen sind jetzt folgende Werke (Format wie angegeben in cm Breite × Höhe):

Selbstporträt à la Baselitz,
Öl auf Leinwand, 150 × 160 cm

Selbstporträt à la Vincent van Gogh,
Öl auf Leinwand, 100 × 100 cm

Selbstporträt mit Pinsel,
Öl auf Leinwand, 125 × 150 cm

Selbstbildnis mit Picasso-Unterhose,
Öl auf Leinwand, 165 × 245 cm

Selbstporträt à la Beckmann,
Öl auf Leinwand, 160 × 195 cm

Selbstporträt à la Böcklin,
Öl auf Leinwand, 100 × 150 cm

Selbstbildnis mit Muse,
Öl auf Leinwand, 180 × 170 cm

Selbstbildnis mit Brille,
Öl auf Leinwand, 150 × 210 cm

Selbstbildnis als Bajazzo,
Öl auf Leinwand, 100 × 150 cm

Selbstbildnis als Schwabe,
Öl auf Leinwand, 85 × 120 cm

Selbstbildnis als Liebender,
Öl auf Leinwand, 120 × 120 cm

Selbstbildnis als Zweifelnder,
Öl auf Leinwand, 130 × 150 cm

Selbstbildnis als Kranker,
Öl auf Leinwand, 145 × 130 cm

Selbstbildnis im Cabrio,
Öl auf Leinwand, 100 × 100 cm

Selbstbildnis im Corolla,
Öl auf Leinwand, 130 × 190 cm

Selbstbildnis mit Muddr,
Öl auf Leinwand, 100 × 100 cm

Selbstbildnis im Taxi,
Öl auf Leinwand, 100 × 150 cm

Selbstbildnis im Rausch,
Öl auf Leinwand, 100 × 100 cm

Selbstbildnis als Verlassener,
Öl auf Leinwand, 120 × 200 cm

Selbstbildnis als Fragender,
Öl auf Leinwand, 140 × 140 cm

Selbstbildnis mit Sohn,
Öl auf Leinwand, 135 × 190 cm

Selbstbildnis mit Exfrau,
Öl auf Leinwand, 80 × 120 cm

Triptychon der Brüder,
Öl auf Leinwand, 420 × 200 cm

Selbstbildnis als Abwesender,
Öl auf Leinwand, 30 × 30 cm

Ich muss mir noch eine Preisliste überlegen, die Interessenten diskret *auf Anfrage* überreicht werden kann. Auf einem Kunsthandwerkermarkt in Göppingen traf ich mal einen ehemaligen Mitstudenten und (völlig erfolglosen) Kollegen, den Dieter, der seine Werke für 500.000 Millionen anbot – zwischen bemalten Porzellantellern und selbstgezogenen Kerzen. Dieser Preis, erklärte Dieter, käme zustande, „weil ich es mir wert bin".

Das ist's! Think big: Der Ronald-Läpplinger-Selbstporträt-Quadratmeterpreis liegt bei einer Million Euro. *Jetz hot's gschanggelt!* Hauptwerke wie Triptychon der Brüder oder Selbstbildnis mit Muse kosten somit 3,75 bzw. drei Millionen Euro.

18. Juni
Samstag, Sindelfingen

Letzter Gang durch die Ausstellungsräume. Die Selbstbildnisse mit *Muddr* und mit Muse Monika dominieren den Hauptraum, allein schon ihre Größe ist auffällig. Erst recht das Triptychon der Brüder, es nimmt einen ebenso prominenten Platz ein, das wird den Besuchern zu denken geben. Das Bild zeigt mich in Dürerpose, unübersehbar selbstbewusst nehme ich die Herausforderung durch meine Brüder an. Was haben sie schon, das ich nicht habe? Sie haben schöne, berufstätige, gebildete Frauen. Sie haben eigene Immobilien. Sie haben Kompetenzen und Know-how, Karrieren und Konzepte, Rücklagen und Reserven, Pläne und Projekte. Sie haben die neue E-Klasse. So what?

Nachts schlaflos, ich setze mich ins Auto und drehe eine Runde über die A8. Kurz vor dem Stuttgarter Kreuz stelle ich meinen persönlichen Geschwindigkeitsrekord auf, 175 Kilometer pro Stunde. Schon jetzt stresst mich der Gedanke an die morgige Vernissage. Es ist einfach zu lächerlich: Nun bin ich seit fast drei Jahrzehnten im Geschäft, war schon auf Hunderten von Eröffnungen, kenne alle Spielchen, doch bei einer eigenen Vernissage flattern mir die Nerven. Wie kann man dem Vernissagenstress entgehen? Ich erinnere mich an einen Schweizer Künstler, Johannes Hedinger, er nahm vor seiner Vernissage starke Schlafmittel und schlummerte dann während der Eröffnung im Galerieraum – eine erholsame Performance, gleichzeitig ein starkes Statement: „Ihr könnt mich mal, ich bin cool."

Oder Francis Alÿs. Er ließ sich 2001 bei der Eröffnung der Biennale von Venedig durch einen dressierten Pfau vertreten, der Pfau stolzierte dann mit einem uniformierten Begleiter durch die Giardini und nahm auch die Termine des Künstlers auf den abendlichen Empfängen wahr.

19. Juni
Sonntag, Sindelfingen

7.20 Uhr. Ungewöhnlich früh erwacht. Heute wird der wichtigste Tag des Jahres. Vorfreude, Euphorie und Bangigkeit im wilden Mix. Mein Comeback: Paukenschlag oder Piepston?

10.58 Uhr. Ich kann nicht sagen, nicht nervös zu sein. Ein erstes Glas Rotwein. 11.03 Uhr. Noch kein einziger Gast da, außer der Volontärin, dem Hausmeister und mir, ich muss auf die Toilette, ein grässlicher Angstschiss. Horror vacui, die Angst, beim Opening allein dazustehen, auf einer großen, hellen Bühne.

11.16 Uhr. Als ich wiederkomme, sehe ich ein halbes Dutzend Gäste im Raum. 11.30 Uhr. Die Eröffnungsrede beginnt, eine renommierte Berliner Professorin für Kunst- und Kulturwissenschaften/Gender Studies mit den Forschungsschwerpunkten Subjekttheorie, Fragen ästhetisch-politischen Handelns sowie Theorien des Bildes und der Wahrnehmung konnte ich dafür gewinnen – ja, es ist Sylvia! Sie, die Vielbeschäftigte, hat auf meinen Anruf reagiert und setzte Böblingen spontan auf ihre Agenda. Mit ihrer hellen, etwas schneidenden Stimme durchdringt sie mühelos den Raum, hart und klar ihre Worte, eine messerscharfe Analyse von Gesellschaft und Kunstbetrieb. Ein wenig eingeschüchtert steht mein Publikum da, als Sylvia am Ende ihrer Rede angekommen ist. Viel werden sie nicht verstanden haben. Verhaltener Beifall, die kluge Professorin eilt zum Taxi, zum Flughafen, eine kurzgeschorene Asssistentin in Cargopants trägt ihre Tasche. *D' Muddr,* Tante Gisela und Onkel Herbert sind inzwischen eingetroffen, ich führe sie vor das Selbstbildnis mit Muddr, das sie gerührt betrachten: „Ja, ja, der gute Junge!" Weitere Gäste treffen ein, ich trinke ein zweites und ein drittes Glas Rotwein, schüttele ein paar Hände. Elke mit händchenhaltender Begleitung, ein junger Nigerianer in Hip-Hop-Klamotten, sie stellt mir „Johnny" vor, der im Auftrag von IMMOTEC hier im Museum Fenster putzt. Hüseyin mit Gattin und zwei Neffen erscheinen und sind sichtlich beeindruckt. Hüseyin ist unverkennbar stolz, einen bedeutenden Künstler unter seinen Angestellten zu haben, und spielt laut mit dem Gedanken, das Selbstbildnis im Taxi anzukaufen. Eine freie

Mitarbeiterin der Böblinger Zeitung stellt sich vor. Bernd hat kurzfristig per SMS abgesagt, Uwe ist dabei, Vittorio leider in Venedig, von Sabine keine Resonanz. Matthias und Mirjana sind gekommen, mit ihrem Jüngsten. Leicht betäubt gehe ich umher, die Anspannung weicht, ein wachsendes Glücksgefühl macht sich bemerkbar. Vernissagengeplauder links und rechts, Satzfetzen, Phrasen: „Echt frisch, die Ausstellung", „spannend", „intensiv", „mutig, diese Offenheit", „Mut zur Hässlichkeit", „Für so was muss man wirklich die Kontrolle verlieren". Monika hat ihren Wolfgang mitgebracht, sie flirtet dezent mit mir. Ihm sieht man an, dass er hier einen Pflichttermin im Rahmen ihrer Paartherapie absolviert. Beide bleiben vor dem Selbstbildnis mit Muse stehen. Monika betrachtet sich mit triumphalem Wohlgefallen, bei Wolfgang hingegen keine Reaktion, möglicherweise steht er unter dem Einfluss sedierender Medikamente, oder aber Monika ist durch die vielen Nachbesserungen und Straffungen für ihn inzwischen gar nicht mehr erkennbar.

Mirjana im sommerlichen Fifties-Look, in einer Art langem weißen Pettycoat, gepunkteter Bluse und mit rubinrotem Haarband, als käme sie direkt aus Pleasantville. Sieht natürlich gut aus, wirkt aber irgendwie overdressed. In scharfem Kontrast zum frivolen Outfit dann ihr Gesichtsausdruck: Maskenhaft-starr, unnahbar. Matthias, ganz casual, scheint sich hingegen zu amüsieren, lacht bei der Betrachtung des Selbstbildnis mit Picasso-Unterhose. Das Triptychon der Brüder, gehalten im Dixschen Verismus, gefällt ihm sogar, vielleicht auch nur, weil Bernd darauf so dämlich-blasiert aussieht. Matthias, in bester Laune, schlägt sogar vor, demnächst gemeinsam die Ausstellung Cars and Art, die gerade im ZKM Karlsruhe anläuft, zu besuchen (so locker habe ich meinen Bruder in letzter Zeit selten erlebt). Eine junge Blondine, offenbar Kunstgeschichtsstudentin, stellt sich vor, sie muss sich anstrengen, mit ihrem piepsigen Stimmchen Caligulas Lachsalven zu übertönen, der gerade eingetroffen ist. Sie schreibe für die Stuttgarter Zeitung, die Süddeutsche und Monopol, ob ich wohl Zeit für ein paar Fragen hätte. Ja, klar, antworte ich, gespielt herablassend (innerlich natürlich höchst geschmeichelt), obwohl schon ein wenig beduselt. Ein paar Journalistenphrasen kann ich aber in jedem Zustand, selbst im Schlaf absondern: Nein, Schönheit im klassischen Sinne interessiere mich nicht. Ganz genau, die repräsentative Funktion der Malerei habe ich hier ganz bewusst auf den Nullpunkt runtergedimmt. Doch, schonungslose Selbsterkenntnis heißt auch Selbstzerstörung, aber in einem konstruktiven Sinne. Ja, ich sähe mich durchaus als Außenseiter im Kunstbetrieb, und darauf sei ich stolz. Nein, ganz bewusst habe ich das archaische Konzept des „einsamen Malers im Atelier" als Existenzform gewählt, der Kunstmarkt interessiere mich nur am Rande, mir gehe es primär um Welt- und Selbsterkenntnis, wie man hier ja sehen könne, alles Bilder, die sich gegen jegliche Vereinnahmung und gegenüber allem strategischen Kalkül sperren.

„Man muss sich zu verdunkeln verstehen, um die Mückenschwärme allzulästiger Bewunderer loszuwerden."
Friedrich Nietzsche

26. Juni
Sonntag

Sommerfest im Kunstverein Böblingen. Brutalste Hitze, um 11.00 Uhr schon 29 Grad. Man sagte mir, Frau Wiehager werde auch kommen, ich halte leider vergebens nach ihr Ausschau. Der Prosecco macht mir zu schaffen, quälendes Völlegefühl. Hier und da werde ich auf meine Ausstellung im

Lütze-Museum angesprochen. Ich komme ins Gespräch mit einer reifen Blondine, sie wohne in Nufringen, sei Kunstvereinsmitglied seit 1971. „Ah, Sie sind der Künstler mit der Selbstporträtserie im Lütze-Museum!“ Sie hat die Ausstellung sogar gesehen: „Ich fand's sehr mutig von Ihnen. Mit dieser Ausstellung lassen Sie ja jede Maske fallen, stehen praktisch nackt auf der Bühne. Sehr authentisch, und ganz ohne strategisches Kalkül! When attitude becomes form, im besten Sinne!“

4. Juli
Montag

Ende meiner Ausstellung im Lütze-Museum. Finanziell betrachtet, ein kompletter Fehlschlag. Niemand wollte ein Gemälde kaufen, auf dem ich abgebildet bin. Irgendwie erwartbar, bei den Preisen. Aber das war ja auch Nebensache. Viel schlimmer: Frau Wiehager ist nicht gekommen.

Dafür gibt es einiges an Presse, die Volontärin hat mir einen richtigen Pressespiegel zusammengestellt: „Die Künstlerseele zwischen Selbstzweifel und Vision“ titelt der Schwäbische Volksbeobachter (21.6.), und weiter: „Bilder, deren Sujet die fragile Existenz des Künstlers selbst ist.“ Ein Foto zeigt mich inmitten meiner Vernissagegäste, leider wirke ich auf dem Bild ein wenig angetrunken, mit schief gehaltenem Weinglas und einem (!) halbgeschlossenen Auge (wie eine Mischung aus Thilo Sarrazin und Karl Dall). Ärgerlich, wo ich doch so blau gar nicht war! Weiter geht's mit der Presseschau:

„EIN BÖBLINGER MALER AUF DER SUCHE NACH SICH SELBST

Ronald Läpplinger war fleißig. Er zeigt in der Galerie der Stadt Sindelfingen eine Reihe von

24 Selbstporträts, alle in unterschiedlichen Stilen, die er im vergangenen Jahr gemalt hat. Manches wirkt expressionistisch, anderes abstrakt, einzelne Bilder erinnern an Dalí oder an Chagall. Am eindrucksvollsten ist das große Bild, das den Künstler mit seinen Brüdern zeigt. Eingerahmt von seinem jüngeren und seinem älteren Bruder, hat sich der Künstler selbstbewusst dargestellt, mit direktem Blick auf den Betrachter und langem Haar erinnert er an die Selbstporträts Albrecht Dürers."

Böblinger Zeitung, 20. Juni 2011

Sehr gut! Sehr gut! Im Sindelfinger Wochenblatt schreibt ein *Dr. Walter Prätorius* (eigentlich ein Gratisblatt, beschäftigen die inzwischen auch schon promovierte Kunstkritiker?) von einer „eindrucksvollen Ausstellung", die Bilder seien „unschön, ohne Frage, doch Läpplinger gelingt hier eine ganz charakteristische Durchdringung der Form ... oszillierend zwischen Melancholie und Ironie ... mal heiter, mal traurig, doch stets bewegend ... klug einander zugeordnete Werke ... konventionell, fast schon museal präsentiert ... eine opulente Privatmythologie Ronald Läpplingers." Great! Warum steht so was nicht in der Süddeutschen Zeitung oder in Art?

Die Stuttgarter Zeitung schreibt vom „Comebackversuch eines Lokalmatadors". Comebackversuch, warum nicht gleich Comeback? Frage ich mich und lese weiter:

„Jahrelang hat man nicht viel gehört von Ronald Läpplinger, einem der bekanntesten Künstler des Landkreises. Nun ist er wieder da, im Lütze-Museum Sindelfingen. Eine Ausstellung, die leider nur um den Künstler selbst kreist.

Keine inhaltliche Message, kein Versuch, die Welt zu erklären, den Mitmenschen etwas von Belang mitzuteilen. Die Ausstellung hätte auch heißen können ICH!ICH!ICH! Etwas mehr Selbstzweifel in dieser anachronistischen Macho-Malerherrlichkeit wäre schon angebracht gewesen. Viele Arbeiten wirken bemüht und prätentiös, in der malerischen Ausführung medioker, vom Konzeptuellen her ideenlos und epigonal. Ein überholtes existentialistisches Künstlermodell, überdies nicht frei vom althergebrachten Sexismus der klassischen, ausbeuterhaften Maler-Modell-Beziehung – unübersehbar beim Selbstbildnis mit Muse. Diese Art von Künstlerhelden-Nabelschau ist eigentlich heutzutage nur noch in ironischer Brechung möglich, doch hier gänzlich ernst gemeint! So dokumentiert Ronald Läpplinger, einstmals Absolvent der Hamburger Kunsthochschule und gestartet als hoffnungsvoller Künstler der Region mit Landesstipendien etc., mit dieser Ausstellung höchstens die Stagnation seiner Entwicklung, vielleicht sogar den Tiefpunkt seiner Karriere."

Stuttgarter Zeitung Lokalausgabe Böblingen, 25. Juni 2011

Benommen blicke ich von der Zeitung auf, als hätte ich einen Faustschlag erhalten. Wer schreibt denn so was? „Nicola van Wernhausen"? Ich erinnere mich, es war die junge Dame, der ich besoffen ein Interview gegeben habe! Eine unscheinbare Person, Marke Kunstgeschichtsinstitutsmaus aus gutem Haus. Bitch! Die wird's noch mal weit bringen.

Finde Trost bei F. N.: „Der Fortgang von einer Stufe des Stils zur andern muss so langsam sein, dass nicht nur die Künstler, sondern auch die Zuhörer und Zuschauer diesen Fortgang mitmachen und genau wissen, was vorgeht. Sonst entsteht auf einmal jene große Kluft zwischen dem Künstler, der auf abgelegener Höhe seine Werke schafft, und dem Publikum, welches nicht mehr zu jener Höhe hinaufkann und endlich missmutig wieder tiefer hinabsteigt. Denn wenn der Künstler sein Publikum nicht mehr hebt, so sinkt es schnell abwärts, und zwar stürzt es umso tiefer und gefährlicher, je höher es ein Genius getragen hat, dem Adler vergleichbar, aus dessen Fängen die in die Wolken hinaufgetragene Schildkröte zu ihrem Unheil hinabfällt."

5. Juli
Dienstag

Seit Tagen versuche ich Frau Wiehager telefonisch zu erreichen. Wenn sie nicht zu meiner Ausstellung kommt, dann mache ich mich eben zum Daimler Art Corporate Department auf, Mappe und Laptop unter dem Arm. Leider ist sie weder persönlich zu sprechen, noch kann mir in den nächsten Wochen ein Termin gewährt werden. Sie ruft auch nicht zurück.

6. Juli
Mittwoch

Den ganzen Tag bei extremer Hitze im Freibad. Sinniere über einen Film, den ich gestern gesehen habe, Die Kunst des Scheiterns, über den Maler Chuck Connelly, Anfang der 1980er Jahre ein Star der New Yorker Kunstszene. Im Verlauf der 1990er Jahre veränderte sich die Kunstszene, die Mode- und Trendkünstler waren plötzlich andere, und Connelly, der mittlerweile mit seiner Frau außerhalb von

New York lebte, verlor immer mehr den Kontakt zu den wichtigen Figuren des Kunstbetriebs. Er verfiel dem Alkohol und lebte ohne Galerie, ohne Mäzen, ohne Frau und ohne Geld in Philadelphia. Doch träumte er von einem Comeback und engagierte einen jungen Schauspieler, der sein Alter Ego – einen jungen aufstrebenden Künstler mit Namen Fred Scaboda – darstellen soll, um Connellys Bilder als Werke eines Newcomers in den Kunstmarkt einzuspeisen.

Für einen Moment durchzuckt mich ein bizarrer Gedanke, während ich mich auf der Whirl-Liege ausstrecke: Wie wäre es, wenn es mir gelänge, Vittorio in gleicher Weise für meine Zwecke einzuspannen? Ich nutze quasi diesen jungen, erfolgreichen, attraktiven Künstler als Medium für meine eigenen künstlerischen Ideen. So wie ein Virus, das fremde Zellen übernimmt, um sie umzufunktionieren. Ronny, der Körperfresser, kommt!

Sollte ich weniger trinken? Für Künstler im Karriereloch kann Alkohol eine fatale Wirkung haben. Ein anderer Fall kommt mir in den Sinn, Bill Bollinger, auch ein New Yorker, Ende der 1960er Jahren voll angesagt, dann stufenweise der Abstieg, schließlich nur noch Lehraufträge, alleinerziehender Vater, sein Sohn fand ihn eines Tages in der Küche, totgesoffen. Auf dem Weg zum Kiosk, das Gewissen rumort. Ach was soll's. Ein Bier nehme ich heute noch.

7. Juli
Donnerstag

Anfang des Monats, die Miete ist fällig. Paradox: Mit einer gewissen Vorfreude erwarte ich diesen regelmäßigen Termin, der mit Mirjanas Auftritt in der Achalmstraße verbunden ist. Da klingelt es schon, sie hat heute ungewöhnlich früh Feierabend gemacht. (Hitzefrei, gibt's das auch bei der Sparkasse?)

Madame wirkt ein wenig derangiert, die Haare offen, freie Sicht aufs Dekolleté. Sexiest Kreissparkassenvermögensberaterin alive. Aber halt: Rieche ich da etwa eine Fahne? Ja, es gäbe was zu feiern, sie hätten heute Mittag schon ein Gläschen in der Filiale getrunken. Denn nun habe sie, nach jahrelangem berufsbegleitenden Studium ihren „Bachelor of Arts – Fachrichtung Finanzdienstleistungen" in der Tasche, und das heißt: Sie werde von der Filiale in der Sindelfinger Straße ins Vermögensanlagecenter Wolfgang-Brumme-Allee 1 wechseln. Schalterdienst ade! Und ab 1. August werde sie dann Teamleiterin in der Abteilung Privatkunden sein, mit Beraterzimmer und eigener Nespressomaschine!

Im Übrigen, fährt Mirjana gutgelaunt-gönnerhaft fort, gäbe es ja im Foyer der Hauptstelle immer mal wieder hübsche Kunstausstellungen. Wäre das vielleicht was für mich? Nun, wo sie so einen guten Draht zum Vorstand habe, könne sie ein Wort für mich einlegen. Es müsse natürlich was Dekoratives, Farbenfrohes sein, nichts, was die Kunden verschreckt, am besten Landschaften, was mit Blumen, oder abstrakt eben. Wie peinlich, eine Schau im Foyer der Kreissparkasse, dann kann man ja auch gleich im Zahnarztwartezimmer ausstellen. Das wäre allenfalls was für RON.EGOXL, denke ich im Stillen, aber schwierig abzuwickeln, ohne aufzufliegen. Oder – ich erschrecke fast vor der Kühnheit dieses Gedankens – soll ich es ihr beichten, Mirjana mein Doppelleben, meine klägliche Lage offenbaren? Wäre sie als eine verständnisvolle Komplizin zu gewinnen? Nein, das ist Quatsch.

Bachelor of Arts – Fachrichtung Finanzdienstleistungen. Warum muss heutzutage immer überall Kunst draufstehen? Fassungslos starre ich am Abend auf die Homepage der Kreissparkasse mit dem Claim: „Die Kunst der Vermögensanlage erfordert ebenso erfahrene wie kreative Berater, die schnell auf Kapitalmarktveränderungen reagieren können." Hier wird demnächst das Foto der großen Finanzkünstlerin Mirjana Läpplinger aufgeschaltet werden, die mir als mildtätiges Almosen die Gelegenheit zu einer Blumenaquarell-Ausstellung im Foyer des Sparkassengebäudes schenken wird.

„Auf wessen Konto geht die Kunst?" Peter Sloterdijk

8. Juli
Freitag

Mittags schon 33 Grad im Schatten. Heute umfangreiche Bewerbungsmappe mit Abbildungen meiner frühen Minimal-Art-Arbeiten an Frau Wiehager geschickt. Sie wird sehen: Eine ideale Ergänzung der Daimler Contemporary!

Den Rest des Tages im Freibad. Whirl-Liege und Weizenbier im stetigen Wechsel.

9. Juli
Samstag

Blumen gießen bei Matthias und Mirjana, die mit den Kids für zwei Wochen nach Biograd na Moru an die Adria gefahren sind, wo Tante Gordana ein Ferienhaus besitzt. Anschließend geht's zur Verwandtschaft nach Gospic und Perusic, da wird die neue E-Klasse sicher Top-Gesprächsthema sein.

Ich schlendere durch das Haus meines Bruders, werfe hier und dort einen Blick herein, bleibe vor dem Schlafzimmerschrank stehen. Ich kann der Versuchung nicht widerstehen und ziehe eine Schublade auf: Mirjanas Underwear! Wie von Sinnen beginne ich zu wühlen, finde einen schwarzen Spitzen-BH (hätte ich ihr gar nicht zugetraut), und, noch besser: eine champagnerfarbene Satincorsage, schließlich einen rubinroten Spitzenbody. Wow! So eine Show hat Matthias, den ich mir nur als öden Standardrammler vorstellen kann, doch gar nicht verdient! Jäh bricht das schlechte Gewissen durch, panisch versuche ich die Wäschestücke wieder in ihrer ursprünglichen Anordnung zusammenzulegen, flüchte aus dem Haus wie ein ertappter Einbrecher.

11. Juli
Montag

Ein schwarzer Tag. Der Kunst-am-Bau-Wettbewerb des Restmüllheizkraftwerks ist entschieden. Meine monumentale Installation hätte ein ästhetisches Ausrufezeichen, einen städtebaulichen Akzent gesetzt. Aber Böblingen hat diese Chance vertan.

„Natürlich wollen wir bei Kunst-am-Bau-Wettbewerben gerne Künstler aus dem Landkreis zum Zuge kommen lassen. Doch im Fall von Ronald Läppliger [sic!] sahen wir keine Möglichkeit der Entwurfsrealisierung. Seine 25 Meter hohe Skulptur aus gebrauchten Schrankwänden war formal einfach zu nah dran an Ai Weiweis Turmbau auf der documenta 12. Zudem sollte nach Läpplingers Vorstellung der Schrankwandturm vor dem Kraftwerk ungeschützt dem Wetter ausgesetzt sein, die Schrankwände wären feucht geworden, langsam aufgequollen, eingebrochen und verwittert. Das hätte Sicherheitsprobleme gegeben und gegen Umweltschutzauflagen verstoßen."

Dr. Katharina Ecker, Vorsitzende des Böblinger Kunstvereins und Jurymitglied beim Kunst-am-Bau-Wettbewerb Restmüllheizkraftwerk Böblingen

12. Juli
Dienstag, Bad Cannstatt

Die Pizzeria Diavola ist wieder fast leer, Khalil aber in bester Laune, das Geschäft laufe gut, und mit dem Chef des Center-Managements sei er schon per du. Rania serviert süße Safranbällchen und Baghrir-Crêpes mit Honig und Arganöl, während das marokkanische Qualitätsdope seine volle Wirkung entfaltet. Rania: sieht von Mal zu Mal besser aus. Eine erstaunliche Metamorphose unter der Sonne Baden-Württembergs: Aus der plump im grauen Kaftankleid umherwatschelnden Landpomeranze ist eine elegante Lady geworden, die eher nach Dubai als nach Sidi Slimane passen würde (ein großartiges Aktmodell würde sie sicher auch abgeben). Ich beneide Khalil ein wenig.

Wie denn meine Geschäfte liefen, will Khalil wissen, ich antworte in heiterer Stimmung, alles bestens. Na, falls ich noch Kapazitäten hätte, könnte er mir einen guten Auftrag verschaffen, über einen Landsmann, der wie er übrigens auch aus Sidi Slimane stamme (was für ein Zufall!), habe er die Anfrage erhalten, ob er einen begabten Künstler kenne, der bei der Ausstattung eines neu zu eröffnenden und überaus niveauvollen Wellness-Etablissements, hier ganz in der Nähe in Bad Cannstatt, mitwirken könne. Der Inhaber von Sultan's Wellness-Oase sei zwar Türke, doch ganz vernünftig, und überhaupt, Inschallah, man solle sich ja auch nicht so von seinen Vorurteilen steuern lassen. Hier sei seine Karte, „Zafer Camoglu, CEO Camoglu Import-Export“, ich könne ihn anrufen, er wisse Bescheid. Ich wehre ab: „Danke, ich hab gerade viel zu tun“, stecke die Karte aber aus Höflichkeit ein.

Zu Hause, die Wirkung des Dopes lässt nach. Bei Licht betrachtet, habe ich keineswegs zu viel zu tun. Im Gegenteil, langjährige RON.EGOXL-Sammler wie Borstmann und Prof. Diggler haben sich de facto verabschiedet, Dr. Pohlmann ist tot, Frau Dr. Wiehager unerreichbar, Stipendien und Preise liegen in weiter Ferne. Ein neuer Auftrag käme eigentlich sehr gelegen, und warum nicht mal wieder was Dekoratives, warum nicht tatsächlich *Kunst am Bau?*

14. Juli
Donnerstag, Bad Cannstatt

In der Mittagsglut Treffen mit dem Sultan in der Brückenstraße. Herr Camoglu fährt das gleiche obsidianschwarze CLS-Coupé wie mein Bruder! Fachkundig frage ich, was er denn vom Abstandsregeltempomat Distronic plus und dem Agility-Control-Fahrwerk halte. Sympathie durch Technik! Herr Camoglu führt mich durch die Baustelle, unterkellerte Gewerberäume im Erdgeschoss, in der Etage darüber eine großzügige Sechszimmerwohnung, deren Räume ursprünglich in Bonbonfarben gestrichen waren. Hier, wo früher ein 08/15-Puff gewesen sei, wolle er nun eine einmalige *Wohlfühllandschaft* mit Whirlpools, Fitnessraum, Solarium, Dampfbad und Saunakabinen einrichten, diplomierte Angestellte würden eine umfangreiche Palette an Dienstleistungen *rund um den Körper* anbieten, Ayurveda-, Hot-Stone-, Tantramassagen und vieles mehr. Er kenne sich aus, habe kürzlich erst eine Weiterbildungsreise nach Hamburg gemacht, sich auf dem Kiez umgesehen, diese Fickbuden der Albaner und Araber, das sei hoffnungslos von vorgestern, höchstens noch besoffene Engländer gingen da rein. Wellness und Gesundheit jedoch – das sei die Zukunft! Ich würde doch bestimmt den Sakura Club kennen, in Böblingen, im Industriegebiet Hulb? 3000 qm FKK-Sauna-Wellness-Landschaft, immer fünfzehn Hostessen im Stand-by-Modus, und sogar Arbeitsräume mit

WLAN, damit die Geschäftsleute ständig auf Börsenkurse und Mailprogramme zugreifen können. Na, super, denke ich, jetzt können die CEOs direkt aus dem Puff skypen. Was Ähnliches wie Sakura stelle er sich auch in Bad Cannstatt vor, fährt Herr Camoglu fort, nur eben kleiner, feiner. Im Fitnessraum würden Power Plates der neuesten Gerätegeneration installiert, zudem plane er einen komplett schallisolierten Meditationsraum inklusive eines salzwassergefüllten Floatingtanks, dessen Benutzung einzigartige Sinneserfahrungen ermöglichen werde. „Sultan's Wellness-Oase: The Art of Loving", das sei Wellness21 für den Großraum Stuttgart, eine Oase für die ganzen gestressten Manager von Daimler, Porsche, Bosch, HP oder IBM! Und um dieses ganzheitliche Konzept abzurunden, fehle jetzt nur noch ein ansprechendes künstlerisches Design – originale Graphiken, am besten Gemälde, gäben dem Ganzen eine besondere, ja einzigartige Note! Meine Aufgabe: Wandmalereien mit erotischen Motiven, auf antik gemacht, es solle aussehen wie in Pompeji, Daniela Katzenberger als altrömisches Fresko, das wär doch was! In jedem Zimmer eine andere Schönheit, Nicole Scherzinger, Gina Lisa und Kader Loth als Meerjungfrauen, so was in der Art! Ich verspreche, ihm als Probearbeit eine Katzenberger-Ölskizze zu liefern.

Zu Hause angekommen, mische ich sofort Farben mit schnelltrocknendem Sikkativ an. Frau Katzenberger kann natürlich nicht Modellsitzen, deshalb muss ich mir Bilder aus dem Internet ausdrucken. Bei Daniela K. faszinieren vor allem die zu hoch angesetzten, künstlichen Augenbrauen, das ist (neben ihren inneren Werten) ihr USP, während die halbkugelartigen Brüste, die Figur und das Hairstyling eher stereotyp wirken, so was gibt es noch häufiger auf dieser Welt. Man muss aber bei aller Objektivität sagen, das gezupfte oder hochangesetzte Augenbrauen den Nachteil haben, einen permanent erstaunten, mithin dümmlichen Gesichtsausdruck zu erzeugen. Dies mag noch in Danielas strategischem Kalkül liegen („Sei schlau, stell dich dumm!“), doch eine weitere Nebenwirkung hoher bogenförmiger Brauen liegt darin, die Augen kleiner wirken zu lassen, was Daniela dann wiederum mit aufwendigem Make-up kompensieren muss. Darin liegt zweifellos eine gewisse Tragik (an mir muss wohl ein Visagist verlorengegangen sein).

„Wenn Gott nicht die Brüste geschaffen hätte, hätte ich sie nicht gemalt.“ Auguste Renoir

16. Juli
Samstag

Schulferien. Ben ist da, diesmal für vierzehn Tage, weil Sabine und Thomas einen Wildwasserraftingtrip in Kanada gebucht haben und für dieses Abenteuer werden gerne auch die Prinzipien über Bord geworfen. Strudel und Stromschnellen, Stechmückenattacken und gefräßige Bären. Ein typischer Urlaub für Leute, denen es zu gut geht. Ben zieht in Bernds ehemaliges Zimmer ein, vorher räume ich dort noch ein wenig auf. Ich finde Bernds alten Aktenkoffer unter dem Bett, mit dem er immer zur Schule gegangen ist, in der Schreibtischschublade finde ich eine Quarzarmbanduhr und F.D.P-Buttons, Tennisbälle und angeschmuddelte Schweißbänder, vergilbte Aufkleber mit der Aufschrift „Mich wurmen die Linken“.

17. Juli
Sonntag

Ben und ich sind im Freibad. Whirl-Liege und Weizenbier. Abhängen, das ist unser Programm! Nichts machen, höchstens ab und zu mal gegen einen Fußball treten, vom Kiosk ein Bier und eine Cola holen.

19. Juli
Dienstag, Bad Cannstatt

Nach langem Hin und Her sind wir im Geschäft. Sultan war mit Katzenberger zwar auf Anhieb zufrieden, doch bot er mir zunächst allen Ernstes an, mich komplett in Naturalien zu bezahlen: Als Gegenleistung für sechs Wandgemälde à drei Quadratmeter hätte ich sechs Monate lang kostenlosen Zugang zur Wellnesslandschaft inklusive diverser *Anwendungen* erhalten, Camoglu rechnete mir vor, dieser „Leistungsumfang entspricht einer Summe von mindestens 18.000 Euro". Zudem sei es ja eine Art Dauerausstellung mit hoher Werbewirksamkeit für mich, da Sultan's Wellness-Oase: The Art of Loving eine exklusive und hochgradig solvente Kundschaft anspreche. Weitere Aufträge und Verkäufe seien da nur noch eine Frage der Zeit.

Einen Moment lang kommen mir Zweifel. Vielleicht hat er sogar recht. Warum eigentlich nicht? Eine verlockende Vorstellung: Wellness21, das komplette Paket, eine sinnliche Inspirationsquelle, die Künstler schon immer genutzt haben, ich wäre da in bester Gesellschaft mit Cezanne, Degas, Toulouse-Lautrec, Picasso (allerdings stünde mir diese Quelle nur auf Zeit zur Verfügung, man bedenke auch das hohe Suchtpotential, das dicke Ende, die Rechnung kommt dann irgendwann). Ich wische diesen Gedanken an meine Version von Les Demoiselles d'Avignon schließlich energisch beiseite: „Bargeld wäre mir lieber, sonst wird's nix." Wir einigen uns auf 6000 Euro, ein Vorschuss von zweitausend sofort auf die Hand. Sobald die Wände verputzt und durchgetrocknet sind, etwa in zwei Wochen, soll's losgehen.

Sultan's Wellness-Oase: The Art of Loving. Nächtliche Gewissensbisse. Deko-Maler im Puff – kann man als Künstler noch tiefer sinken? Darunter kommt wohl nur noch der Straßenstrich, das heißt auf einem Campingstuhl in der Fußgängerzone sitzen und für fünf Euro Karikaturenporträts zu zeichnen.

20. Juli
Mittwoch

Habe Mirjanas Vermittlungsangebot nun doch angenommen, und einen Termin in der Kreissparkasse ausgemacht, es geht um eine mögliche Ausstellung im Foyer. Allerdings nicht für mich, sondern für Uwe. Sein Ausstellungsprojekt „Sausage contemporary" war nun vom Fleischereimuseum endgültig abgesagt worden, die Museumsleiterin, glatte zehn Jahre jünger als er, entschied dagegen, was Uwe völlig fertiggemacht hat. Könnte nicht auch die Kreissparkasse einen würdigen Rahmen für seine Papierarbeiten bieten? Ich nehme mit Uwe und Ben im Wartebereich Platz, Ben greift sich zehn, zwanzig kleine Gummibärchentüten aus einer Glasschale und stopft sie zusammen mit einer Handvoll Kugelschreibern in seine Tasche. Uwe hat eine gigantische Mappe mit seinen Fleischcollagen dabei, er wirkt nervös, schwitzt. Ich blättere in der Kundenzeitschrift. Auf Seite drei ein Foto: „Mitarbeiterin des Monats: Mirjana Läpplinger, Bankbetriebswirtin, B. A. Finanzdienstleistungen, Vermögensberaterin im Vermögensanlagecenter Böblingen. Ab 1. August 2011 Teamleiterin in der Abteilung Privatkunden." – „Herr Voigt?" Versunken in die Betrachtung des überaus vorteilhaften Fotos, schrecke ich hoch. Ein jugendlich-gegelter Krawattenträger streckt mir die Hand entgegen, nein, ich sei der Herr Läpplinger, antworte ich, der Künstler sitze hier neben mir.

Der Sparkassenmitarbeiter blättert plaudernd Uwes Mappe durch: Das Engagement für die verschiedenen gesellschaftlichen Bereiche, für Soziales und speziell für Kunst sei ein ganz ganz wichtiger Baustein in der Gemeinwohlorientierung der Kreissparkasse. Mit einer großen Zahl von Spenden und Förderleistungen für soziale, kulturelle und sportliche Zwecke lege die Kreissparkasse Jahr für Jahr ein eindeutiges Bekenntnis zur gesellschaftlichen Verantwortung ab. Damit trage das Finanz-institut zur Sicherung und weiteren Verbesserung der Lebensqualität der Menschen im Kreis bei. Es sei zwar richtig, dass Künstler des Landkreises regelmäßig in der Galerie der Kreissparkasse (er meint das Foyer der Hauptstelle) ein Forum bekämen, auch der Vorstand sei ja sehr kunstinteressiert und würde den Vernissagen häufig beiwohnen, doch in diesem Fall müsse man befürchten, dass die Collagenserie bei einzelnen Kunden und Mitarbeitern Irritationen auslösen könnten, und zudem die harmonische Raumatmosphäre beeinträchtigt werden könnte, man möge ihn nicht missverstehen, dies sei keineswegs eine persönliche Wertung, aber vielleicht sollte man sich zu einem späteren Zeitpunkt noch einmal ...

Ich befürchte, dass sich Uwe jetzt vor den Zug schmeißt, deshalb müssen wir erst mal ein Bier trinken gehen (es wurden dann sechs). Ben muss mit, wo sollte er sonst hin? Anflug eines schlechten Gewissens. Kneipenbesuche am Vormittag, am Tisch mit angetrunkenen Männern – keine adäquate Umgebung für ein Kind. Doch Uwes Rettung ist jetzt wichtiger. Anschließend mit Ben im Freibad Silberweg. Den Rest des Tages verbringe ich auf der Whirl-Liege.

„Ja, es stimmt schon, meistens war mein Vater ein bisschen angesoffen, wenn ich ihn besucht habe. Aber das war schon o.k., ich meine, er war ja niemals ausfallend oder so übertrieben hacke, dass es einem peinlich sein musste."

Ben Riechert, November 2012

21. Juli
Donnerstag

Heute den ganzen Tag mit Ben im Freibad. Während er mit seinen Schulkollegen Bexhet und Yasin einen endlosen Arschbombenwettbewerb durchführt, mache ich es mir auf der Whirl-Liege bequem. Ärgerlich nur, dass die Zeitung dabei so schnell nass wird.

Nachmittags schwere Vorwürfe von Mirjana: Was ich da für einen Mist angeschleppt hätte, gestern, meinen Kumpel mit seinen Aldi-Sonderangebotscollagen, voll peinlich, das falle doch auf sie zurück!

Es gelingt mir, Madame mit einem Campari-O zu besänftigen. Nach weiteren Camparis lachen wir uns kaputt über Uwe *the poor sausage contemporary* Voigt. Er sollte es vielleicht doch besser ganz lassen, mit der Kunst. Aber wer soll es ihm sagen? Ich mag seinen Traum nicht zerstören, er ist doch ein guter Kerl.

„Als ich diese Tagebuchseiten las, hab ich mich geschämt. Ronny hatte die Peinlichkeit, bei der Kreissparkasse als Künstler abgelehnt zu werden, noch einmal in Worten verdoppelt. Ich kam mir vor wie der totale Loser. Erst dachte ich: Eine Schande, das auch noch zu veröffentlichen! Doch dann wurde mir klar: Ronny hatte mich brutalst, aber ehrlich aus meinen irrealen Künstlerträumen geholt. Und ich wusste, dass sich auch viele andere mit dieser Lebenslüge über Wasser hielten. Für die alle konnte ich jetzt ein Vorbild sein: Einen Schlussstrich ziehen, die Leier vom verkannten Künstler endlich abstellen, den Blick auf etwas Neues wagen! Mancher wird eben erst glücklich, wenn er kein Künstler mehr ist!"

Uwe Voigt, November 2012

22. Juli
Freitag

Heute mal den ganzen Tag im Freibad.

30. Juli
Samstag

Holy shit, schon wieder eine Havarie bei Fango Veneziano, die Anlage musste wieder abgeschaltet werden! Ungeklärte Abwässer haben den Canale di San Marco und den Rio dei Giardini verunreinigt, ein höllischer Gestank in den Giardini. Sturm der Entrüstung in der Presse und Öffentlichkeit. Einige Lokalpolitiker fordern die sofortige Abschaltung der Anlage. Alessandra Mussolini kündigt eine Mahnwache an, bis die Installation verschwunden sei.

2. August
Dienstag

Die Carabinieri haben erneut zwei Männer festgenommen, dieses Mal in Mestre, die offenbar den Störfall durch Sabotage herbeiführten. Ein Bekennerschreiben einer *Anarchistischen antiimperialistischen Front* ist aufgetaucht, Vittorio übersetzt es mir fassungslos, darin wird Fango Veneziano als „verkackte Bonzenkunst des Establishments“ bezeichnet.

3. August
Mittwoch

Heute den ganzen Tag im Freibad auf der Whirl-Liege. Seit Tagen ungeheure Hitze, in der Stuttgarter Innenstadt gestern Nachmittag 38 Grad, die A5 bei Karlsruhe ist gesperrt, weil der Asphalt weich wurde. Auch ich leide unter Aufweichungen meiner Rückseite, offenbar habe ich es mit der Whirl-Liege übertrieben. Dekubitus infolge einseitiger Freizeitgestaltung, eine neue Trenddiagnose?

4. August
Donnerstag

Jessesgoddemfaddr! Heute Nachmittag wieder satte 35 Grad. Mirjana trifft ein. Ihre Gesichtsfarbe changiert zwischen Indischrot und Krapplack, sie fächelt sich Luft zu mit einer durchgeweichten Deka-Investmentfonds-Broschüre. Unter ihrer Kostümjacke, vor allem unter dem moosgrünen Synthetik-Top, staut sich die Körperwärme. „Wahnsinnig heiß heute", stöhnt sie. Scheinbar in Sorge um ihre Gesundheit, schlage ich vor: „Zieh doch was aus!" und denke im Stillen: „Am besten alles!" Ich füge in einem forciert unbefangenen Tonfall hinzu: „Du kannst auch hier duschen." Sie nickt und geht nach oben. Dilemma der Büromenschen mit formalem Dresscode: Haben sich erst einmal sichtbare Schweißflecken unter den Achseln gebildet, müssen sie die Jacke bis zum Feierabend anbehalten und können nur hoffen, dass der Rückenschweiß, der sich dann in großen Mengen bildet, nicht durchsuppt. Puh! Zeit für einen Campari-O (zugegeben: Ich hatte heute schon einige). Die Eiswürfel klacken, ein wunderbares Geräusch, ich setze mich auf die Couch, schließe die Augen und stelle mir Mirjanas Brüste vor, während ich das randvolle Glas an meinen Mund führe. „Hey, du Schlafmütze, wo sind die Handtücher?" Ich schrecke hoch, da steht sie vor mir, mit nassen Haaren, komplett nackt! Der Campari-Humpen knallt auf den Rauchglastisch. Splash!

„Ja, ich muss zugeben, dass mir das Spielchen irgendwann Spaß machte. Obwohl Ronny schon ganz schön schräg drauf war, in seiner eigenen Welt lebte, eigentlich zu nichts zu gebrauchen war, war es irgendwie doch schmeichelhaft, dass er auf mich flog. Verrückt oder? Der Unterschied konnte zwischen uns nicht größer sein: Am Anfang war ich Klein-Erna vom Balkangrill, war ich das Landei und er der Mann von Welt. Heute: Ich hab Familie, ein Haus, starte im Job richtig durch: und er? Sitzt in seinem alten Kinderzimmer und spinnt sich was zusammen. Absolut lachhaft, andererseits – fast schon rührend! Es stimmt aber schon, ich hab das später auch mit Matthias diskutiert, dass ich ganz gerne Zeit mit ihm verbrachte, eigentlich war's oft auch richtig lustig mit ihm, völlig sinnfrei quatschen, lachen, abhängen. Irgendwann hat er sich dann aber eingebildet, wir würden zusammengehören, seien füreinander gemacht usw., das ging mir dann doch zu weit. Er hatte einfach keinen Sinn mehr für die Realität, ich hätte nie meine Familie, meine Ehe aufs Spiel gesetzt für … ja, für was eigentlich?"

Mirjana Läpplinger, Oktober 2012

5. August
Freitag

Ich betrachte lange den Sprung im Rauchglastisch, rufe Mirjana an, frage, ob sie nach Feierabend vielleicht Lust habe, mir Modell zu sitzen, für ein paar Aktskizzen. Kurze Pause, dann legt sie wortlos auf. Habe ich was falsch gemacht? Kann es sein, dass ich zu viel getrunken habe? Campari-O trinkt sich bei diesem Wetter weg wie Eistee, man merkt nicht, ab wann man besoffen ist. Ich setze mich ins Auto, doch ich kann nicht mehr fahren. Zum Glück gibt's Hüseyins VIP-Taxi. Sein Cousin Deniz fährt mich ins Freibad. Warum geht Mirjana eigentlich nie mit mir ins Freibad? Rutschen und Liegen, Whirlpool und Weizenbier im Wechsel.

6. August
Samstag

Nachricht aus Venedig, wo seit Wochen ebenfalls unfassbare Hitze herrscht: Die wieder instandgesetzte Anlage von Fango Veneziano polarisiert erneut die Gemüter, seit Silvio Berlusconi die Installation demonstrativ besichtigte. Die linken Medien und Künstler sind entsetzt, man rückt nun eiligst von Vittorio ab, dem das peinlich zu sein scheint (doch insgeheim wird er Silvio natürlich für diese unbezahlbare PR dankbar gewesen sein). Berlusconi, der das Thema Umwelt nicht den Linken zu überlassen gedenkt, biss vor laufenden Fernsehkameras in einen Venetian Bagel! Dazu rief er aus: „Ich tue das für Italien! Viva Italia!“ Unterdessen nimmt die Algenpest historische Ausmaße an.

7. August
Sonntag

Mit Elke im Freibad. Furchtbar voll heute, da kommt doch

Selbstbildnis als Bajazzo, Öl auf Leinwand, 100 × 150 cm

Selbstporträt mit Pinsel, Öl auf Leinwand, 125 × 150 cm

Selbstbildnis als Schwabe, Öl auf Leinwand, 85 × 120 cm

Borstmann senior, Öl auf Leinwand, 125 × 190 cm

tatsächlich so eine Mutti an und beschwert sich, wir sollten hier nicht vor aller Augen Gras rauchen, das sei nicht gerade vorbildhaft für Kinder und Jugendliche. Vorbildhaft? Ich kann mir nicht vorstellen, auf irgendwen wie ein Vorbild zu wirken. Elke wohl auch kaum.

8. August
Montag, Bad Cannstatt

Mit der Katzenberger-Vorzeichnung in Sultan's Wellness-Oase begonnen. Ein Brief von van Gogh kommt mir bei der Arbeit in den Sinn, er schreibt über die Gattung Porträt an Emile Bernhard: „Das ist im Grunde das Einzige, was mich an der Malerei zutiefst bewegt und mich das Unendliche fühlen lässt." Und in einem anderen Brief an seine Schwester: „Ich würde gerne Porträts malen, die ein Jahrhundert später den Menschen dann wie Erscheinungen vorkommen."

Was wird man in hundert Jahren oder fünfhundert Jahren über mein Katzenberger-Porträt denken, das dann vielleicht unter dicken Schichten alter Tapeten zum Vorschein kommt? Wird man ergriffen davor stehen bleiben, wird man lachen oder staunen? Werde ich als anonymer „Meister von Bad Cannstatt, frühes 21. Jahrhundert" in die Geschichte eingehen? Wird Sultan's Wellness-Oase das neue Pompeji?

9. August
Dienstag, Bad Cannstatt

Vorzeichnung für Kader Loth in Sultan's Wellness-Oase begonnen. Ich fände ja Kim Kardeshian um Klassen besser, doch der Sultan wehrt entrüstet ab, also, das ginge ja überhaupt nicht, die sei doch Armenierin! Ein wahrer Patriot, selbst bei den Wichsvorlagen. Abends zu Khalil, den Tag mit Pizza Ronny speciale und Campari-O ausklingen lassen.

10. August
Mittwoch, Bad Cannstatt

Sultan regt an, noch Collien Fernandes in unsere Hall of Fame aufzunehmen. Ob diese Dame vom Profil her zu den anderen passe, gebe ich zu bedenken, sei sie doch immerhin Markenbotschafterin von Mercedes-Benz gewesen. Gerade deshalb, wirft Herr Camoglu begeistert ein, gerade deshalb!

Bei brutalster Hitze Vorzeichnung zu Sarah Knappik begonnen.

„Ich arbeite langsam und mit Anstrengung, obgleich es so aussieht, als wäre es schnell und leicht gemacht." Jean-Auguste-Dominique Ingres

11. August
Donnerstag, Bad Cannstatt

Hitzewelle. In den Straßen kollabieren Rentner, die Rettungswagen befinden sich im Dauereinsatz. Vorzeichnung für Gina-Lisa Lohfink in der Wellness-Oase begonnen. Aufkommende Skrupel. Hauptsache, mich sieht keiner hier andauernd rein- und rausgehen! Andererseits: Pornochic lässt sich mit ein paar Drehungen ohne weiteres als subversive Konzeptkunst intellektualisieren. Ist ja irgendwie auch angesagt. Vielleicht sollte ich mir jetzt schon ein paar passende Sätze dazu überlegen. Abends zu Khalil, Pizza Ronny speciale und Campari-O.

12. August
Freitag, Bad Cannstatt/Stuttgart

Vorzeichnung Nicole Scherzinger. Ich genehmige mir ausnahmsweise schon morgens ein Bierchen, weil's heute so heiß ist. Ich blicke auf mein Telefon: Noch immer keine Reaktion von Frau Wiehager. Brutalst! Nächste Woche läuft die Bewerbungsfrist für das Maria-Ensle-Stipendium ab, dann war das ganze Manöver umsonst! Vielleicht sollte ich einfach mal bei ihr im Büro vorbeifahren, freundlich Hallo sagen, mich nach dem Stand der Dinge erkundigen? Ich fahre zum Daimler Corporate Art Department in die Epplestraße, die Hose von Farbe und Staub verdreckt, eine Fahne habe ich auch, egal, ich darf das, ich bin Künstler. Wie sei mein Name? Ob ich einen Termin bei Frau Dr. Wiehager habe? Nein, sie sei gerade in einer Besprechung und habe heute generell einen sehr dichten Terminplan. Ja, man richte ihr aus, dass ich da gewesen sei. Nein, ich möge bitte nicht wieder anrufen und ohne Termin erscheinen. Ja, man wird mich so bald wie möglich anrufen.

„Die Daimler Kunst Sammlung zählt heute zu den bedeutenden europäischen Unternehmenssammlungen mit internationalem Renommee. Ihr Schwerpunkt liegt im Bereich der abstrakten Kunst des 20. Jahrhunderts, weitere große Sammlungsbereiche widmen sich den Themen Automobil in der Kunst sowie internationale Fotografie und Videokunst. Herr Läpplinger war uns schon seit 1999 bekannt, als Frau Dr. Wiehager noch die Villa Merkel in Esslingen leitete, damals hatte er das Aufenthaltsstipendium im angrenzenden Bahnwärterhäuschen inne. Ich muss ganz ehrlich sagen, dass mich seine Arbeit schon damals nicht überzeugt hat, sie wirkte oberflächlich, inhaltlich inkonsistent, von der Wirkung her nicht nachhaltig. Es ist bekannt, dass wir an unseren Standorten Berlin und Stuttgart die junge Kunstszene intensiv beobachten und gezielt durch Ankäufe unterstützen, daher wohl auch die Hoffnung

Herrn Läpplingers, dass wir einige, von ihm als ‚minimalistisch' bezeichnete Objekte und Gemälde ankaufen würden. Dies stand allerdings von Anfang an außer Frage. Zum einen wegen der bereits erwähnten mangelnden Konsistenz und inneren Kohärenz seines Œuvres, zum anderen gehen wir prinzipiell nicht auf Eigenbewerbungen ein, schon gar nicht, wenn Bewerber zu Mitteln greifen, die schon an Stalkingmethoden grenzen."

Dr. Robert Martens, Stellvertr. Leiter Corporate Art Department Daimler

13. August
Samstag

„TAXIFAHRER VERURSACHT UNFALL UNTER DROGENEINFLUSS
Am Samstagabend verlor ein Taxifahrer aus Richtung Waldenbuch kommend in einer Linkskurve bei den Sulzbachregenrückhaltebecken die Kontrolle über sein Fahrzeug und prallte gegen einen Baum. Entgegenkommende Fahrer alarmierten Polizei und Notarzt, die in wenigen Minuten am Unfallort waren. Die Beamten fanden den Unfallwagen mit überlaut laufender Stereoanlage vor. Der bewusstlose Fahrer wurde mit leichten Verletzungen ins Krankenhaus gebracht. In seinem Blut wurden Cannabinoide (Haschisch-Wirkstoff) und ein Alkoholgehalt von 1,2 Promille festgestellt, der Führerschein wurde umgehend eingezogen."

Böblinger Zeitung, 15. August 2011

14. August
Sonntag, Sindelfingen

Heftiges Donnergrollen, ich erwache mit hammermäßigen Kopfschmerzen, nicht nur Schmerz, sondern Lärm auch in meinem Kopf: „Everyday is a new day / I'm thankful for every breath I take / I won't take it for granted / So I learn from my mistakes / It's beyond my control, sometimes it's best to let go / Whatever happens in this lifetime / So I trust in love / You have given me peace of mind / I, I feel so alive for the very first time …" dröhnt es in meinem Schädel, so laut wie ein Rockkonzert in einer leeren Fabrikhalle `[Anm.: Der Song Alive der Band P.O.D. lief in voller Lautstärke im Unfallwagen, als die Polizei dort eintraf]`. Ich habe keine Ahnung, wo ich bin, ich blicke aus dem Fenster, jetzt erkenne ich die Landschaft, ich muss im Klinikum Sindelfingen-Böblingen sein. Draußen tobt gerade ein Unwetter, Blitze zerreißen den grauen Morgenhimmel. Eine Krankenschwester steckt kurz den Kopf ins Zimmer, wenig später kehrt sie mit dem Arzt zurück, der mir mitteilt: „Herr Läpplinger, Sie hatten einen Unfall." Schwester Agnieszka sieht super aus, denke ich noch, sie hat so eine gewisse Ähnlichkeit mit … dann fallen mir die Augen wieder zu.

15. August
Donnerstag, Bad Cannstatt

Aus ganz weiter Ferne ruft eine Stimme meinen Namen, „Ronny, kannst du mich hören?" Eine sanfte Stimme, dazu rieche ich ein wunderbares Parfüm, ob es wohl Schwester Agnieszka ist? Ich schlage die Augen auf: Nein, noch viel besser, es ist Sexiest Kreissparkassenvermögensberaterin alive, nur wenige Zentimeter vor meinen Lippen! Mirjana weicht erschrocken zurück: „Gott sei Dank, Ronny, du bist wach!“

Die Erinnerung kehrt zurück, Matthias und Mirjana helfen meinem Gedächtnis auf die Sprünge. Gestern, der heißeste Tag des Jahres, 42,5 Grad waren am Nachmittag in der Stuttgarter City gemessen worden, ein historischer Wärmerekord. Abends hatte ich noch eine Fahrt nach Waldenbuch, sollte Vernissagegäste ins Museum Ritter bringen, das direkt neben der Ritter-Sport-Schokoladenfabrik liegt: Neupräsentation der Sammlung von Marli Hoppe-Ritter. Es ging dort im weitestesten Sinne um das Quadratische in der Kunst. Fatalerweise bin ich dann dort geblieben, muss zu viel getrunken haben, auf der Rückfahrt dann der Unfall.

„Ronnys Crash war übrigens ein Paradebeispiel dafür, wie sinnvoll unser neues automatisches Müdigkeitserkennungssystem ist. Es sollte eigentlich in jedem Taxi vorgeschrieben sein! Das Kernstück des Systems ist ein hochempfindlicher Sensor, der die Lenkbewegungen und die Lenkgeschwindigkeit genau beobachtet. Auf Basis dieser Daten ermittelt unser Attention Assist während der ersten Minuten jeder Fahrt ein individuelles Verhaltensmuster, das im elektronischen Steuergerät des Fahrzeugs ständig mit dem aktuellen Lenkverhalten und der jeweiligen Fahrsituation verglichen wird. So kann das System typische Indikatoren für Übermüdung erkennen und den Autofahrer mit einem akustisches Signal und einer Displayanzeige im Kombi-Instrument warnen.“

Matthias Läpplinger, Oktober 2012

16. August
Dienstag, Sindelfingen

Ich muss heute noch den ganzen Tag im Klinikum bleiben, zur Beobachtung. Frühstück am Bett, auch nicht schlecht. Doch wo ist nur Schwester Agnieszka? Die habe heute frei, teilt mir Schwester Sabine kalt mit. Sie sieht aus wie Heidi Klum im weißen Kittel, ich habe ein wenig Angst vor ihr. Zum Glück ist Visite, ein Arzt führt die Gruppe an, den ich auf zwanzig, höchstens 22 Jahre schätze, Jugend forscht. Erst morgen werde ich nach Hause gehen können, teilt er mir mit. Es hat wohl einen heftigen Rumms in meinem Kopf gegeben, doch werde ich keine bleibenden Schäden davontragen, heißt es. Genesungswünsche von Bernd und Liane per SMS, Uwe erscheint am Krankenbett, wir ziehen gemeinsam Bilanz: Führerschein weg, Taxi-Job weg, Anzeige gegen mich.

„Der Unfall war ein Schock für uns – obwohl es so glimpflich für Ronny ausging, war klar: Er hatte ein Suchtproblem, brauchte Hilfe, eine Therapie. Uns war nicht klar, dass Ronny so labil war, dass er nach dem Auszug von unserer Mutter im alten Elternhaus vereinsamte oder unter depressiven Verstimmungen litt. Er schaffte es, stets gleichmütig, gutgelaunt und in sich ruhig zu erscheinen. Es war jetzt klar, dass wir uns unserer familiären Verpflichtung ihm gegenüber nicht entziehen konnten, wir mussten handeln. Wir hatten gemeinsam überlegt, ob wir ihm einen Aufenthalt in der Privatklinik Meiringen finanzieren sollten – Ronny aber lehnte ab und meinte, man würde ihn nur in einer Zwangsjacke dort hinbekommen.

Bernd Läpplinger, Oktober 2012

17. August
Mittwoch

Wieder zu Hause. Anruf Hüseyin: Wie könne ich ihm das nur antun! Jahrelang habe er mir einen guten Job geboten, habe zu mir gehalten wie ein Bruder, Vater, Onkel. Und jetzt das. Auf dem Zeitungsfoto sei der Unfallwagen doch ganz klar als VIP-TAXI zu erkennen! Wer steigt denn jetzt noch in ein VIP-TAXI? Er sei ohnehin schon im Dauerstress. Ob ich wolle, dass er einen Herzinfarkt kriege?

Jetzt hat er es geschafft: Ich habe ein schlechtes Gewissen. Mein Blick fällt auf Borstmann senior, der seit der Rückrufaktion aus der Firma IMMOTEC wieder hier im Hausflur steht. Im Frust habe ich ihm mit dem Edding ein Hitlerbärtchen verpasst. Ich kneife die Augen zusammen: Wenn ich das Bärtchen etwas verlängere und die Brille wegretuschiere, sieht Borstmann Erdogan verblüffend ähnlich. Das ist's! Ich schenke Hüseyin Erdogan als Good-Will-Geste und Entschädigung!

Möchte am Abend mal wieder einen schönen Docht rauchen, muss mich aber sehr über Khalils Dope wundern. Was hat er mir da für einen Mist verkauft? Ich merke gar nichts!

18. August
Donnerstag

Habe Hüseyin Erdogan per Fedex schicken lassen, unangekündigt, zusammen mit einer Grußkarte. Merkwürdig, dass er nicht anruft, um sich zu bedanken.

19. August
Freitag

Heute Morgen habe ich Erdogan in meinem Vorgarten gefunden. Man hat ihm die Augen ausgestochen, eine Art Kopftuch aufgemalt und auf seine Stirn Worte wie „Vatan“ und „Hain“ geschrieben. Was mir jetzt dämmert: Hüseyin und seine ganze Familie hassen Erdogan. Sie sind eingefleischte Kemalisten! Meine naive Goodwill-Geste war zum größtmöglichen Affront geworden, das Tischtuch zwischen uns zerschnitten, selbst wenn ich Erdogan nun noch eiligst in Atatürk umoperiert hätte.

Auf meine Anfrage an Hüseyin Akdeniz, ob er zu einem Statement über Ronald Läpplinger bereit wäre, erhielt ich folgendes Schreiben:

„Sehr geehrter Herr Saehrendt,
ich bestätige, dass Herr Ronald Läpplinger vom 15. Oktober 2002 bis zu seiner fristlosen Kündigung am 16. August 2011 in unseren Betrieb als Aushilfsfahrer tätig gewesen ist. Für weitere Auskünfte stehe ich nicht zur Verfügung.
Mit freundlichen Grüßen“

I. A. Hüseyin Akdeniz,
Inhaber von Hüseyin's VIP-Taxi Böblingen GmbH

20. August
Samstag, Bad Cannstatt

Ungewohntes Leben als Fußgänger. Mit der S-Bahn nach Bad Cannstatt in die Wellness-Oase. Vorzeichnung von Collien Fernandes im Flur begonnen. Doch heute fehlt der Schwung, die Hingabe, es kommt kein Workflow zustande.

Nachts unruhige Träume, teilweise hyperrealistische Bilder. 3.45 Uhr. Ich kann nicht mehr einschlafen und setze mich ans Steuer. Was soll's, ich drehe eine Runde, auch ohne Führerschein. Schalte das Radio an, Dudelfunk, Oldie-Hits nonstop. Eine quäkende Stimme singt „Mein Maserati fährt 210/schwupp die Polizei hat's nicht gesehn/das macht Spaß ich geb Gas ich geb Gas/will nicht sparen nicht vernünftig sein/kommt nur das gute Super rein/ich mach Spaß ich geb Gas ich geb Gas/Ich will Spaß ich will Spaß ich will Spaß ich will Spaß/Deutschland Deutschland spürst du mich/heut Nacht komm ich über dich …"

Ich schalte das Radio aus. Nicht enden wollende 1980er. Man entkommt ihnen wohl nie. Mit Bleifuß ins Stuttgarter Kreuz, die A8 runter Richtung Karlsruhe bis Pforzheim-Ost, dann zurück. Doch das angenehme Entspannungsgefühl, das sonst immer mit dem hochtourigen Dröhnen des Motors aufkam, stellt sich nicht ein. Stattdessen langweilt mich die Autobahn.

21. August
Sonntag

7.00 Uhr. New Day Rising [Anm.: Song der amerikanischen Hardcore-/Alternative-Rock-Band Hüsker Dü (1978-87). Hüsker Dü bedeutet auf Norwegisch: „Erinnerst du dich?"] in maximaler Lautstärke. Die Boxen auf dem Fensterbrett. Mal sehen, ob die Polizei da ist, bevor der Song zu Ende ist und der nächste beginnt.

Ich stoppe die Zeit, bis ein Streifenwagen in die Achalmstraße einbiegt. 5.33 Minuten. Der Gartennazi muss unmittelbar nach Beginn des Songs die Polizei gerufen haben, möglicherweise hat er eine Standleitung zur Wache.

Oh, du mai liebs Herrgeddle, ein unglaublich heißer Tag. Und ich bin unglaublich durstig! Bis zum frühen Abend habe ich bereits eineinhalb Literflaschen Campari zu Cocktails verarbeitet – eigenartigerweise, ohne irgendeine Wirkung zu spüren. Seit wann gibt es alkoholfreien Campari? Ich studiere ungläubig das Flaschenetikett: Alles in Ordnung, 23% Vol. Rufe ein Taxi (bei Hüseyin darf ich ja nicht mehr mitfahren, also muss ich zur Konkurrenz, dem TAXITEAM), das mich ins Freibad bringen soll. Dort wie immer Rutschen und Liegen, Whirlpool und Weizenbier im Wechsel, doch diesmal war es ein wenig langweilig. Irgendetwas stimmt nicht mit mir.

22. August
Montag

In der Wellness-Oase. Collien Fernandes und Sarah Knappik lustlos überarbeitet. Selbst nach vier Weizenbieren komme ich nicht in Stimmung. Herr Camoglu fragt besorgt, ob ich krank sei, und auch ich frage mich: Was ist nur mit mir los? Alte Gewohnheiten machen keinen Spaß mehr, Campari-O schmeckt wie Spülwasser, Dope wie heiße Luft, Autofahren ist langweilig, das Rumhocken im Blubberwasser der Freibadpools ödet mich an.

23. August
Dienstag

Irgendetwas in meinem Gehirn hat sich in jener Unfallnacht verändert, irgendein Schalter blieb gedrückt, ich komme mir vor wie dauerstoned, bei gleichzeitiger voller geistiger Klarheit. Die Wirkung von Dope und Alkohol ist aufgehoben, ich fühle mich wie *angeknipst,* alle Sinne sind aktiviert, manchmal ist es eine geradezu überscharfe Wahrnehmung mit überquellenden Assoziationsketten und plastischen Erinnerungsfragmenten. Jetzt ist es definitiv Zeit für Straight Edge. Und zwar nicht als Modeerscheinung, wie es in den 1990ern angesagt war, sondern als Lifetime Commitment! Ronny XXX.

„Don't smoke. Don't drink. Don't fuck. At least I can fucking think." [Anm.: Textzeile der Band Minor Threat in ihrem Song Out of Step]

24. August
Mittwoch

Ich muss mein Leben ändern, mein klägliches, feiges Doppelleben. RON.EGOXL und Ronald Läpplinger müssen wieder zu einer autonomen Person werden! Auf Wiedersehen, Borstmann, Dr. Diggler, Dr. Wiehager, auf Wiedersehen, Herr Camoglu, möge der Sultan Katzenberger, Kader Loth & Co doch selbst weitermalen. Stattdessen werde ich einen Plan für mein definitives, mein wirkliches, mein wahres Comeback als zeitgenössischer Künstler entwerfen. Und dieses wird auf einer großen Bühne stattfinden, alle Augen werden auf mich gerichtet sein. COMEBACK 2012!

„Ich hab gleich gewusst, dass Ronny ein großer Künstler war, dass man von ihm noch hören würde. Das konnte man schon daran sehen, wie er die Vorzeichnungen angefangen hat: ganz locker aus dem Handgelenk, und trotzdem saß jeder Strich. Leider hat er die Arbeit im vergangenen Jahr ganz plötzlich hingeschmissen, ich hab nie verstanden, warum, der Preis, der Vorschuss – das war voll in Ordnung! Aber so sind Künstler: Ein bisschen verrückt. Man weiß nie, was in ihrem Kopf vorgeht, was sie morgen tun oder denken."

Metin Camoglu, Inhaber Sultan's Wellness-Oase Bad Cannstatt, November 2012

25. August
Donnerstag

Nachricht aus Venedig (nach allem, was passiert ist, habe ich begonnen, mich doch ein wenig mit dem Werk zu identifizieren): Fango Veneziano entwickelt jetzt eine zunehmende ökologische Dringlichkeit und wird zum Publikumsmagneten, seit die diesjährige Hitze diese enorme Algenblüte verursacht hat. Fango verarbeitet nun große Mengen der Planzen, die aus dem Algenteppich der Lagune abgesaugt wurden. Zudem entwickeln sich seine Venetian Bagels zum Verkaufsschlager, trotz des Stückpreises von hundert Euro. Viele kaufen, weil sie in den Dingern einen Sammlerwert vermuten. Ich bezweifle aber, dass irgendjemand außer Berlusconi je einen gegessen hat.

„Why cunts sell shit to fools." Damien Hirst

26. August
Freitag

Anruf von Sabine. Ben kommt nicht mehr. Schade. Zuletzt hatten wir es uns bei Videoabenden richtig gemütlich gemacht, Horror-Movie-Classics und Actionfilme der frühen 1980er, auch mal was künstlerisch Anspruchsvolles wie Nosferatu – Phantom der Nacht. Sabine und Thomas haben erwirkt, dass Bens Besuchswochenenden gestrichen werden, solange ich mich keiner Therapie unterzogen habe. Sie halten mich offenbar für schwer drogenabhängig und/oder geistesgestört.

Sexiest Kreissparkassenvermögensberaterin alive im komplett neuen Look. Caramelfarbener taillierter Hosenanzug in weichfallendem Bouclé-Stoff, dazu ein capriblaues Top und eine dezent blondierte Hochsteckfrisur. Da sie nun, als stellvertretende Abteilungsleiterin Privatkunden, mehr Verantwortung im Unternehmen übernommen habe, müsse sie das auch äußerlich demonstrieren, teilt sie mir entschlossen mit. Und nie wieder Fransenpony, denn wer Karriere machen will, müsse Stirn zeigen! Am Wochenende wären sie in Oberursel gewesen. Bernd und Liane hätten ihr eindringlich empfohlen, sie müsse nach diesem Karrieresprung intensiver an sich arbeiten, müsse die *Dynamik des Erfolgs* ausstrahlen, sich neu erfinden, sich einem totalen Relaunch unterziehen, nur so könne man auf solvente Privatkunden Eindruck machen, man müsse ja bedenken, dass die Zielgruppe unter Umständen einen höheren Lebensstandard und eine bessere Ausbildung als man selbst habe. Schließlich verwalte die Kreissparkasse Böblingen Kundeneinlagen in Höhe von knapp vier Milliarden Euro! Also: Raus aus der Comfort-Zone, Motivationstraining und Rhetorikseminar seien angesagt, Schluss mit dem biederen Hausfrauenlook, vor allem könne sie, so Liane pseudofreundlich, „ruhig mal zehn bis fünfzehn Kilo abnehmen". Und Matthias habe nur gegrinst. Die ganze Rückfahrt lang habe sie vor Wut kein Wort herausgebracht.

Nach einer Pause sagt sie: „Na, und du mit deinem Unfall hast uns einen Riesenschrecken eingejagt. Das hätte böse ausgehen können. Was ist eigentlich mit dir los? Bist du nur noch bedröhnt?"

Wir schweigen. Einen flüchtigen Moment lang denke ich daran, sie in den Arm zu nehmen und zu küssen. Der

Moment verfliegt, Mirjana muss weiter, gleich beginne ihr Aqua-Fitness-Kurs, sie rauscht davon, ich blicke ihr durch die offene Haustür nach.

Mirjana. Nach Jahren des unauffälligen Larvenstadiums, nach Jahren der Verpuppung im routinierten Alltag von Job, Fortbildung und Ehe ist der Schmetterling geschlüpft.

2. September
Freitag

Mirjana steht vor der Tür. Nanu, schon wieder. Sie drückt mir ein Päckchen in die Hand: „Da, für dich, hab ich gestern vergessen." Schon eilt sie wieder zum Auto zurück, ich blicke ihr nach, dreh dich noch mal um, Baby, dreh dich noch mal um! Da! Der liebe Gott hat meinen Wunsch erhört, kurz vor dem Gartentor schickt sie mir noch ein knappes Lächeln.

„Der Unfall hat mich geschockt. Ronny hatte offensichtlich seinen Alkohol- und Haschkonsum nicht mehr unter Kontrolle. Der helle Wahnsinn, bedröhnt Taxi zu fahren! Ronny brauchte eine Therapie, das war klar. Vielleicht war's aber auch ein unbewusster Hilferuf? Ein Versuch, Aufmerksamkeit, Verständnis, Unterstützung von uns zu bekommen?"

Mirjana Läpplinger, Oktober 2012

4. September
Sonntag

Mirjanas Geschenk liegt ausgepackt vor mir: Du musst dein Leben ändern von Peter Sloterdijk. Ich habe Mirjana unterschätzt. Oder sie hat das Buch mit einem der vielen esoterischen Psychoratgebern verwechselt, die auf dem Markt sind?

5. September
Montag

COMEBACK 2012! Der erste Schritt dorthin wird sein, die eigene Vergangenheit zu ordnen und zu deuten. Denke über Konsequenz und Konsistenz im eigenen Œuvre nach. Der Kurswert des Œuvregedankens ist ja in den letzten Jahrzehnten immer weiter gesunken, stattdessen sind häufige Stil- und Richtungswechsel angesagt – Stars wie Picasso oder Gerhard Richter haben es vorgemacht. In meinem Œuvre hingegen ist eine schrittweise Veränderung feststellbar, am Ende waren meine anfänglichen Prinzipien vollkommen auf den Kopf gestellt worden. Mein ursprüngliches Konzept einer Ästhetik der Absenz verhieß: Kunst ohne Werk. Befreiung der Kunst von Ausbeutung, Kapitalismus, Machtverhältnissen, indem sie entmaterialisiert wird. Als die Hamburger Hochschule damals meine Mappe mit leeren Blättern als Bewerbung akzeptierte, war mir klar: Meine Kunst ist die Kunst der Zukunft, jetzt hat es endlich jemand erkannt. Es folgten Performances im Alltag und Kunstbetrieb, die als solche nicht oder kaum zu bemerken waren. Doch das Umfeld der Akademie wirkte wie ein Sog hin zur Stofflichkeit. Schritt für Schritt materialisierte sich meine Kunst, vom Nichts zum Etwas: Malperformances, Blindmalen, den Künstlerhabitus parodieren, schließlich benutzte ich Ateliermüll und Verpackungsmaterial anderer Ausstellungen als Installationsmaterial, der materiefeindliche Impuls äußerte sich zwar noch gelegentlich in Zerstörungsaktionen (Decollage von Wahl- und Werbeplakaten, Zerstörung von Bildträgern), doch im Wechselbad von Zerstörungen und Reparaturen behielt der Werkbegriff schließlich die Oberhand. Die urbanen Interventionen wie das Errichten von Sperrmüllhaufen auf dem Bürgersteig, das Umstoßen von Mülltonnen, um zufällige

Assemblagen mit dem herausgekullerten Müll zu erzeugen, die kleinen, unscheinbaren Eingriffe, falsche Beschilderungen, Übermalungen und Überklebungen in Hamburg und Stuttgart erwiesen sich als Scheinflucht, die Weichen waren schon in Richtung Malerei gestellt. Und seit ich wieder bei *Muddr* wohnte, hat mich die traditionelle Kunst endgültig wieder eingeholt, als Maler und Bildhauer. War es zunächst die monochrome, experimentelle, analytische, auf sich selbst verweisende Malerei, Zufallsmalerei, gestische Malerei, kam ich über einige Zwischenstufen von Abstraktion und Gegenständlichkeit zur figurativen Kunst. Es war wie eine abschüssige Bahn.

12. September
Montag

Heute Mirjanas 43. Geburtstag. Du musst dein Leben ändern. Ich habe den Eindruck, dass sie mich inzwischen ausgesprochen gerne besucht, sie braucht offenbar einen Gegenpol zu dem ganzen Karriere- und Happy-Family-Gewusel. Ich biete ihr an, sie könne jederzeit zum Relaxen vorbeikommen. Wahrscheinlich genießt sie meine Gegenwart, weil sie mir nichts vormachen muss, ich bin ein unbeteiligter, wohlmeinender Zuhörer, Schweiger und Ratgeber – ein Drop-out, aus Raum und Zeit gefallen, ein Neutrum (und wäre doch gerne ein bisschen mehr als das).

„Was der Künstler den Gästen in seiner Werkstatt bietet, ist nicht weniger als die Aufnahme in ein Paradies, in dem das älteste Glücksfluidum bis heute fließt: Aufmerksamkeit."
Peter Sloterdijk

Gestern hätte ich die Gelegenheit gehabt, mit Vittorio nach New York zu fliegen. Kurator Klaus Biesenbach vom MoMA hat ihn eingeladen, VW bezahlt alle Reisekosten. Finanziert von Volkswagen, soll Biesenbach bis 2013 eine Ausstellung von internationalen Emerging Artists zusammenstellen, die zu den Themen Umweltschutz, soziale Gerechtigkeit und Ressourcenknappheit arbeiten. Es ist der Start eines internationalen Research-Programms, das 2013 in einer Ausstellung im PS1 in Queens gipfeln soll, eine Art Konkurrenz zur documenta.

Die Schau wird erst im PS1, dann als Wanderausstellung rund um den Erdball gezeigt werden – ein Deal, der allen Seiten was bringt: Das MoMA öffnet sich gegenüber gesellschaftlich relevanten Zukunftsfragen, der Autokonzern gibt sich selbstlos und umweltfreundlich. Mitten drin Vittorio, der eine Karriere als Bono oder Bob Geldorf der Kunstszene vor sich hat. Ich hatte eine Zeitlang überlegt mitzufahren, mir Bilder der Stadt im Internet angesehen, ein wenig online in der New York Times geblättert, doch ich konnte mich nicht überwinden, zumal dort von einer grässlichen Bettwanzenplage die Rede war: Selbst in den besten Hotels, selbst in der Dessousabteilung von Maceys! Ist das widerlich, als ob die Kakerlaken nicht schon reichten. Ich muss zugeben, dass mich die Schaben traumatisiert haben. Nie werde ich dieses Künstlerloft in der Lower Eastside vergessen, in dem ich vier Wochen logierte. In den Wasserleitungen, in den Röhren des Gasherdes, hinter Bildern, überall waren sie, und sobald man das Licht ausschaltete, breiteten sie sich aus, auf dem Küchentisch, auf dem Fußboden hörte man das Knistern. Am Ende habe ich die ganze Nacht das Licht angelassen.

Ich floh aus New York.

Die Kakerlaken hatten mir eigentlich nur den Rest gegeben. Ich war schon vorher mürbe, ging unter in dieser Stadt. Meine Performances verblassten vor der Performance des New Yorker Alltags, jeder zweite Passant stellte mich in den Schatten, so bunt, so krass, so extrem: Die Junkies, die Vietnam- und Golfkriegsveteranen, die Hip-Hop-Heinis, die Dragqueens, die Büchsensammler mit ihren gigantischen Leergut-Ballen, die sie auf Einkaufswagen durch die Stadt bugsierten. Gegen diese Wucht an Bildern und Expressivität konnte man als Künstler gar nicht ankommen. Dann lieber Big in Böblingen als Mr Noone im Big Apple. Wer's in New York schafft, schafft's überall – da ist schon was dran (umgekehrt gilt: Wer's in Berlin nicht schafft, schafft's nirgends).

„Ich weiß noch, wie ich Ronny kennengelernt habe, in Mona's Bar, eine Punker-Bar im East Village. Es war super laut da drin, und wir haben uns bestimmt 'ne halbe Stunde in unserem schwäbischen Englisch unterhalten, bis wir merkten, dass wir quasi aus dem gleichen Kaff kamen (Leonberg und Böblingen, das ist nur ein Katzensprung auseinander). Später fuhren wir zu ihm, in eine Wohnung, die er von einem abwesenden Künstler übernommen hatte. Wir hatten eigentlich ein paar schöne Wochen zusammen in New York, doch am Ende kam Ronny immer mehr auf einen Horrortrip, die Kakerlakenplage machte ihn fertig: Er hatte nachts die Wohnung mit Scheinwerfern grell ausgeleuchtet, saß mit Dutzenden von Insektenspraydosen auf seinem Bett, ready to kill."

Elke Al-Mansour, November 2012

[Mehrere Seiten fehlen]

6. Oktober
Donnerstag

Vor der Tür hält ein wuchtiges, iridiumsilbernes SUV, ein neuer GL 350 CDI 4Matic BlueEfficiency, dem überraschend Mirjana entsteigt – in einem scheußlichen karminroten Blazer, der zusammen mit ihrer wacholderfarbenen Bluse einen psychedelischen Flimmereffekt erzeugt. Schon vom Hinschauen bin ich stoned. Erst mal herzlichen Glückwunsch zum neuen Auto! Ja, sagt sie, Matthias, Bernd und Tante Gisela hätten sich gedacht, das sei das Auto, das sie jetzt bräuchte: Offroad-ABS-System, Adaptives Dämpfungssystem, große Bodenfreiheit und die Fähigkeit, Steigungen bis 45 Grad zu bewältigen! Genau das richtige Auto für eine steile Karriere. Passend zu diesem Auftritt hat sie eine geschäftsmäßig coole Miene aufgesetzt, die mir signalisiert: Junge, keine Zeit für Plaudereien, fasse dich kurz.

Wird sie überhaupt noch mit mir reden, jetzt, wo sie so wichtig geworden ist? Wenigstens gelingt es mir, sie in eine Diskussion über Strategien des Businessstylings zu verwickeln, Mirjana ist bereit, in diesem Punkt meine ästhetische Kompetenz anzuerkennen, immerhin habe ich doch – im Gegensatz zu Matthias – das Auge des Künstlers. Sie habe sich den roten Blazer gekauft, gemäß dem Grundsatz, dass Frauen, die im Beruf erfolgreich sein wollen, sich demonstrativ von der grauschwarzen Businessmode der Männer absetzen müssten, es gehe darum, als Vizeabteilungsleiterin eine gewisse feminine Aggressivität auszustrahlen, das bringe einen taktischen Vorsprung. Rot, das stehe für tough und ladylike. Wer hat ihr nur so was erzählt? Ich gebe zu bedenken, dass rote Stoffe oftmals leider nicht edel wirkten, im Gegenteil, großflächiges Rot könne sogar den Eindruck von Ärmlichkeit und Aufdringlichkeit, mithin einer gewissen marktschreierischen Billigkeit erwecken, natürlich nur so ganz allgemein gesprochen, nicht bei ihr speziell – eine heikle Angelegenheit, doch Mirjana ist bereit, meine Kritik anzunehmen, zumal ich im gleichen Atemzug ihren neuen Burberry-Trenchcoat lobend hervorhebe. In meiner neuen Rolle als Mirjanas Bruce Darnell rate ich ihr prinzipiell zum Mantel und nicht zur kurzen Jacke, denn Mäntel hätten viel mehr Eleganz, Mäntel brächten geradezu *Dramatik* in die Garderobe! Ich weiß um die ganze Lächerlichkeit dieser Rolle des *schmeichelnden Bewunderers* (die klassische Position des Friseurs, des Schuhverkäufers, des schwulen Hausfreundes), doch darin sehe ich derzeit die einzige Chance, Nähe herzustellen.

„Klingt lächerlich, doch bei Ronny hatte ich den Eindruck, dass mir nach langer Zeit endlich mal wieder jemand richtig zuhört. Im Ehealltag kommt das eben oft zu kurz, man lebt nebeneinander her, Job und Familie diktieren einen Zeitplan, der einen kaum noch zur Besinnung kommen lässt, abends fällt man megakaputt ins Bett, und hat kaum mehr als drei vollständige Sätze miteinander gewechselt. Und was mich bei Ronny dann auch sehr überrascht hat, war seine geistige Klarheit. Obwohl er, soweit ich weiß, nie eine Therapie gemacht hat, wirkte er jetzt vollkommen clean auf mich. Er hatte sich enorm verändert, war völlig klar im Kopf, aufmerksam, charmant. Ob das mit dem Unfall zusammenhing?"

Mirjana Läpplinger, November 2012

18. Oktober
Dienstag, Baden-Baden

Mit Vittorio in der Kunsthalle, Gespräch mit dem Direktor Johan Holten und der Kuratorin Cora von Pape. Wir erörtern die Möglichkeit, Fango in Baden-Baden zu realisieren. Ein asiatischer Mäzen, der seit Jahrzehnten nach Baden-Baden zur Kur kommt, ist bereit, aus Dankbarkeit der Stadt gegenüber einen Großteil der Kosten zu übernehmen. Unser Plan, Fäkalien aus dem Steigenberger, dem Casino und aus dem Kurhaus im Obergeschoss der Kunsthalle zu sammeln und zu recyceln, hinterlässt bei den beiden Kunsthistorikern entsetzte Mienen. Unter keinen Umständen sei dieses Projekt mit ihnen zu machen.

Abends an der Bar des Europäischen Hofs. Vittorio wirkt etwas geknickt. Schon lange hat er keine Abfuhr mehr bekommen.

27. Oktober
Donnerstag

5.45 Uhr. Unglaublich: Der Gartennazi startet wieder den Laubbläser. Ab morgen wird zurückgeschossen.

28. Oktober
Freitag

6.45 Uhr. New Day Rising in maximaler Lautstärke. Die Boxen auf dem Fensterbrett, zum Gartennazi ausgerichtet (der Arsch ist zwar bestimmt schon seit zwei Stunden wach, trotzdem musste das sein).

Jetzt aber frisch ans Werk. COMEBACK 2012! Der nächste Schritt: Kehraus. Wie viele Künstler trösten sich ihr Leben lang mit der Tatsache, dass Kunst je nach Epoche sehr unterschiedlich bewertet wurde? Etwa die Werke des

Landschaftsmalers Edwin Landseer, der heute kaum noch bekannt ist: Sie waren einmal teurer als Leonardos Felsengrottenmadonna! Fünfzig Jahre später brachten sie nur noch wenige hundert Dollar ein, und nach diesem Tiefpunkt ging es wieder bergauf bis in sechs- oder siebenstellige Preisregionen. Bilder des britischen Künstlers Lord Leighton waren im 19. Jahrhundert dreimal so teuer wie echte Botticellis. Und Theo van Gogh verkaufte ein Werk seines Bruders für hundert Franc, während in seiner Pariser Galerie ein Gemälde des französischen Malers Alfred de Neuville (wer kennt den heute noch?) für 150.000 Franc angeboten wurde. Von der jämmerlichen Hoffnung auf einen *posthumen Durchbruch* habe ich mich verabschiedet.

Ich werde mein Werk in einer demonstrativen Performance vernichten. Dabei schwebt mir etwas Ähnliches vor, wie das, was ich im Frühjahr 2010 in der South London Gallery gesehen habe. Der Künstler Michael Landy hatte dort einen riesigen, gläsernen Müllcontainer installiert. Er forderte seine Kollegen auf, missratene Werke dorthin zu bringen und von einer Empore aus in den Container hinabzuwerfen. Auch Promis wie Damien Hirst und Tracey Emin sollen sich beteiligt haben. Landy, der bereits vor einigen Jahren sein komplettes eigenes Œuvre vernichtet hatte, wollte damit ein *Monument des kreativen Scheiterns* schaffen.

„Es könnte Herostraten geben, welche den eigenen Tempel anzündeten, in dem ihre Bilder verehrt werden.“ Friedrich Nietzsche

31. Oktober
Montag

Habe heute eine Großmulde mit zwanzig Kubikmeter Fassungsvermögen für sogenanntes Problem-Altholz und eine

Deckelmulde mit sechs Kubikmeter für Sondermüll bestellt. Kurzfristig liebäugelte ich mit einer Pressmulde, durch die innovative, spaltenlose Behälterkonstruktion in Verbindung mit der ausgereiften und bewährten Presstechnik werde ein hoher Verdichtungsgrad und somit ein größeres Füllgewicht erzielt, sagte man mir. War dann aber doch zu teuer, ich werde mein Œuvre nun manuell verdichten und dies im Rahmen einer kleinen Feier.

3. November
Donnerstag

Mirjana ist in Eile, im basaltgrauen Nadelstreifenkostüm marschiert sie zur Tür hinein, es wirkt wie eine Art Panzerung, gleich gehe es zur Sparkassenakademie in Neuhausen, eine Fortbildung mit *hohem Impact-Endziel,* anschließend mit Matthias und den Kids in den Europa-Park Rust (mein herzliches Beileid, denke ich, ein grauenhaftes Programm). Seit einiger Zeit trägt sie den Kopf auffällig hoch erhoben, kaut intensiv und mit systematischen Bewegungen Kaugummi, als ob sie eine Amerikanerin parodiere. Dies gehöre zu einem Spezialtraining, belehrt sie mich, um die Muskulatur von Hals und Kinnpartie zu straffen. Teil des Programms sei auch, den Mund mehrmals am Tag so zu formen, als spräche man die Vokale A, O, E, I überdeutlich und überlaut aus, diese stumme Übung könne sie aber nur auf der Toilette machen. Ja, pflichte ich eilfertig in meiner Rolle als Typberater bei, am Hals erkenne man das wahre Alter! Hühnerhälse, Truthahnhälse, Schildkrötenhälse. Von wegen Hips don't lie: Der Hals lügt nie!

5. November
Samstag

Performance Das totale Reinemachen. Die Kehrwoche meines bisherigen Lebens, komprimiert auf einen Nachmittag. Die gesamte unverkaufte Produktion der letzten zwanzig Jahre, Skizzen, Bücher, Fotoalben, Negative, dazu umfangreiche Materialsammlungen, Bauholz, Metallteile, Möbel, außerdem Farben, Altöl, Batterien, defekte Elektrogeräte, habe ich teils vor dem Haus, teils im Obergeschoss griffbereit aufgestapelt. Schutzhelm, -brille, Maske und Motorsäge liegen bereit, am liebsten würde ich wie Matta-Clark gleich das ganze Haus mitverarbeiten. Eingeladen waren auch Borstmann und Prof. Diggler, beiden hatte ich ausdrücklich angeboten, sie könnten mit RON.EGOXL-Werken aus ihrem Besitz diese Performance bereichern (und wären sie damit auch für immer los). Keine Reaktion. Überhaupt ist gar niemand erschienen, weder Vittorio noch Monika, auch nicht Khalil, Herr Camoglu, Frau Dr. Wiehager, Hüseyin, Uwe, Sabine oder Elke, nicht mal der Gartennazi und die Dejanovic', meine Nachbarn, die ich alle eingeladen habe. Mein Alptraum ist wahr geworden. Horror vacui, totaler Absentismus des Publikums, Kunst ohne Publikum, ich stehe allein auf der Bühne, alleingelassen.

Aber ich merke, es ist gar nicht so schlimm. Um Punkt 14.00 Uhr beginne ich damit, Vitrinen, Wechselrahmen, Gemälde und Möbel aus dem Obergeschoss in den Container zu werfen. Lautes Dröhnen, Krachen, Splittern von Holz. 14.03 Uhr. Die Polizei ist eingetroffen, meine ersten Gäste, alarmiert vom Gartennazi. Es ist sicherlich der 20. oder 30. Polizeieinsatz in der Achalmstraße in diesem Jahr. Wir kennen uns gut, Polizeimeister Alpay und Polizeimeisteranwärterin Leipold, wir alle wissen, dass mit dem Gartennazi etwas nicht stimmt. Anerkennend blicken sie sich um, nachdem ich ihnen die Umstände meiner Aktion erklärte – das totale Reinemachen, die ultimative Kehrwoche – wer kann dagegen etwas haben?! Vergeblich bitte ich meine beiden einzigen Besucher, noch ein wenig zu bleiben, leider müssen sie weiter, zum nächsten Einsatz, Ladendiebstahl im dm-Markt Wolfgang-Brumme-Allee. Doch nun erscheint überraschend Ben mit seinem Kumpel Bexhet. Mit Begeisterung helfen sie mir, Möbel, Altholz, Skulpturen und Leinwände zu zerlegen, ich lasse die beiden die Motorsäge benutzen, sie spielen Kettensägenmassaker. Gegen 18.00 Uhr stößt Uwe zu uns, wenig später Elke, und wir machen Lagerfeuer auf der Terrasse. Ein milder Abend, wir sitzen noch lange draußen, bis die Glut verlöscht.

„Es war megageil."

Ben Riechert, November 2012

6. November
Sonntag

Ben hat hier übernachtet. Das wird Riesenärger geben, vermute ich. Doch er wiegelt ab: Sabine und Thomas sind gar nicht da, und die Oma glaubt, er übernachte bei Bexhet. Sabine und Thomas laufen nämlich den New-York-Marathon – darauf haben sie seit Monaten trainiert. Ben erzählt, Sabine laufe inzwischen zwei Stunden täglich, sie stehe dafür immer morgens um fünf auf.

8. November
Dienstag

Großmulde und Deckelmulde wurden heute abgefahren, randvoll. Mein Frühwerk tritt seine letzte Reise an, ins Restmüllheizkraftwerk. Die Gartenabfälle und Bücher haben wir im Lagerfeuer verbrannt, das Haus ist so gut wie leer. Nur ein Bild habe ich aufgehoben, das Triptychon der Brüder. Mit dem Frühwerk ist auch RON.EGOXL verschwunden. In jahrzehntelanger Arbeit hatte ich diese *Marke* aufgebaut (so würde es Bernd ausdrücken). Brauche ich einen neuen Künstlernamen? Vielleicht The artist former known as ... RON. EGOXL = TAFKAR? Tafkar, klingt komisch. Bestimmt heißt es was Schweinisches in irgendeiner Sprache, *Riesenlatte* auf Albanisch oder *alte Tunte* auf Persisch. Also lieber doch nicht.

„Ich fand es absolut grenzwertig, dass Ronny das ganze Haus ohne Rücksprache mit uns entrümpelte – immerhin sind da Möbel, persönliche Erinnerungsstücke, Briefe von uns dabei gewesen, darunter auch meine Sammlung von Matchbox- und Siku-Spielzeugautos."

Matthias Läpplinger, November 2012

9. November
Mittwoch

Ich beginne, vom Obergeschoss ausgehend, Raum für Raum die Tapeten zu entfernen. Tapetenabkratzen – eine kontemplative, fast meditative Arbeit. Schon nach ein bis zwei Stunden setzt eine beruhigende Wirkung ein, gepaart mit einem Drang, immer weiterzumachen. Dieser Workflow kommt vor allem deshalb zustande, weil das Abkratzen unmittelbare Erfolgserlebnisse bringt, Papierfetzen segeln zu Boden, unablässig und unaufhaltsam verkleinert man die Tapetenfläche, bis sie ganz verschwunden ist. Schicht um Schicht verschwindet, verschiedene, im Laufe der Zeit übereinandergeklebte Muster-, Struktur- und Makulaturtapeten. Ästhetik der Absenz: Befreit von den Papierschichten, kommen interessante

Untergrundstrukturen zutage, sie wirken wie Landkarten, wie rätselhafte Zeichensysteme.

10. November
Donnerstag

Ben kam nach der Schule vorbei. Hot news vom New-York-Marathon: *Heiligs Blechle,* Thomas ist bei Kilometer 27 mitten auf der BrooklynBridge zusammengebrochen! Er hatte sich wohl übernommen. Während er, von Wein- und Wadenkrämpfen geschüttelt, auf dem Boden saß und von Helfern versorgt wurde, zog Sabine ganz easy vorbei, hielt aber nicht an, um ihre persönliche Bestzeit nicht zu gefährden. Uns beide tangiert dieses Drama peripher, denn wir sind schon wieder im Tapeten-Abkratz-Workflow.

11. November
Freitag

Ben ist wieder da. Stundenlang arbeiten wir schweigend weiter. Heute wurden zudem fünfzehn Eimer Dispersionsfarbe und fünfzehn Eimer schwarze Fassadenfarbe angeliefert.

Wände und Decken als gestalterische Bildfläche: Ich habe Löcher und Fugen mit weißer Füllmasse und Spachteltechnik bearbeitet – eine rhythmische Bewegung tanzender weißer Flecken. Raum für Raum grundiere ich mit dünnflüssiger Farbe, ein endloses monochromes Dripping erweitert in die dritte Dimension.

12. November
Samstag

Analytische Malerei in 3D. Streiche Zimmer für Zimmer, von der Dachkammer bis zum Keller, in zwei Durchgängen weiß. Monochrome Malerei im Raum. […]

[unleserliche Passage]

13. November
Sonntag

Stundenlanges Arbeiten im komplett weißen Raum. Höre Radio den ganzen Tag, im Deutschlandfunk spricht Peter Sloterdijk über das moderne Kunstwerk: „Das Werk schreit schon nach dem Weiß der Wand, von der aus es in gewisse Augen springen will. Es fordert schon die Leere des Ausstellungsraums, in den es eine Interpunktion einträgt. Es lehnt sich bereits nach vorn zum Katalog, der seine Sichtbarkeit in absentia sichert."

14. November
Montag

Arbeite vierzehn Stunden im White Cube. Das Radio bleibt jetzt stumm. Tranceartiger Zustand. Musik bedeutet mir nichts mehr. Nun beginnt im Kopf das „Theater der Empfindungen", wie es Henri Matisse einmal ausdrückte, der sich tagelang bei zugezogenen Vorhängen im Atelier einzuschließen pflegte.

15. November
Dienstag

Verbringe auch den vierten Tag in künstlicher Reizarmut. Sensorische Deprivation: Auch bekannt als weiße Folter. Bei den Green Berets zählt das sicher zur Grundausbildung, die haben in der alten Panzerkaserne bestimmt auch ihren Trainings-White-Cube.

16. November
Mittwoch

Der fünfte Tag der Malperformance, der fünfte Tag im White Cube. Merkwürdige optische Erscheinungen, die an Halluzinationen erinnern. Eine Extremsituation, eine Grenzerfahrung, wie sie auch Marina Abramovic gesucht hätte. Immer wieder ist sie in ihren Aktionen dem Phänomen der Leere auf der Spur, eine Leere, durch die sich der Mensch regenerieren kann und eine neue Autonomie erlangt. Ich war immer ein Fan von Marina.

Flashback: Hochschule der bildenden Künste Hamburg, 1996. Meine Abschlussausstellung im Foyer des Akademiegebäudes am Lerchenfeld, die Prüfungskommission betrachtet meine leeren Leinwände, die ich mit zersplitterten Fensterflügeln gerahmt habe. Professor KP Brehmer erläutert die Arbeit, ich stehe ein paar Meter entfernt bereit, um Nachfragen zu beantworten. Niemand fragt etwas, die Kommission eilt weiter zum nächsten Prüfling, aber Madame Abramovic nickt mir, kaum merklich, zu.

17. November
Donnerstag

Stundenlanges Arbeiten im White Cube. Zustände erweiterten Bewusstseins durch die Verringerung äußerer Reize: Dies wurde unter anderem von tibetanischen Mönchen angewandt, gehörte aber auch in vielen anderen spirituellen Strömungen zur Übung.

18. November
Freitag

Stundenlanges Arbeiten im White Cube. Am Nachmittag bin ich entrückter Stimmung, wie nach mehrtägiger Meditation habe ich meinen inneren Frieden gefunden.

19. November
Samstag

Mildes, trockenes Wetter, fast vierzehn Grad. Ideal für Außenarbeiten. Ich hole die Anlegeleiter aus der Garage, beginne die Schmutzschicht der Fassade mit der Drahtbürste abzukratzen, spachtle Risse und Löcher.

Mittags erscheint Ben. Er hilft mir, die schwere schwarze Fassadenfarbe anzurühren. Bis zum Abend haben wir im Feuereifer gemeinsam die ganze Giebelfront zugerollt.

„Zum ersten Mal hat mir Malen Spaß gemacht."
Ben Riechert, Oktober 2012

24. November
Donnerstag

Das Haus ist außen komplett schwarz, innen weiß. Ein perfekter White Cube.

Die Polizei ist vor Ort, der Gartennazi fragte sich, ob man sein Haus einfach so schwarz streichen dürfe. Herr Alpay muss ihm sagen: Man darf, weil das Haus nicht unter Denkmalschutz steht.

25. November
Freitag, Stuttgart

Shoppen in der Königstraße – ich habe mir ein neues Outfit zugelegt. Passend zum Haus, zu meinen neuen White Cube, beschließe ich, ab jetzt nur noch weiße Kleidung zu tragen, darüber einen schwarzen Mantel. Die neuen Sachen habe ich gleich anbehalten (die Verkäuferin schaute komisch, als ich sie bat, meine Jeans, das Hemd und die Lederjacke für mich zu entsorgen). Anschließend zur Eröffnung der Michel-Majerus-Ausstellung im Kunstmuseum. Ein großes Talent, das tragisch und viel zu früh aus dem Leben schied.

„Ronny machte plötzlich auf Rainer Langhans, ganz in Weiß, ein bisschen gurumäßig. Ich hab mir nichts dabei gedacht, hab es für eine seiner Inszenierungen gehalten, tatsächlich war es ein Zeichen einer gravierenden Persönlichkeitsveränderung."

Vittorio Bernasconi, November 2012

26. November
Samstag

Der Kühlschrank ist leer, aber ich gehe nicht einkaufen, denn heute ist Buy-nothing-day! Leider begeht niemand außer mir in Böblingen diesen Tag.

27. November
Sonntag

Die Biennale von Venedig ist zu Ende. Ein Triumph für Vittorio, Fango Veneziano wird als preisgekrönte und zukunftsweisende Arbeit in die Kunstgeschichte eingehen. Vittorio wird hier und dort bereits als „neuer Beuys" bezeichnet, als „Genie des 21. Jahrhunderts".

„Gerade die originellen, aus sich schöpfenden Köpfe unter den Künstlern können unter Umständen das ganz Leere und Schale hervorbringen, während die abhängigeren Naturen, die sogenannten Talente, voller Erinnerungen an alles mögliche Gute stecken und auch im Zustand der Schwäche etwas Leidliches produzieren. Sind die Originellen aber von sich selber verlassen, so gibt die Erinnerung ihnen keine

Selbstbildnis im Corolla, Öl auf Leinwand, 130 × 190 cm

Selbstbildnis als Fragender, Öl auf Leinwand, 140 × 140 cm

Katzenberger, Öl auf Leinwand, 140 × 110 cm

Letzte Fahrt, Öl auf Leinwand, 165 × 160 cm

Hilfe: sie werden leer." Friedrich Nietzsche

„Unter uns gesagt, Ronnys Nietzsche-Verehrung habe ich nie verstanden. Nietzsche ist doch eine gestrige Erscheinung, eine skurrile, größenwahnsinnige Gestalt des 19. Jahrhunderts. Ich fürchte aber, besonders wenn ich dieses Tagebuch lese, dass sich Ronny auf eine ungesunde Art und Weise mit Nietzsche identifizierte, sich vielleicht sogar als sein Nachfolger sah. Darüber konnte man aber nicht mit ihm reden, Nietzsche, das war eine Art Säulenheiliger für ihn."

Vittorio Bernasconi, Dezember 2012

1. Dezember
Donnerstag

Mirjana. Sie blickt mich entsetzt an, als ich ihr die Tür öffne. Die schwarze Hausfassade! Ob ich den Verstand verloren hätte? Das würde auf jeden Fall Ärger geben! Ganz in Weiß, in meinem neuen Psycho-Guru-Look und mit gütigem Lächeln bitte ich sie herein. Strahlendes Weiß, überall. Alles sauber, hell, aufgeräumt. Mirjana verstummt, alle Anspannung fällt augenblicklich von ihr ab. Ich ergreife ihre Hand, nahezu widerstandslos lässt sie sich zur Sitzecke führen, wo früher die durchgesessene braune Cordcouch stand. Wir nehmen nun Platz auf einem quadratischen weißen Wollteppich, sitzen uns im Schneidersitz gegenüber, trinken schweigend Sojamilch.

5. Dezember
Montag

Ben. Seit kurzem kommt er regelmäßig nachmittags vorbei,

er sucht einen ruhigen Platz, hängt im Wohnzimmer herum, blättert meine Zeitschriften durch und redet wenig. Irgendwann sagt er dann tonlos „Tschüss“ und ist weg. Trotzdem oder genau deshalb fühlt er sich sichtbar wohl.

9. Dezember
Freitag, Sindelfingen

Mit Elke in der Milano Bar verabredet. Sie bringt ihren neuen Lover Sam mit, einen angeberischen Nigerianer, der unaufgefordert durchblicken lässt, er könne „sehr, sehr gutes“ Kokain zu einem „sehr, sehr günstigen“ Preis besorgen – dabei sitzen wir erst seit zehn Minuten am Tisch! Elke. Ich verstehe nicht, was sie von solchen Typen will. Ist wohl eine Art von Masochismus.

[Vier Seiten fehlen]

24. Dezember
Samstag

Bei *dr Muddr* im Goldenen Oktober. Habe mich bereit erklärt, in diesem Jahr die Rolle des Weihnachtsmannes zu übernehmen.

25. Dezember
Sonntag, Sindelfingen

Weihnachtsessen bei Matthias und Mirjana. Thema Nr. 1: Begeisterte Fahrberichte der neuen E- und CLS-, R- und GLK-Modelle, ebenso euphorische Erfahrungsberichte vom Einsatz der neuen Power Plates, die sich Tante Gisela und Onkel Herbert, Matthias und Mirjana gegenseitig geschenkt haben, während sich Bernd und Liane bereits die nächste Gerätegeneration mit noch höheren Schwierigkeitsgraden gegönnt haben. Meine Verwandtschaft wird konditionell bald in der

Lage sein, Invasionen auf dem Mars zu starten. Thema Nr. 2: Lianes Burn-out und ihre Therapiefortschritte in diversen Privatkliniken. Begeistert berichtet sie vom Aufenthalt im Floating-Tank *(Samadhi-Schwebebad)*, einer Art Badewanne, die in einer dunklen und schalldichten Kabine stehe. Die Dichte des Wassers werde durch Zugabe von Salzen so weit erhöht, dass der menschliche Körper in der Lösung schwebe. Das Wasser sei mit etwa 34,8 °C auf die Haut-Außentemperatur eingestellt, so dass der Nutzer weder starke Wärme noch Kälte empfinde, teilweise werde aber auch die Körpertemperatur als Wassertemperatur gewählt, so solle das Gefühl für die eigene Körpergrenze aufgehoben werden. Der freiwillige Entzug von allen visuellen, akustischen, olfaktorischen und taktilen Reizen habe bei ihr zu einer tiefen Entspannung geführt, bis hin zu anhaltenden meditativen Bewusstseinszuständen, sie könne jedem nur empfehlen, die Therapie einmal auszuprobieren. Allgemeine Zustimmung und Interesse. Bernd, Matthias und Mirjana, ja, selbst Tante Gisela erwägen die Einrichtung eines Floating-Tanks im Hobbykeller, beziehungsweise in der Garage (Eigenheim, Daimler, Power Plate, Floating-Tank, Burn-out: Das ist bald der obligatorische Zivilisationsmindeststandard). Thema Nr. 3: Meine Wenigkeit und die *Schnapsidee*, unser Elternhaus schwarz anzumalen. Ob das etwa so bleiben solle? In diesem Punkt herrscht allgemeine Fassungslosigkeit und fragende Blicke: Was will uns der Künstler damit sagen? Ich antworte mit einem Zitat von Peter Sloterdijk, ernte dafür jedoch nur Kopfschütteln:

„Künstler sind die Ökologen des Unheimlichen, die Hauszweifler, die Anderswohnenden." Peter Sloterdijk

31. Dezember
Samstag

Ich ziehe die Bilanz des zurückliegenden Jahres, blicke dem kommenden entgegen. Zunächst war da mein Comebackversuch im Lütze-Museum. Trotz aller Mühe, die das Projekt gemacht hat, trotz der beruhigenden Funktion, die das Malen bisweilen hatte, war die Ausstellung der Selbstporträtserie ein Fehlschlag. Diese letztlich konventionelle Gemäldeschau hat mich nicht weitergebracht und wurde zudem bald von meinem Unfall überschattet, der gravierende Folgen hatte und von dem ich nicht sicher bin, ob er vom Zufall oder irgendwelchen höheren Mächten gesteuert war. Ich betrachte ihn eigentlich inzwischen als Weckruf für mein wirkliches COMEBACK.

Drittes Buch
2012

Neujahr 2012
Sonntag

Ich sitze im White Cube Achalmstraße. Habe begleitet von einigen Gewissensbissen beim großen Kehraus etwa 4000 Bücher, Kataloge und Zeitschriften entsorgt. Ziel: Die lebendige Bibliothek. Mit Büchern leben, sie nicht verstauben lassen. Beschließe, künftig nie mehr als 99 Bände im Regal zu haben. Kommt etwas Neues hinzu, muss ein altes Buch verschwinden. Mein persönlicher, dynamischer Kanon. Im Haus befindet sich sonst nur noch mein Computer, Werkzeug, die Garderobe. Nichts mehr, was ablenkt, keine Materialberge, die die Bastlerphantasie anregen, keine halbfertigen Werke mehr, die zum Weitermachen verführen, keine alten Fotos, Alben, Platten, Videos, Notizen, die mich in die Vergangenheit zurückziehen. Freie Sicht auf die Zukunft, volle Konzentration auf den dritten Versuch, auf mein wirkliches COMEBACK 2012, auf ein Werk, auf eine Performance, die, vergleichbar mit einer Trägerrakete, mein persönliches Manifest in den Orbit bringen wird. Vorwärts in die Zukunft, doch was ist Zukunft?

„Die Zukunft ist ohne dich." Damien Hirst

2. Januar
Montag

Überlegungen zu meiner Message, zu den Forderungen meines Manifests, dem geistigen Kern meines COMEBACK-Projektes. Was soll drinstehen? Und wie soll es heißen? Leider gab es in der Kunstgeschichte schon jede Menge Manifeste, z. B. das Manifest des Futurismus, das Dada-Manifest, das

Bauhaus-Manifest, das Manifest der Roten Gruppe, das Manifest I (De Stijl), das Realistische Manifest, das Manifest des Surrealismus, das Manifest der Wandmalerei, das Pandämonische Manifest, Das Weiße Manifest, das Verschimmelungsmanifest.

Vielleicht sollte ich es einfach Ronald Läpplingers Manifest oder, etwas cooler, White Cube Manifesto nennen? Die Frage ist nur: Interessiert das irgendjemanden? Ich bleibe erst mal beim sachlichen Titel Ronald-Läpplinger-Manifest, bis mir was Besseres einfällt.

3. Januar
Dienstag

Kam heute an einem Bettengeschäft vorbei, das neu eröffnet werden soll, unter dem Slogan: „Die Kunst des Schlafens". Freitag ist dort Vernissage, Betten und Kissen als Kunstwerke. Ein spontaner Unwillen erfüllt mich: Diese fast schon unerträgliche Allgegenwärtigkeit der Kunst! Sei es in den Coaching-Programmen von Bernd, sei es im Daimler-Konzern, wo sich Kunst, Design und Technik immer enger vernetzen, sei es in der Kreissparkasse, die die Kunst als Marketinginstrument einsetzt, sei es in der Zahnarztpraxis, die Sabine als Gesamtkunstwerk durchstylt, sei es in Sultans Puff, der nach meisterhaften Wandgemälden verlangt. Die Nichtkünstler, das Kapital, die Wirtschaft, der billige Kommerz bemächtigen sich der Kunst, während die eigentlichen Künstler ein Nischendasein führen müssen.

Daraus ergibt sich die erste Forderung des Ronald-Läpplinger-Manifests: *Schluss mit dem inflationären Missbrauch der Kunst!*

4. Januar
Mittwoch

Arbeit am Ronald-Läpplinger-Manifest. Frage: Kann sich eine Gesellschaft durch eine außer Kontrolle geratene Kunstproduktion selbst ruinieren? Können wir an Kunst ersticken, so wie Nietzsche und seine Zeitgenossen befürchteten, am Übermaß an Geschichte, am Historismus zu ersticken?

Lese über die Osterinsel in Jared Diamonds Kollaps. Warum Gesellschaften überleben oder untergehen. Als europäische Seefahrer 1722 die abgelegene Insel im Pazifik entdeckten, fanden sie ein verwüstetes Eiland mit elenden, hungrigen Bewohnern vor. Erstaunt stellten sie fest, dass überall auf der Insel riesige Steinskulpturen (Moai) aus vulkanischem Material herumlagen, teils zerstört, teils halbfertig in Steinbrüchen. Wie wir heute wissen, erlebten die Inselbewohner eine Blütezeit und anschließend eine ökologische und demographische Katastrophe, die anfing mit Entwaldung, Erosion, Ausrottung von Tierarten, Überbevölkerung, schließlich mit Hunger, Bürgerkrieg und Kannibalismus endete. Der Bau immer neuer und größerer Moai markierte die Hochphase und den plötzlichen Absturz dieses gesellschaftlichen Systems. Zwischen 1400 und 1600 wurden die meisten Objekte errichtet, dies erforderte einen gewaltigen Verbrauch an Ressourcen: Holz, Seile, menschliche Arbeitskraft. Die Schwerstarbeit erhöhte den Kalorienbedarf der Bewohner. Die letzten Bäume wurden zu Baumaterial verarbeitet. Von einem Tag auf den anderen war so der Bau weiterer Moai nicht mehr möglich gewesen, davon künden die ca. 400 unfertigen Skulpturen in den Steinbrüchen. Heute erscheint es rätselhaft, warum die Polynesier so lange an dieser aufwendigen Monumentalbildhauerei festhielten, die ihnen offensichtlich den Boden unter den Füßen wegzog. Zum einen kann man sich die aufwendigen Arbeiten vielleicht als Arbeitsbeschaffungsmaßnahme beziehungsweise künstlerische Beschäftigungstherapie für die stark angewachsene Bevölkerung vorstellen. Zum anderen wurde auf diese Weise ein friedlicher Kunstwettbewerb zwischen den Clans ausgerufen, der Aggressionen sublimierte und das Aushandeln eines politischen Gleichgewichts ermöglichte. Und schließlich war es der spirituelle Wert der Ahnenverehrung in Form dieser Steinbildwerke, der die Gesellschaft motivierte und zusammenhielt. Gerade in der akuten ökologischen Krise verbrauchten die Polynesier die letzten Ressourcen, um immer größere Moai zu bauen – möglicherweise ein verzweifelter Appell an die Geister- und Ahnenwelt, die drohende Katastrophe, die den Menschen nun klar vor Augen stand, abzuwenden. Das Wunder blieb aus.

5. Januar
Donnerstag

Arbeit am Ronald-Läpplinger-Manifest. Wie eine außer Kontrolle geratene Kunstproduktion die Gesellschaft zerstört: Finde bei Diamond ein weiteres historisches Beispiel in Mittelamerika, bei den Maya. Auch die kleinräumigen, in enger Nachbarschaft angesiedelten Stadtstaaten der Maya versuchten sich durch immer höhere und kunstvollere Tempelbauten, oftmals in Sichtweite zueinander, gegenseitig zu übertreffen. Trotz gravierender ökologischer Probleme wurden immer mehr Ressourcen für die Ausgestaltung der Adelssitze und Tempel verwendet, die führende Gesellschaftsschicht orientierte sich offenbar ganz auf kurzfristige Bereicherung und den Bau prestigeträchtiger Denkmäler. Viele Mayastaaten gingen im Mittelalter an Dürre und Misswirtschaft zugrunde; die Städte und Tempelanlagen blieben menschenleer zurück und wurden erst Jahrhunderte später im Dschungel entdeckt.

2.00 Uhr. Die Frage ist nur, ob die krebsartig wuchernde Kunstproduktion, ob das entfesselte *Kunstwollen* ursächlich für die Zerstörung der Gesellschaft ist, oder ob es eher ein Kennzeichen kaputter Gesellschaften im Endstadium ist, so viel Kunst zu produzieren?

Ich lege das Buch beiseite und schließe die Augen. Vor meinem inneren Auge sehe ich die Ruinen der Staatsgalerie, des Kunstmuseums und des Opernhauses aus staubigen Geröllhalden aufragen. Dort, wo einmal Bad Cannstatt war, steht nur noch die entkernte Spirale des Mercedes-Benz-Museums, von Zuffenhausen bleibt allein die riesige, leere Hülle des Porsche-Museums, eine Kiste auf Stelzen, durch die der Wind pfeift, drum herum trostloses, vertrocknetes Buschland im weiten Stuttgarter Talkessel. Wir schreiben das Jahr 2710.

6. Januar
Freitag

Ben zu Besuch (wieder *illegal,* Sabine weiß nichts davon). Er redet nicht viel, aber so weit ich ihn verstehe, hat er einen unglaublich dichten Wochenplan. Neben der Schule geht's noch zum Französisch-Intentivsprachkurs, zum Tennis und seit Neuestem zum Klavierunterricht.

12. Januar
Donnerstag

Mirjana. Im Frust. Meine bockigen Neffen. Matthias stoffelig. Noch mehr Überstunden in der Sparkasse. Aber das Schlimmste: Heute Morgen habe sie sich mal auf die Waage gestellt: Wieder 71,5 kg! Trotz Aqua-Fitness und Power Plate! Alles Muskelmasse, versuche ich zu beschwichtigen. (Habe den Eindruck, dass ein großer Teil der weiblichen Gehirnaktivität mit der Fragestellung beschäftigt ist, wie die eigenen Kurven zu verflachen seien, während sich Männergehirne überwiegend damit beschäftigen, sich ebendiese Kurven möglichst ausladend vorzustellen – es passt einfach nicht zusammen, offensichtlich eine Fehlprogrammierung des menschlichen Gehirns.) Im Übrigen, teile ich ihr in einer Aufwallung von Heroismus mit, ab nun würde ich die Mietzahlungen an Matthias einstellen (mit dem Hinweis, die Miete sei durch meine Totalrenovierung nun mehr als abgegolten, das könne sie ihrem Gatten ruhig ausrichten).

18. Januar
Mittwoch

In diesem Jahr ist wieder documenta, und ich werde wieder die Reise nach Kassel antreten, zum siebten Mal in meinem Leben nach 1982, 1987, 1992, 1997, 2002 und 2007. Welche war die Beste? Am intensivsten empfanden viele Stammbesucher ihre erste documenta, und mir geht es ähnlich. Die wiederkehrende Reise nach Kassel wird Teil der eigenen Biographie, man besucht die Stadt in unterschiedlichen Lebensphasen, als Jugendlicher, als Suchender, als Etablierter, als Alternder. Wenn man sich unter Kuratoren und Kunsthistorikern, also unter Kunstbetriebsprofis, umhört, welche documenta am meisten beeindruckt hat oder als kunsthistorisch besonders wichtig betrachtet wird, bekommt man oftmals zwei Antworten: Die d5 und die dX. Das sind die Lieblings-documenta-Ausstellungen des Intellekts, des Kopfes (Vittorio ist natürlich auch dieser Meinung). Die Favoriten des Bauches, oder des Herzens, sind aber meistens diejenigen, die man zuerst besucht hat, die ein künstlerisches *Erweckungserlebnis* boten, und da werden häufig die d7 oder die dIX genannt (hier finde ich mich wieder). Hinzu kommt, dass das Kunsterlebnis eng mit der persönlichen Gefühlslage verbunden ist. Wer frischverliebt die Ausstellung durchschritt, wer dort vielleicht jemanden kennenlernte, alte Freunde traf oder entscheidende berufliche Kontakte herstellte, wird jene Ausstellung sicherlich als großartiges Ereignis in Erinnerung behalten. Eine documenta ohne Höhepunkte, ohne berührende Momente wird hingegen verblassen und als misslungen betrachtet werden – so ging es mir 1997 und 2002. Und schließlich: Die Rezeption der einzelnen documenta-Ausstellungen wandelt sich ebenfalls, wie eine Sage, die mündlich immer weitergegeben wird. Denn auch unsere persönlichen, zunächst noch durchaus konkreten Erinnerungen an einen documenta-Besuch werden mit größerem Abstand immer abstrakter und fiktionaler, irgendwann vermischen wir sie mit Schlagworten und Meinungen, die wir irgendwo aufgeschnappt haben.

Die documenta ist eigentlich eine ideale Bühne, weil sie nur alle fünf Jahre stattfindet. Tausende von Journalisten kommen dorthin, Hunderttausende von Besuchern. Wer hier einen guten Auftritt hinlegt, bleibt möglicherweise jahrelang im Gedächtnis des schnelllebigen Kunstbetriebs. Ein idealer Ort für ein cOMEBACK (12), eine ideale Plattform zur Verkündung des Ronald-Läpplinger-Manifests!

19. Januar
Donnerstag

Ich schreibe einen Brief an die documenta-Chefkuratorin, Carolyn Christov-Bakargiev, und kündige ihr meinen baldigen Besuch an.

26. Januar
Donnerstag

Supercheckerbunny, wie Ben Mirjana etwas respektlos getauft hat, wirkt erschöpft, langsam sind die Duracell-Batterien leer. Inzwischen nutzt sie ganz gerne mein Angebot, im Wohnzimmer, das ich mittlerweile zu einer Art Yoga-Raum mit weißen Futons und Kissen umgestaltet habe, zu relaxen.

30. Januar
Montag

Arbeit am Ronald-Läpplinger-Manifest. Die Welt der Kunst liefert Märchen für Erwachsene: Rasanter Aufstieg oder lebenslanges Elend von Künstlern, unberechenbare Preisentwicklung von Gemälden oder Skulpturen, plötzlicher Prestigezuwachs für Kunstsammler – und schließlich die Aussicht des Kunstkäufers oder der Erben auf ein privates *Wertschöpfungswunder.*

Und anscheinend gibt es einen eigenartigen Zusammenhang: Die extrem hohen Preise für einzelne Werke kompensieren nicht nur die unzähligen Arbeitsstunden, die der glückliche, erfolgreiche Künstler bereits in sein Œuvre gesteckt hat, sondern indirekt auch die unbezahlten Anstrengungen all seiner unglücklichen Kollegen, die nie bekannt und erfolgreich wurden und sein werden.

Zweite Forderung des Ronald-Läpplinger-Manifests: *Kunst ist kein Spekulationsobjekt, keine Wertanlage, keine Luftbuchung. Schluss mit der Investmentpornographie des Marktes!*

„Nach der Lektüre der Tagebücher konnte ich mir ein Schmunzeln nicht verkneifen: Das Ronald-Läpplinger-Manifest! Fast schon rührend der Größenwahn, dass sich die Öffentlichkeit dafür interessieren könnte. Es war wieder typisch Ronny: Der verspätete Avantgardist. Ein Manifest schreiben und herausposaunen, das hatte so was Anachronistisches, so was Weltverbesserndes, Egozentrisches, das wirkte wie unreflektiertes Neo-Dada oder prätentiöser Pennälersurrealismus, gleichzeitig war es wunderbar postironisch, mit Leidenschaft erdacht und geschrieben, ein neues O-Mensch-Pathos, völlig aus der Zeit gefallen. Absolut Oldschool. Wann wurden die letzten Manifeste veröffentlicht? War es in den 1920ern oder 1950ern?"

Vittorio Bernasconi, Oktober 2012

31. Januar
Dienstag

Arbeit am Ronald-Läpplinger-Manifest. In den letzten, krisenbewegten Jahren ist der Künstler für Coaches und Wirtschaftsberater wie Bernd fast schon zum neuen gesellschaftlichen Leitbild geworden: Der Künstler als das kreative, dynamische, lernfähige, kommunikative und gleichzeitig opferbereite Individuum, das sich optimal an die veränderten Arbeits- und Lebenswelten der postindustriellen Gesellschaft anzupassen vermag. Die Unternehmensberater finden an Künstlern vor allem deren Engagement faszinierend, sie haben offenbar der Eindruck, dass in der Kunstszene Menschen hochmotiviert und enthusiastisch ihre Ziele verfolgen, noch dazu ganz überwiegend für einen Hungerlohn oder sogar gratis. Da fragt man sich doch in den Personalabteilungen: Was treibt diese Künstler an? Und warum sind unsere

Mitarbeiter vergleichsweise so schwer zu motivieren – fordern immer mehr Geld und bezahlten Urlaub? Warum also machen wir keine Künstler aus unseren Angestellten?

Dritte Forderung des Ronald-Läpplinger-Manifests: *Der Künstler ist kein Prototyp des neuen, hochflexiblen Arbeitnehmers. Schluss mit der Ausbeutung der Künstler, Schluss mit der Ausbeutung der Menschen überhaupt!*

6. Februar
Montag, Kassel

ICE-Bahnhof Wilhelmshöhe. Ein eisiger Wind frostet alle Aussteigenden in Sekunden. Gefühlte minus 273,15 Grad. Schnell weiter. Der Bahnhof besteht eigentlich nur aus einem überdimensionierten Vordach, darunter ein paar Verkaufsbuden und Schalter. Rätselhafterweise führen autostraßenbreite Rampen zu den Gleisen. Bei der Straßenbahnfahrt in die City denke ich zurück an meine erste documenta, die von den Kritikern vielgescholtene documenta 7 des Niederländers Rudi Fuchs, theoriefern und ohne didaktischen Überbau. „Einmal im Museum, muss ein Kunstwerk sich niederlassen und zur Ruhe kommen, wie ein Schiff nach einer Seefahrt. Dann müssen wir uns die Zeit nehmen, verschiedene Entdeckungsberichte anzuhören“, schrieb Fuchs im Katalog, den ich bis heute aufbewahrt habe. Er beschrieb die Kunstszene als dichten Wald: „Dort begegnet man den schönsten Bäumen, wundervollen Blumen, geheimnisvollen Seen und Tälern – Menschen verschiedener Sprache und Sitte. Wer dann wem begegnet und wo: das genau ist unsere Erzählung.“ Ich begegnete Sylvia, oder hoffte jedenfalls, ihr im documenta-Wald näher zu kommen, es wurde aber nichts daraus. Mitgenommen habe ich von der Reise nach Kassel aber die diffuse, gleichwohl intensive Stimmung einer sich anbahnenden

Verliebtheit, einer vagen Hoffnung, die dann bereits auf der Rückfahrt in düstere Enttäuschung umschlug.

Die nächste documenta besuchte ich dann schon mit Freundin. Susann interessierte sich zwar nicht so sehr für die Kunst, dafür aber für Kuscheltiere und Actionfilme, außerdem für Autos. Glücklicherweise bot die d8 von allem etwas. Da war der Götterbär von Charlemagne Palestine, ein fünf Meter großer Teddy, eine Sonderanfertigung der schwäbischen Stofftierfirma Steiff, mit zwei Körpern und drei Köpfen. Godbear war bei Kindern und Erwachsenen gleichermaßen so beliebt, dass er bald mit Absperrgittern gesichert werden musste (wir aber stiegen nachts über den Zaun und kuschelten uns in den Schoß des Bären). Dann Roman Signers Sprengung von Papierbündeln: Die kontrollierte Explosion sorgte für eindrucksvolle Bilder in der Karlsaue, wie riesige Vogelschwärme wirbelten 300.000 weiße Papierblätter durch die Luft, bevor sie zu Boden segelten und auf diese Weise ein gigantisches, zufällig zustandegekommenes Muster auf dem grünen Rasen hinterließen. Und schließlich die fabrikneue tiefblaue Mercedes-Limousine, die auf einer ebenso blauen Scheibe rotierte, von Daimler-Benz zur Verfügung gestellt, die Idee stammte aber von dem französischen Künstler Ange Leccia, der sich wiederum auf den Spuren von Marcel Duchamp bewegte (hätte sicher auch Matthias gefallen).

Zur nächsten documenta 1992 reiste ich dann als Kunststudent von Hamburg aus an (die ganze ICE-Strecke ohne Fahrkarte, das gab einen gewissen Adrenalinkick), in Begleitung von drei Kommilitonen, einer davon ein Radikalinski, der sich damit brüstete, *Genossen* in der Hafenstraße zu haben. Seine Freundin mit ebenso raspelkurzen blondierten Haaren und schwarzer Lederjacke. Meine Begleiterin Sandra, ebenfalls mit Lederjacke, aber hennarotgefärbtem Haar, passte hingegen vom Naturell her nicht recht ins Bild: Sie wirkte irgendwie in ihren Reaktionen verlangsamt, fast schon phlegmatisch (später erfuhr ich, dass sie Antidepressiva nahm, die sich mit Alkohol schlecht vertrugen). Der Künstler Wolfgang Flatz hatte in einen Raum dichte Reihen von sandgefüllten Ledersäcken gehängt, Bodycheck hieß die Arbeit. Wenn man sich vorsichtig zwischen den Säcken hindurchwand, konnte man fast ohne Berührung der baumelnden Säcke passieren. Aber hier drehten unsere Politrocker richtig auf. Sie stießen die Säcke mit Kraft beiseite, versetzten so ganze Reihen in heftige Schwingungen und brachten andere Besucher in Bedrängnis. Protestrufe wurden laut, einige stürzten sogar. Doch die Urheber des Chaos ließen sich nicht mehr ermitteln, und so kamen wir unbehelligt davon. In Erinnerung blieb natürlich auch Bruce Naumans berühmte Video-Installation Anthro/Socio: „Help me, hurt me, sociology, feed me, eat me, Anthropology" – das brennt sich ins Hirn ein.

17.00 Uhr. Im Büro der documenta-Chefkuratorin weiß man nichts von einem Termin, den Frau Christov-Bakargiev mit mir vereinbart hätte. Sie sei leider schon aus dem Haus. Ob ich morgen noch einmal anrufen könne?

7. Februar
Dienstag, Kassel

9.00 Uhr. Im Büro der documenta-Chefkuratorin. Wie sei mein Name? Einen Termin mit Frau Christov-Bakargiev könne ich nur nach Voranmeldung haben, die Dame sei sehr beschäftigt. Aber ich hatte doch einen Termin, schwöre ich. Darüber sei leider nichts bekannt. Ich möge doch morgen noch einmal anrufen, dann sei ihre Assistentin da.

Am Nachmittag Gespräch mit Bernd Leifeld, Geschäftsführer der documenta-GmbH. Ein freundlicher, unprätentiöser Mann, doch in der Sache knallhart: Nein, eine Performance während der hundert Tage in räumlicher Nähe zu den dOCUMENTA-(13)-Spielorten sei nicht möglich, denn von Mal zu Mal zöge die documenta mehr und mehr Trittbrettfahrer an, Hobbykünstler, dubiose Händler, politische Extremisten, Verrückte aller Art. Er habe aber den Auftrag, die Marke documenta zu schützen, unter Ausnutzung aller juristischer Mittel!

Abends in einer Kneipe, die den Namen Mutter trägt, es läuft I want to conquer the world. Bad Religion. Flashback: Ich sah Anfang der 1990er ein Konzert dieser Band, weiß nicht mehr genau, wo, doch eine Szene kann ich nicht vergessen: Zu Beginn jenes Songs entert ein betrunkener Stagediver die Bühne, er will Anlauf nehmen, muss sich aber übergeben und rutscht auf seiner Kotze aus. Bäuchlings schlittert er weiter, bleibt am Bühnenrand benommen liegen. Das Publikum ist außer sich. Best of Body Art.

8. Februar
Mittwoch, Kassel

9.00 Uhr. Im Büro der documenta-Chefkuratorin. Wie sei mein Name? Ich hätte Bewerbungsunterlagen geschickt? Für die Teilnahme an der documenta? Leider sind Selbstbewerbungen prinzipiell nicht möglich, das würde mir auch Frau Christov-Bakargiev sagen, wenn sie hier wäre. Am Nachmittag Gespräch mit Rein Wolfs, Leiter der Kunsthalle Fridericianum. Er spricht mit leiser Stimme, bedächtig, freundlich, doch in der Sache ebenso deutlich ablehnend wie Leifeld: Nein, ich könne während der dOCUMENTA (13) definitiv keine Performance im Umfeld des Fridericianums machen. Enttäuscht gehe ich ins Nenninger am Friedrichsplatz.

Was wird aus meinem cOMEBACK (12)? Laufe ziellos

durch die Stadt. Obere Königstraße, Fünffensterstraße, Wolfsschlucht runter, Treppenstraße wieder hoch, bis ich zum alten Hauptbahnhof komme. Auf dem Vorplatz der Himmelsstürmer, Relikt der 1992er-documenta, eine grellbunte Plastikfigur, auf ein schräges Metallrohr geklebt. Im Gedächtnis blieb mir der Ausruf eines italienischen Kindes, das direkt neben mir stand und rief: „Non ritorna più!“ Scheußlich-kitschige Stadtmöblierung, Gute-Laune-Kunst in einer Gegend, die Aufmunterung nötig hat (nach Ansicht der Stadtplaner und des Tourismusmarketings). Blinde Schaufensterscheiben, abgefuckte 1960er-, 1970er-Jahre-Bürobauten, eine schäbig alternde Modernde. Ich mag's irgendwie. Ich gehe zum Nordrand des Bahnhofsplatzes, blicke hinunter in eine Kuhle, die vom Neubau des Polizeipräsidiums ausgefüllt wird. Früher war hier das legendäre Goldene Loch. Oben am rostigen Geländer stehend, konnte man beobachten, wie sich in den Büschen die Junkies und Dealer drängelten. Das Dope, das ich hier während der documenta IX kaufte, war das schlimmste, was ich je geraucht habe. Nun stehe ich wieder an ebendiesem rostigen Geländer und blicke auf die graue Fassade des Polizeipräsidiums. Die Böschung ist mit Müll und Gestrüpp übersät. Flashback ins Jahr 1992. Wir hätten das Dope nicht rauchen sollen, vielleicht war auch der Rotwein schuld, wir saßen vor dem Bahnhof und knutschten, Sandra übergab sich heftig, egal, wir knutschten weiter, so breit waren wir. Küssen und Kotzen, Kotzen und Küssen, in Kassel.

9. Februar
Donnerstag, Kassel

Nunmehr steht fest, dass mir die Mitwirkung bei der documenta verwehrt wird. Der Geschäftsführer, die Chefkuratorin, der Museumsleiter: Dreimal nein.

Abends in einem beliebten und urigen Restaurant in der Nähe des ICE-Bahnhofs. Der Dachstuhl des alten Hauses ist freigelegt, man blickt auf ein Gewirr von Balken, wenn man vom Essen aufschaut. Bereits beim Eintreten habe ich mir eine Beule zugezogen, so niedrig sind die Deckenbalken. Später am Abend, das Restaurant hat sich bereits geleert, komme ich mit einem älteren Stammgast ins Gespräch. Er zeigt auf den Querbalken, der in drei Meter Höhe über der Theke verläuft: Dort habe er gehangen, der Wirt, die Füße knapp über dem Tresen.

14. Februar
Dienstag

Ich werde mir die documenta-Bühne von den Offiziellen nicht verbieten lassen. Sie drängen mich in die Illegalität – wobei ich nicht der Erste wäre, der als Kunstpirat die documenta entert. Lese über Anschlagspläne auf die documenta 4. Tausende von Gästen wurden 1964 zur Eröffnung der documenta III erwartet, und die Künstlergruppe Spur sah hier die Gelegenheit für einen großen Auftritt. Als Küchenpersonal eingeschlichene Gruppenmitglieder hätten Abführmittel und Drogen in das Festessen mischen sollen, zudem sollte die Vernissage durch einen Massenandrang gesprengt werden, dazu plante man an Kasseler Schulen gefälschte Einladungskarten zu verteilen. Ein wahres Inferno. Doch die Aktionisten entschieden sich, stattdessen die Jahrestagung des Bundes deutscher Werbeberater in Stuttgart zu stören. Dort wurden damals Flugblätter gegen die „totale Manipulation des Menschen“ verteilt, es gab Tumult und Festnahmen. Auch nicht schlecht. Aber warum hatten die Anarchisten von dem Kassel-Plan Abstand genommen?

Eine illegale Performance während der offiziellen documenta-Eröffnung, das wäre die letzte Gelegenheit, mein Manifest wirkungsvoll zu verbreiten.

„Wir sind revolutionäre Romantiker." Spur

15. Februar
Mittwoch

Leider erfahre ich, dass es eine große, *öffentliche* documenta-Eröffnung gar nicht gibt (sie wurde seit 1968 nicht mehr organisiert, damals gingen die Reden der Honoratioren im Protestgegröle irgendwelcher Studenten unter). Es gibt aber immerhin eine Pressekonferenz in der Stadthalle, an der Hunderte von Journalisten teilnehmen – auch kein schlechtes Forum.

16. Februar
Donnerstag

Mirjana. Im zimtbraunen Kaschmir-Twinset, das ihr exzellent steht, bemühe ich mich gleich zu loben. Doch das muntert sie kaum auf, mit sorgenvoller Miene berichtet sie: Eine neue medizinische Studie aus Amerika habe ergeben, dass der regelmäßige Gebrauch von Power Plates langfristig eine gewisse Schädigung des Gehirns hervorrufen könne, die Forscher aus Yale sprächen von einer Art Früh-Alzheimer. Sie habe ja dieses Ding nie gemocht, dieses hochfrequente Durchrütteln, auch Matthias mache sich jetzt sehr große Sorgen, sie beide seien ja in letzter Zeit recht vergesslich geworden, Bernd hingegen, der das Gerät geradezu exzessiv benutzt habe, müsse bereits psychologisch betreut werden. Ich schlage in aufmunternder Absicht vor, die Power Plates an die Seniorenresidenz Goldener Oktober abzugeben, Kollateralschäden würden dort nicht mehr so ins Gewicht fallen.

23. Februar
Donnerstag

Uwe im Fleischereimuseum besucht. Er wirkt gleichzeitig deeply depressed and heavily stressed, steckt mitten in der Vorbereitung der nächsten Sonderausstellung: Mythos Mortadella.

24. Februar
Freitag

Ben. Seit einiger Zeit kommt er regelmäßig nachmittags vorbei, er suche einen ruhigen Platz zum Hausaufgaben machen. Heute steht er schon um 10.00 Uhr vor der Tür (schulfrei, Ferien, ich weiß es nicht genau, vielleicht schwänzt er auch nur). Wir reden nicht viel, wie immer. Er hängt aber eigentlich nur im Wohnzimmer herum, die Ohren verstöpselt, und blättert meine Zeitschriften durch. Irgendwann, nach zwei, drei Stunden, sagt er unvermittelt „Tschüss" und ist weg.

„Manchmal war mir alles zu viel. Schule, und dann das fette Programm, das meine Mutter mir nachmittags aufgedrückt hatte. Und Thomas, mein Stiefvater, der war immer so übertrieben gut gelaunt, das konnte einem schon auf den Sack gehen. Bei Ronny konnte man gut chillen, der hat nicht ständig wegen irgendwas genervt."

Ben Riechert, November 2012

26. Februar
Sonntag

Ronald-Läpplinger-Manifest. Immer mehr Unternehmen versuchen Kunst zu benutzen, um die Motivation der Mitarbeiter zu fördern, um sie zu manipulieren. Betriebsinterne Kunstsammlungen werden angelegt, verliehen und ausgebaut; Künstlergespräche und Ausstellungsbesuche für Mitarbeiter organisiert. Psychologen führen Mitarbeiterschulungen in Museen durch, weil sich vor den Kunstwerken eine besondere Gesprächssituation ergeben kann, unkonventioneller und offener als im Konferenz- oder Seminarraum der Firma. Zu diesen Lockerungsübungen gehören auch Worshops, bei denen sich ausgewählte Mitarbeiter mal künstlerisch betätigen dürfen, zum Beispiel bei den Ulmer Wielandwerken oder den dm-Drogeriemärkten mit ihren künstlerischen „Fähigkeitswerkstätten". Die Begegnung mit Kunst werde als „Beitrag zur Eigenentwicklung des Mitarbeiters" begriffen und gefördert. Und sind wichtige Entscheidungsträger eines Unternehmens kunstinteressiert oder engagieren sich in Kunstvereinen etc., entsteht ein kunstaffines Klima, das auch Mitläufer und Aufsteiger zur Beschäftigung mit Kunst veranlasst. Manch ein Karrierist, manch ein Schleimer begegnet seinem Chef dann scheinbar zufällig auf einer Vernissage.

Vierte Forderung des Ronald-Läpplinger-Manifests: *Schluss mit dem Einsatz der Kunst als Manipulationsinstrument!*

27. Februar
Montag, Sindelfingen

Ben rief an, schlug vor, dass wir uns zum Essen in der Pizzeria Si im Breuningerland treffen. Ich sagte zu, eigentlich hasse ich das Breuningerland. Als ich ankomme, ist er schon da, überhaupt macht er den Eindruck, als sei er schon seit Stunden dort gewesen, habe herumgestreunt im GameStop und im Media Markt. Hat er keine Schule? Ich höre ihn irgendwas von *Projektwoche* oder *Praktikum* murmeln.

29. Februar
Mittwoch, Sindelfingen

Mirjana hat sich gerade mit einem Frustkauf über ein Stimmungstief gerettet und stakst in glänzend dunkelblauen 9,5 cm-Stilettos zur Tür herein. Ich überrede sie, mich auf die Vernissage im Lütze-Museum zu begleiten, Skulpturen einer angesagten Jungkünstlerin aus Berlin. Eine fatale Empfehlung: Die Eröffnungsrede ist noch nicht vorüber, da beugt sich Mirjana vor, um einen Werktitel besser lesen zu können. Himmel, sie knickt um! Und stürzt in eine filigrane Skulptur aus verbogenen Blechjalousien, Arbeitsleuchten und lackierten Holzsplittern, die nun scheppernd zerfällt. Auf den Knien klaubt Mirjana einige Teile zusammen, in der Linken hält sie ein zersplittertes Stuhlbein, in der Rechten eine verbogene Gardinenstange. Unmöglich, den Schrott in seiner alten Konstellation wieder zusammenzufügen! Totenstille im Raum. Das Werk ist hin, die Künstlerin zieht abgeklärt an ihrer Zigarette, ein Fall für die Versicherung. Ich helfe Mirjana rasch auf, sie wirkt wie betäubt, führe sie in Richtung Toilette und flüstere ihr zu: „Halte dir ein Taschentuch vors Gesicht, fang an zu schluchzen, bleib eine Weile auf der Toilette, dort kannst du die kritische Phase überstehen." Sie nickt stumm. Zwanzig Minuten später humpeln wir durch den Hinterausgang zum Wagen, ich muss sie stützen, denn der Absatz ist abgebrochen (ich hatte ihn geistesgegenwärtig geborgen und in meine Jackentasche gesteckt). Ein grauenhaftes Ende dieses Nachmittags. Doch was schweißt enger zusammen als gemeinsam durchgestandenes Leid?

1. März
Donnerstag

Heute habe ich den abgebrochenen Absatz (Delfter Blau,

herrlich!) bei der Kreissparkasse abgegeben, eingewickelt in neapelgelbem Geschenkpapier, zusammen mit einer Einladung zum Essen.

2. März
Freitag

Ronald-Läpplinger-Manifest. Grundsätzliche Überlegung: Ich habe viel zu viel Text. Das liest keiner! Ein Manifest muss kurz und knackig sein, die Message muss eingängig sein. Deshalb habe ich jetzt alles gestrichen und lasse nur noch meine Kernforderungen stehen:

Erste Forderung: *Kunst ist kein Schmiermittel für Wirtschaft, Gesellschaft und Werbung. Schluss mit dem inflationären Missbrauch der Kunst!*

Zweite Forderung: *Kunst ist kein Spekulationsobjekt, keine Wertanlage, keine Luftbuchung. Schluss mit der Investmentpornographie des Marktes!*

Dritte Forderung: *Der Künstler ist kein Prototyp des neuen, hochflexiblen Arbeitnehmers. Schluss mit der Ausbeutung der Künstler, Schluss mit der Ausbeutung der Menschen überhaupt!*

Vierte Forderung: *Kunst ist keine Trickkiste für Psycho-Gurus und Personalmanager. Schluss mit dem Einsatz der Kunst als Manipulationsinstrument!*

Daraus ergibt sich die wichtigste, die folgenreichste fünfte Forderung des Ronald-Läpplinger-Manifests, die sich an die Künstler direkt richtet: *Hört auf zu kollaborieren! Leistet Widerstand! Verweigert euch! Entzieht euch dem Hype! Werdet unsichtbar! Verschwindet!*

Das ist meine Message, das ist mein Manifest des Absentismus!

4. März
Sonntag

Vertiefte Überlegungen zum Manifest des Absentismus. Wie realistisch ist meine fünfte Forderung? Die meisten Versuche von Künstlern, sich gegen die Vereinnahmung durch den Kunstmarkt und durch einen grenzenlosen Kapitalismus zu wehren, wurzeln in den 1960ern – die Abwehrstrategien hießen Performancekunst, Konzeptkunst, Kunst ohne Werk oder gar totaler Rückzug aus der Kunst, völliges Verschwinden des Künstlers. Radikal war auch die Strategie, den Markt und die Sammler durch ekelhafte Antikunst zu düpieren, ihnen buchstäblich Scheiße aufzutischen, wie es Manzoni tat. Doch was ist aus dieser Strategie geworden? Es ist der neue Mainstream.

5. März
Montag

Weitere Überlegungen zur fünften Forderung meines Manifests. Man kann den Markt offenbar nicht durch subversive Produkte, sei es nun Ekel-Kunst oder Kaufhauskitsch unterminieren. Er schluckt und vereinnahmt alles. Konsequenter ist es da schon, ganz aufzuhören, wie etwa Lee Lozano. Sie hat eines Tages zu malen aufgehört, stattdessen nur noch verbale Statements abgesondert und schließlich ihr Drop Out Piece begonnen, das darin bestand, eine Zeitlang nicht mehr mit Frauen zu sprechen. Damit wollte sie ihren totalen Ausstieg aus der Kunstszene besiegeln. (Das selbstauferlegte Schweigegebot gefiel ihr dann so gut, dass sie es bis zu ihrem Tod durchzog.) Posthum wurde sie wiederentdeckt, auf der documenta 12 hingen sogar Bilder von ihr. Über einen anderen Aussteiger, Stephan Kaltenbach, las ich, er habe sich als Künstler nur noch wie ein Unterhaltungsobjekt für

Kunsthistoriker gefühlt. Er beschloss eines Tages, sein Leben als ein Rätsel der Kunstgeschichte zu gestalten (es wurde nach 34 Jahren gelöst). Er stieg 1971 aus seiner Künstlerlaufbahn aus, zunächst machte er Galerieausstellungen mit versteckten Werken, dann malte er mit Absicht möglichst schlechte Kitschbilder, schließlich schaltete er anonym Anzeigen in Kunstzeitschriften und gab sein künstlerisches Handeln ganz auf. Und in paradoxer Weise steckt selbst im Werk von Warhol der Wunsch nach Selbstauslöschung, hinter den ganzen technischen Multiplikationsverfahren, der Allgegenwärtigkeit seines Konterfeis verschwindet der Künstler als authentischer Schöpfer. In einem Interview wurde er einmal gefragt, ob er sich im Spiegel betrachte. Antwort: „Nein. Es ist schwer, in den Spiegel zu schauen. Da ist nichts."

6. März
Dienstag

Gedanken zur fünften Forderung des absentistischen Manifests, zum Imperativ des Verschwindens. Nicht nur als erkennbarer Autor, als Künstler aus der Kunstszene verschwinden, sondern als Mensch von dieser Welt. Das rätselhafte Ende von Bas Jan Ader fasziniert mich: Im Rahmen seiner Arbeit In Search of the Miraculous plante er, allein in einem kleinen Segelboot den Atlantik zu überqueren. Drei Wochen, nachdem Ader in Cape Cod abgelegt hatte, brach der Funkkontakt ab; nach weiteren neun Monaten fand man sein gekentertes Boot 150 Seemeilen vor der irischen Küste. Ader gilt seitdem, seit 1975, als verschollen. Respekt. Das ist wirklich schwer zu toppen.

„Können Künstler aus der Kunst austreten, ohne ihren Austritt wieder als Kunstwerk auszustellen." Peter Sloterdijk

7. März
Mittwoch

Seit bald einer Woche habe ich das Haus nicht verlassen, ich habe mit keinem gesprochen oder gemailt. Völlig vertieft in die Arbeit am Manifest des Absentismus: Blickt man zurück in der Kunstgeschichte, bietet sich dort ein ständiges Wechselspiel von Anwesenheit und Abwesenheit des Kunstwerks, vor allem in Verbindung mit kultischen Handlungen. Kostbare Gegenstände, Bildwerke, Kultobjekte wurden in besonderen Gebäuden, Tempeln und Kirchen aufbewahrt, oft nur zu bestimmten Anlässen herausgeholt und auserwählten Gruppen gezeigt, so die Monstranzen, Reliquien oder die Innenseiten der gotischen Klappaltare. Den Rest des Jahres musste man sich in der Vorstellung ein Bild von den kostbaren Kunstwerken machen (aus denen, nach damaliger Auffassung, stets Gott sprach). Ästhetik der Absenz: Das ist das künstlerische Konzept, das sich mit dieser Dialektik beschäftigt. Die Erwartung des Betrachters, ein Kunstwerk zu sehen, wird enttäuscht, stattdessen ist er gefordert, in seine eigene Vorstellungswelt, in seinen persönlichen Bilderspeicher einzutauchen. Spuren einer „Ästhetik der Leere" finden sich schon in der Kunstgeschichte des 19. Jahrhunderts: Leerstellen auf dem Gemälde, unbedeckte Teile der Leinwand bei Cézanne und Ensor, dann Ad Reinhardts Black Paintings in den 1950ern, de Koonings Erased Drawing, Yves Kleins leerer, weißer Raum in der Galerie Clert und seine Schecks des Immateriellen, die er im Beisein der Käufer verbrannte. Die Ästhetik der Absenz lebte in den 1980ern kräftig auf, eine Reaktion auf den Kunstmarkt- und Malereiboom jener Zeit: leere Rahmen, Sockel, Haken an der Wand, verhängte Bilder, wie z. B. von Joseph Kosuth auf der documenta IX. Die verschwundenen Kunstwerke stellten den Kunstbetrieb radikal in Frage – und wurden am Ende doch vereinnahmt. Man muss einen Schritt weitergehen, um den oberflächlichen Blick, die leichte Konsumierbarkeit, die reibungslose Vermarktung der Gegenwartskunst zu überwinden. Es reicht nicht aus, dem Markt die Werke zu entziehen. Die Künstler selbst müssen verschwinden, so wie Ader es vorgemacht hat. Nur so kann Kunst wieder zu etwas Besonderem und Einmaligem werden, nur so können wir die Kunst retten.

„Wenn das Glück nicht mehr in der Kunst ist, sondern neben ihr, vor ihr, nach ihr, dann ist es Zeit zum Austreten aus den Formen des Werks, des Werts, des weißen Kastens."
Peter Sloterdijk

8. März
Donnerstag

Wie kann man verschwinden? Am besten im Nebel, im dichten Rauch. Wie kann ich am besten Rauch erzeugen? Uwe weiß Rat. Er hat einen Kumpel, der hat einen Kumpel, der hat einen Kumpel bei den VfB-Ultras, und da kennt sich bestimmt jemand mit Rauchbomben und Pyros aus.

„Ich möchte klarstellen, dass ich in keiner Weise an der Beschaffung dieser Rauchbomben beteiligt war, ich habe keinerlei Verbindungen zu gewalttätigen Fußballfans. Ronny muss sich hier irren."

Uwe Voigt, Oktober 2012

12. März
Montag

Ich bin mit Mirjana zum Mittagessen ins Ristorante da Signora, mitten im Gebäudekomplex des Meilenwerks (eigentlich so eine Art Männerspielplatz mit Oldtimerausstellungen und Werkstätten) gefahren. Etwas schuldbewusst löse ich mein Versprechen ein, sie zum Essen einzuladen, entschuldige mich nochmals für die unangenehme Lage, in die ich sie vor vierzehn Tagen im Lütze-Museum gebracht hatte. Doch es ist alles vergeben. Wir rekonstruieren die Situation und lachen uns im Nachhinein kaputt.

14. März
Mittwoch, Sindelfingen

Bin im Breuningerland bei Bretzel Ditsch mit Milan verabredet. Milan ist ein ehemaliger VfB-Ultra aus dem Commando Cannstatt. Inzwischen habe er Stadionverbot und sei vorbestraft, weil er einen Karlsruher Fan mit bloßen Händen fast umgebracht habe, hatte man mir vorab erzählt. Er bot mir telefonisch aus Bundeswehrbeständen stammende Nebelwurfkörper DM15 an, die man manuell mit einem Reibzünder starten könne. Der DM15 enthalte 880 g Nebelstoff HC, ein Gemisch aus Hexachlorethan, Aluminiumpulver und Zinkoxid (die größere Variante, der Nebelkörper DM25, enthalte sogar neun kg Nebelstoff). Der Rauch setze Zinkchlorid frei, das mit der Luftfeuchte den dichten Nebel bilde. Es entwickle sich dann über drei Minuten lang eine fünfzig bis neunzig Meter lange, zehn bis zwanzig Meter breite und hohe Nebelwand. Das ist genau das, was ich brauche.

Nach sechzig Minuten fahre ich wieder. Er hat mich versetzt. Ich rufe Uwe an, der tröstend erklärt, man habe ihm versichert, Milan sei absolut zuverlässig, aber eben auch ein wenig paranoid. Bestimmt sei er auch in der Nähe gewesen und habe mich heimlich beobachtet, wie ich aussehe, ob ich allein komme, sauber bin etc.

15. März
Donnerstag, Stuttgart

Besuch einer Zürcher Kuratorin in Vittorios Atelier. Mirjam Varadinis erwägt, Vittorio im Kunsthaus 2014 eine Einzelausstellung auszurichten. Vittorio läuft zu Hochform auf: charmant, eloquent, klug. Anschließend fahren wir zum Essen ins Restaurant des Fernsehturms. Wir sprechen über das Kunstjahr 2012, die großen Highlights wie die documenta. Beiläufig erwähnt die Kuratorin, dass es diesmal eine Art Opening, eine offiziell inoffizielle dOCUMENTA-(13)-Eröffnung geben wird (zu der sie natürlich eingeladen ist). Diese wird in der Rotunde im Museum Fridericianum stattfinden, am 8. Juni um 18.00 Uhr. Das ist meine Show!

Ich frage dreist, ob sie uns nicht auch eine Einladung besorgen könne, doch muss ich erfahren, dass es sich um einen sehr, sehr, sehr exklusiven Event handelt. Also muss ich mir den Zugang auf illegale Weise ermöglichen – warum nicht über die Catering-Firma, wie es anno 1964 die Situationisten der Gruppe Spur vorhatten?

„Ziel der Situationistischen Internationalen ist die Konstruktion von Situationen, die eine höhere Qualität der Leidenschaft erzeugen.“ Guy Debord

24. März
Samstag, Autobahn Stuttgart / Heilbronn

Nach ewig langem, konspirativem Hin und Her hat mich Milan auf den Autobahnparkplatz Kälbling bestellt. Ein wenig ängstlich bin ich die A81 Richtung Heilbronn runtergefahren, weil: ohne Führerschein. Von Milan keine Spur, als ich auf dem Rastplatz eintreffe. Komische Stimmung hier, relativ viele Fahrzeuge, aber nur Männer, Paare oder Einzelne. Ich steige aus, man mustert mich aufdringlich. *Heiligs Blechle,*

Selbstbildnis als Verlassener, Öl auf Leinwand, 120 × 200 cm

Selbstbildnis mit Picasso-Unterhose, Öl auf Leinwand, 165 × 245 cm

Selbstbildnis als Kranker, Öl auf Leinwand, 145 × 130 cm

ein Homotreff! Endlich erscheint ein fabrikneuer ML 300er Offroader, Milan parkt dicht neben mir, grinst mich an: „Gute Tarnung hier, stimmt's?" Ich kaufe neun Nebelwurfkörper DM 15 und einen DM 25 zu einem saftigen Preis, doch gute Kunst, die ist eben priceless.

27. März
Dienstag, Kassel

Mit meinen neuen Informationen und Materialien nach Kassel aufgebrochen, um vor Ort weiterzurecherchieren. Mein cOMEBACK (12) erfordert umfangreiche und sorgfältige Vorarbeiten. Die Nebelkerzen in zwei schweren Reisetaschen, steige ich in den ICE.

28. März
Mittwoch, Kassel

Auf der Suche nach einem geeigneten Unterschlupf, wo ich nach meiner Performance untertauchen kann. Ein Basislager, in dem ich gut versorgt und völlig autark verharren kann, um jederzeit wieder ins documenta-Geschehen eingreifen zu können.

Abends laufe ich durch die Innenstadt, die von gewaltigen Verkehrsschneisen durchschnitten ist. Vier- oder gar sechsspurige Trassen, und an jeder Ecke ein Parkhaus. Die autogerechte Stadt – das war mal modern. Ich bleibe an einer Straßenecke stehen, Friedrich-Ebert-Straße, Bürgermeister-Brunner-Straße. „Soda Cassel" lese ich an der Tür eines roten Backsteingebäudes, war hier nicht einst das Yellow? Flashback: Tainted Love mit Susann auf der Tanzfläche, im Yellow, morgens um fünf. Was für ein Song.

29. März
Donnerstag, Kassel

Im Habichtswald, am westlichen Stadtrand, habe ich ein ideales Quartier gefunden, wo ich während meines cOMEBACKS (12) untertauchen kann, das Luftbad Waldwiese. Vor mehr als hundert Jahren, im Zuge der Lebensreformbewegung, pachtete der Kasseler Naturheilverein das Areal, baute dort Holzhütten für Städter, die frische Luft nötig hatten, nur wenige Insider finden heute hierher. Eine der leerstehenden dunkelgrünen Hütten nehme ich in Besitz. Hier wird sich's während der hundert Tage dOCUMENTA (13) gut aushalten lassen. Am Rande der Wiese vergrabe ich im Morgengrauen die Nebelkerzen.

30. März
Freitag, Kassel

Im Museum Fridericianum. Ich betrachte die Rotunde von der ersten Etage aus, wie ein Lichthof öffnet sich das Gebäude hier nach innen. Der Handlauf der Brüstung, von der man knapp sechs Meter in die Tiefe blickt, ist fast dreißig Zentimeter breit. Eine ideale Bühne, zu der die Festgesellschaft dann hochschauen müsste, wenn die Show beginnt. Inzwischen habe ich in Erfahrung bringen können, dass eine Firma namens Fairfood United Catering Kassel GmbH & Co. KG (ergibt merkwürdigerweise das Kürzel F.U.C.K.) den Zuschlag für die Bewirtung der VIP-Feier bekommen hat. Ich muss versuchen, mich kurz vor Beginn der Feier als Caterer einzuschleichen. Ich muss ein Fucker werden.

Abends ziellos durch die City, stehe plötzlich am Eingang der Diskothek New York. Die gibt's immer noch! Vor zehn Jahren bin ich hier das letzte Mal drin gewesen, zusammen mit Uwe, während der documenta 11. Die Kunst der documenta 11 habe ich fast komplett vergessen, ich erinnere mich nur noch vage an irgendwelche Fotoserien von Gebäuden und Arbeitern in Asien oder Afrika, es hätten auch Illustrationen von Geo-Reportagen sein können. Stärker in Erinnerung blieb mir ein misslungener Flirtversuch in dieser Diskothek, wir waren (Uwe war schon von Anfang an nicht wohl dabei) mit zwei erstaunlich offenherzigen und gleichwohl gebildeten Kunstfreundinnen ins Gespräch gekommen, die sich aber im Verlauf des Abends als Prostituierte erwiesen. Nun wollten wir uns eiligst verabschieden, doch die beiden bestanden lautstark darauf, die bereits erbrachte *Gesprächsleistung* zu berechnen. Unschön: Wenn die Gegenseite das scheinbar heitere Reden über Kunst, die lockere Konversation als harte Arbeit betrachtet und sich wie ein teures Telefongespräch per Minute vergüten lässt.

31. März
Samstag, Kassel

Wieder im Fridericianum. Inzwischen habe ich den idealen Fluchtweg gefunden. Nach der Performance im ersten Stock komme ich durchs Treppenhaus rasch ins Untergeschoss. Linker Hand, noch vor den Garderobenschränken, befindet sich eine unscheinbare, unverschlossene Tür, die zum Raum 031 führt, „Technischer Betriebsraum/Heizungszentrale" steht darauf. Von dort aus gelange ich ungehindert durch weitere Kellerräume in den Südflügel des Gebäudes, durchquere ihn und verlasse das Museum durch eine unscheinbare Tür neben dem Zwehrenturm. Jetzt nur noch durch die Toreinfahrt des Turmes, und ich kann mich in der Obersten Gasse unauffällig unter die Passanten mischen.

1. April
Sonntag, Kassel

Habe in der Heizungszentrale des Fridericianums die Nebelkerzen deponiert. Ein todsicheres Versteck, in einer Nische hinter der Elektroanlage.

4. April
Mittwoch

Feiere meinen 47. Geburtstag bei Khalil, mit Uwe, Vittorio und seiner neuen Freundin Elena (Kunststudentin aus Brasov, Rumänien; laut Selbstauskunft 19 Jahre alt. Na ja.). SMS von Monika: „Alles Gute! Ich vermiss dich!!“ Zu spät, liebste Muse, das hättest du dir früher überlegen müssen.

5. April
Donnerstag, Stuttgart

Im Single Club der Staatsgalerie business as usual: Elke, Claudia und die Graumelierten. Sensation: Außer mir ist noch ein Mann da, Ende dreißig vielleicht. Zur Kunst hat er nichts zu sagen, er schweigt auch zu anderen Themen, irgendwie wirkt er auf mich wie jemand, der gerade aus dem Knast kommt.

10. April
Dienstag, Sindelfingen

Mit Mirjana mittags zum Essen verabredet. Voller Vorfreude fahre ich in die Milano Bar (äußerst verkehrgünstig gelegen, an der A81, Ausfahrt Sindelfingen-Ost). Mirjana schon vor Ort, sitzt telefonierend an der Bar. Sie möchte mich einladen, als verspätetes Geburtstagsgeschenk. Leider ist sie völlig übermüdet, überhaupt nicht in Flirtstimmung, schafft es nicht mal, mir zuzuhören (obwohl ich mir schon auf der

Fahrt ein paar geistreiche Anekdoten zurechtgelegt hatte). Irgendwie verkackt, dieses Treffen, das kein Date werden wollte, immerhin hat sie mir später drei (!) *Sorry*-SMS geschickt, was mich wieder ins Grübeln stürzte: Bedeute ich ihr etwa wirklich was? Oder hat sie sich nur vertippt?

12. April
Donnerstag

Ben heute Vormittag da, ob er denn keine Schule habe? Antwort: „Nee, Projektwoche." Doch es stellt sich heraus, er hat auch keine Projektwoche, er hat mächtig Ärger zu Hause. Gestern Abend habe er sich in Thomas' GL 350 gesetzt, einen bulligen Komfortoffroader (die Daimler-Werbung verspricht: „Der GL findet Wege, wo es keine gibt."), und mal so *zum Spaß* starten wollen, da habe das ganze Ding plötzlich einen Satz gemacht und die Garagenwand komplett eingerissen!

20. April
Freitag

Mit Vittorio trete ich eine längere Reise durch die Schweiz an. Es geht um diverse Ausstellungsvorbereitungen, vor allem darum, Gönner und Sammler zu treffen, die Vittorios nächste Projekte vorfinanzieren sollen, unter anderem beim St. Moritz Art Masters 2012. Nachdem er mit Fango Veneziano den Silbernen Löwen erhalten hat, ist er überall bekannt, viele Türen stehen ihm jetzt offen (besonders in der Schweiz, wo er als Bice Curigers *Entdeckung* gilt), er fällt die Treppe nach oben, nichts stimuliert Erfolge so sehr wie Erfolg. Und auch ich spüre, dass man mir mit deutlich gesteigertem Interesse begegnet, als Mitarbeiter dieses verheißungsvollen Künstlers.

Wir werden in einer schweren schwarzen Chrysler-Limousine reisen, die ein Sponsor zur Verfügung gestellt hat, in den besten Hotels übernachten oder in den Privathäusern der Sammler und Kunsthändler untergebracht. Jeden Abend ein Apéro, ein festliches Dinner, eine Cocktailparty oder Cognacverkostung vor prasselndem Kaminfeuer.

„Ich kann gar nicht so viel fressen, wie ich kotzen will."
Max Liebermann

21. April
Samstag, Zürich

Luxusleben ist Qual, Reichtum eine Last. „I am as mad as hell and I am not going to take this anymore!" Aber diesmal fahre ich noch mit, denn ich muss die gute Gelegenheit nutzen, Schlüsselfiguren des Kunstbetriebs auf mein cOMEBACK (12) vorzubereiten. Über Schaffhausen, Eglisau und Bülach bringt uns der Chrysler nach Zürich. Blicke ratlos auf die großen VSP-Plakate, die in der hügeligen Landschaft verstreut sind, fremd wie die Steinskulpturen der Osterinsel: „Wohn- und Baurecht in unseren Gemeinden nur für Schweizer! Ja zur Heimatschutzinitiative der VSP!" Wir halten an einer Ampel neben einem Großplakat, nun können wir das Kleingedruckte lesen: Gemeinden und Städte sollen Zonen einrichten können, in denen nur Schweizer Bürger bauen und wohnen dürfen. Vittorio meint: „Das ist vielleicht nur der Anfang – bald gibt's dann auch Bahnabteile, Restaurants und Parkbänke nur für Schweizer." Aber vielleicht siegt auch der Anstand, die Scham vor der Herzenskälte, die europaweit Raum greift, gebe ich zu bedenken, und welche Rolle der Kunst dabei zufalle, sei völlig offen. Sehr unentschieden gleiten wir mit unserer Limousine durch die Untiefen der Agglomeration.

22. April
Sonntag, Zürich

Treffen mit dem VSP-Führer Jerome Cocher im Baur au Lac. Der Politiker ist zugleich Kunstsammler, er verbindet Wahlkampfauftritte mit einer Wanderausstellung seiner Alphonse-Banker-Gemälde, die in Bierzelten und Landgasthöfen präsentiert werden, während Cocher dort seine Reden hält. Die bäuerliche Bildwelt des Schweizer Heimatmalers aus dem 19. Jahrhundert liefert den idealen Subtext seiner politischen Agitation. Inhaltlich rückwärtsgewandt, doch methodisch modern und erfolgreich – Heimatidyllen als passgenaue Visuals, die bei der Zielgruppe voll einschlagen. Als begnadeter Populist stets offen für Neues, ist er an Vittorios Projekt durchaus interessiert und kann sich eine Unterstützung prinzipiell gut vorstellen, im Zusammenhang mit der Umwelt- und Heimatschutzagenda seiner Partei. Allerdings möchte er mit Vittorio diskret unter vier Augen sprechen, in der Suite 223/224, wo einst Marc Chagall logierte und arbeitete (Gerüchten zufolge soll Chagall hier beim Malen Farbflecken auf dem Spannteppich hinterlassen haben; das Baur au Lac soll ihm den Teppich zunächst in Rechnung gestellt haben, bevor es ihn als „original Chagall, abstrakte Phase" in einer Auktion versteigern ließ). Ich muss vor der Tür warten, zusammen mit Cochers Bodyguards, allesamt ehemalige Schwingerkönige, die mich offenbar als potentiellen Attentäter betrachten, so finster mustern sie mich. Auch später möchte mir Vittorio nichts über den Inhalt des Gesprächs verraten. Klar ist nur (so viel verstehe ich von Schweizer Politik): Wenn bekannt wird, dass Cocher mitmacht, springen die liberalen Basler und Goldküsten-Sponsoren ab, und das können wir uns nicht leisten.

„Die Zukunft des Kunstsystems lässt sich leicht

vorhersagen: Es liegt in seiner Fusion mit dem größten Vermögen. Es verspricht diesem eine glanzvolle exhibitionistische Zukunft und sich selbst den Übergang in die Dimension des Fürstlichen.“ Peter Sloterdijk

23. April
Montag, Meilen

Zu Gast bei einem deutschen Sammler in Meilen am Zürichsee, die Gattin im magentafarbenen Chanelkostüm, zudem wohnt eine seltene Doggenrasse mit furchtbar traurigem Blick dem Geschehen bei. Der Hund leidet offenbar unter seiner schreckerregenden Größe (oder an seinem sozialen Umfeld, das einen entsprechenden Erwartungsdruck aufgebaut hat). Eine bekannte Schweizer Televisionista ist auch eingeladen, sowie eine Berliner Kunsthistorikerin mit strenger Brille und Doppelnamen, den ich gleich wieder vergessen habe. Letztere hat ein Buch über die Kollektion des Sammlers verfasst, sie trägt ihre langen graue Haare offen. Ein ästhetisches Dilemma: Manch ältere Frau, die sich die Haare nicht färbt, versucht durch grellbuntes Make-up, Brillenbügel oder Hermès-Seidenschals vom großen Grau abzulenken. Knallrot aufgemalter Mund und blaugrüne Brille. In Würde altern, ohne wie ein Clown auszusehen – auch das ist eine Kunst.

Wir dinieren in einer Bauhausbetonschachtel hoch über dem See, große Fenster, kahle Wände, purer Estrichboden, so wohnt man eben. An der Wand mir gegenüber ein Anselm Kiefer, lehmige Landschaft mit allerlei Stöckchen und Strohbüscheln darin. Ich habe Schwierigkeiten mit dem Hauptgang, ein sehniges Stück Bison-Biofleisch, das ich mühsam, jedoch möglichst ohne Aufsehen erregen zu wollen, vom Knochen abzulösen versuche. Endlich gelingt es mir, doch vehementer als erwartet, das Fleischstück schnellt von der Gabel durch die Luft, schlägt in Kiefers mythologischer Kraterlandschaft ein, gefolgt von einem Kometenschweif brauner Soße. Atemlos blicke ich mich um. Unglaublich, alle waren ihrerseits im Kampf mit dem zähen Fleisch beschäftigt, keiner hat was gesehen! Nur der Hund blickt auf. Mit ihren traurigen Augen verfolgt die Dogge, wie das Fleischstück langsam über die unregelmäßige Bildoberfläche Kiefers herabrutscht. Die braune Soße läuft hinterher. Endlich hat es sich in einem Strohbüschel verfangen und wird von der Soße eingeholt.

Später nehmen wir alle Espresso, während der Sammler mitten im Wohnzimmer seinem Hund die Zähne putzt. Die Dogge fixiert mich unentwegt, verrät aber nichts. Uns beide verbindet ein Geheimnis.

24. April
Dienstag, Bern

In der düsteren grauen Schweizer Hauptstadt. Es ist regnerisch und windig, dichter Fußgängerverkehr in den Laubengängen, immer wieder gibt es Stockungen, weil einzelne Passanten beim Gehen einnicken oder abrupt vor Schaufenstern stehen bleiben, in denen Bettbezüge, Kissen oder Hörgeräte präsentiert werden. Ungeduldig drängeln wir weiter, kommen gerade noch rechtzeitig zur Vernissage in der Galerie Bischoff. Ein auffälliger Gast erscheint kurz nach uns, er stellt einen Korb in den Ausstellungsraum, wirft Hut und Handschuhe theatralisch hinein, rudert mit den Armen, trinkt in großer Geschwindigkeit etwa zehn Gläser Weißwein aus, anschließend verlangt er Rotwein, um *auszugleichen.* Wurde dieser Herr vom Veranstalter engagiert? Handelt es sich um eine Performance? Leider nein, obwohl der Galerist den

Herrn von früher kennt, wie man mir mitteilt, und dass jener via Facebook-Freundeskreis Bischoffs von der Eröffnung erfahren hat. Der Zwei-Meter-Mann steht offenbar unter Psychopharmaka, nur so lässt sich erklären, dass er die zehn Gläser Wein so locker wegsteckte (eine ähnliche Erfahrung machte ich mit Psylos und LSD, sie steigern die *Saufleistung* ins Unermessliche). Der unfreiwillige Dadaist wird ausfallend, weil man ihm den Rotwein verweigert, er schnappt sich ein Glas und beginnt, den Wein in eine Plastik zu gießen. Ein Kunstsammler und – welch glücklicher Zufall – auch Psychiater übernimmt eine Ad-hoc-Behandlung des Patienten, die leider vollkommen wirkungslos bleibt, es helfen am Ende nur noch physische Maßnahmen, der Galerist persönlich muss ihn aus dem Ausstellungsraum schieben, hüpfend und unter lauten Protestrufen trollt er sich, das Vernissagegeplauder geht weiter.

25. April
Mittwoch, Thun

Der Chrysler hat bei Wichtrach eine Panne, wir müssen mit dem Zug weiter und lassen uns nach Thun bringen. Auf dem Weg zum Bahnhof kommen wir an Plakatwänden vorbei, ein deutscher Komiker, Mike Krüger, tritt im Kursaal Interlaken auf, sein Programm heißt: „Is' das Kunst oder kann das weg?“ Quer über die Plakate sind Papierstreifen geklebt, mit der Aufschrift „Fällt aus“. Es war wohl keine Kunst. Bald darauf stehen wir ratlos vor dem Bahnhofsgebäude, das merkwürdig verlassen und verrammelt wirkt. Durch eine Seitentür gelangen wir in die Schalterhalle. Dort, wo man offenbar bis vor kurzem die Fahrkarten kaufen konnte, sind nur Monitore zu sehen, alle Videos zeigen den gleichen Mann, einen schlechtrasierten Herrn mittleren Alters mit verwuscheltem Haar, der mal redend, mal schlafend gezeigt wird, oder, nur mit Badehose bekleidet, unbeholfen irgendwelche Stiegen erklettert.

26. April
Donnerstag, Leukerbad

Wir treffen einen bekannten russischen Unternehmer und Sammler in Leukerbad, ein Kurort im Wallis, von markanten, hohen Felsen umgeben. Der alte Moskauer absolut inkognito, ohne Gefolge, nur mit Übersetzerin, Physiotherapeutin und Fahrer. Niemand sonst weiß, dass er hier ist. Bei unserem Gespräch geht es um nichts weniger, als Fango in Russland zu installieren. Vielleicht in Moskau?

Zwischensaison in Leukerbad, dead Season. Die Hotels fast leer. Beim Abendessen sitzen wir fast allein mitten im großen Speisesaal, wie auf einer Bühne, während am Rande je vier einzelne ältliche Damen an Zweiertischen platziert worden sind, die uns eingehend begutachten. Offenbar sind wir unwissentlich während der „Single special days", einem Sonderarrangement des Hotels, angereist. Am nächsten Tag treffen wir den Sammler in einem großen Thermalbad. Von der obersten Etage des Burgerbades blicken wir auf die sechs oder sieben Heißwasserpools herab. „Sieh mal", bemerkt Vittorio in einen seltenen Anfall von Zynismus, „wie Riesenkochtöpfe, voll mit altem Suppenfleisch!" – „Ist das unsere Zukunft?", frage ich. „Im besten Fall!", antwortet Vittorio düster. Schließlich finden wir den alten Moskauer in einem separierten Whirlpool, flankiert von seinem Gefolge. Der Moskauer glaubt, dass das russische Publikum Fango nicht mögen wird: „Sie werden sich davor ekeln, vielleicht macht es sie auch wütend." Daher wird er die Installation in St. Petersburg finanzieren, schon übernächstes Jahr, im Frühling.

Diese Wendung überrascht uns, die Übersetzerin und die Physiotherapeutin kichern, Handshake, wir sind im Geschäft.

Ich bleibe noch ein wenig im Pool, das Durchschnittsalter der anderen Insassen liegt bei 75 Jahren. Über dem Pool sehe ich zwei große, auffällige Vogel kreisen, frage einen Badenden, ob er wisse, was das für Tiere seien. „Es sind Geier, Bartgeier, sie nisten dort oben in den Felsen."

27. April
Freitag, Leuk

Treffen mit den lustigen Brüdern Karsten und Torsten, zwei deutschen Millionären aus Gstaad, die trotz ihrer 65 Jahre jugendlich wirken, sie vertreiben sich die Zeit mit Kunstsammeln. Leider ist kürzlich ihr Chalet abgebrannt, so dass sie uns dort nicht bewirten können. Auf halben Wege zwischen Leukerbad und Gstaad kommen wir uns entgegen, Treffpunkt in einer Pizzeria in der Altstadt von Leuk. Großartiger Blick ins Rhonetal. Die weißhaarigen, agilen Brüder, untereinander fast identisch, ähneln Larry Gagosian auf verblüffende Weise. Heitere Konversation, doch ohne greifbares Ergebnis.

Ich vertrete mir ein wenig die Beine, laufe im Ort herum, öffne neugierig eine alte Holztüre, vermute eine Kapelle dahinter. Modergeruch schlägt mir entgegen. Erst langsam gewöhnen sich meine Augen an die Dunkelheit. Jesus Christ! Entsetzt erkenne ich, dass an den Wänden des Raumes Totenschädel und Gebeine bis an die Decke aufgestapelt sind. Wer macht denn so was? Betäubt taumele ich in die helle Aprilsonne zurück. The Killing Fields im Wallis.

28. April
Samstag, St. Moritz

Mit dem Glacierexpress von Visp ins Engadin. Vierzehn Tage im Hotel Kulm hat uns Vittorios Galerist spendiert. Ich freu mich auf die klare Luft des Engadins. Ich mag St. Moritz – sollen doch die ganzen Flachlandneider, Miesmacher und Sozis sagen, was sie wollen. Ist es nicht großartig, wie ein Bergdorf versucht, Fifth Avenue zu spielen? Ich fahre mit einer endlosen Rolltreppe vom Dorf zur Seepromenade hinunter, eine Hybridform von Landschaft und Edelshoppingmall mit Luxusboutiquen, Hotels und Bergbahnen.

Vittorio wird beim St. Moritz Art Masters 2012 eine Variante von Fango Veneziano namens Fango San Murezzan installieren, das Seeufer ist dafür im Gespräch, der Park vor dem Kempinski, andere Orte werden wir jetzt begutachten. Diesmal sollen Fäkalien aus den Fünf-Sterne-Hotels und den Kundentoiletten der Luxusboutiquen zu einem neuen, „exklusiven und unverwechselbaren St.-Moritz-Produkt" (eine Variante der Bündner Nusstorte ist im Gespräch) verarbeitet werden, so Vittorio in seinem Exposé. Die Organisatoren sind sich im Prinzip einig, die Finanzierung steht allerdings noch nicht. Ohne Kunstsponsoring wären Projekte, wie sie Vittorio zu planen pflegt, überhaupt nicht mehr zu realisieren. Doch in St. Moritz gibt es glücklicherweise eine eingespielte Koalition namhafter Unternehmen, die Kunstsponsoring als Mittel der sozialen Distinktion einsetzen, beim St. Moritz Art Masters haben sich die Bank Julius Bär neben Cartier, Mercedes-Benz und einigen Hotels engagiert. Sowohl die Hauptsponsoren als auch die Tourismusverwaltung erhoffen sich davon eine fundierte Imageverbesserung: Kunst statt grenzenlosem Materialismus, Kunstinteresse als Möglichkeit für den Kunden, seine Persönlichkeit vielseitig zu entwickeln, sich vom neureichen Pöbel und dessen geistloser Protzerei abzusetzen.

30. April
Montag, Pontresina

Zu Gast bei einem Stuttgarter Sammler, der dort ein Chalet besitzt. Vor der Tür stehen ein giftgrüner Porsche Cayman R und ein palladiumsilberner SLK 55 AMG mit Sportsitzen in weißem Nappaleder. „Mit V8-Motor in nur 4,9 Sekunden von null auf 100 km/h, Siebengang-Automatik 7G-TRONIC in Kombination mit AMG-SPEEDSHIFT", erläutert uns der Hausherr jovial, beide Fahrzeuge seien Neuheiten beim diesjährigen Genfer Auto-Salon, reine „Fun-Mobile für den kleinen Fahrspaß zwischendurch". Obwohl er nur zwei Wochen im Jahr im Engadin ist, möchte er sich als regionaler Kunstsponsor engagieren und Vittorios St.-Moritz-Projekt unterstützen. Nach ein wenig Geplauder vor dem Kamin bittet er in ein Nebenzimmer, um uns dort völlig überraschend seine neokubistischen Assemblagen zu präsentieren, bemalte Montagen von Schwemmhölzchen, alten Schuhen und anderen Objekten, die er am See von St. Moritz aufgesammelt hat. Jesus Christ, er ist jetzt auch noch Künstler! Reicht es nicht, Sammler und Sponsor zu sein? Der Mann ist vollkommen schamlos. Er haut Vittorio kumpelhaft von der Seite an, ob dieser nicht seine Galerieverbindungen für ihn spielen lassen könne – als eine Art Tauschgeschäft für die Unterstützung von Fango San Murezzan.

1. Mai
Dienstag, La Punt

Zu Gast bei einem Zürcher Sammler, der dort ein Chalet besitzt. Die Gattin im magentafarbenen Chanelkostüm ist sich nicht zu schade, den Espresso selbst zu servieren, dem portugiesischen Personal habe sie heute freigegeben, es seien doch Kommunisten! Fand ich nett.

Goldküstenmuttis sind einfach die Besten!

2. Mai
Mittwoch, Celerina

Zu Gast bei einem italienischen Sammler, der dort ein Chalet besitzt. Er ist begeistert und schwärmt schon von Fango Torino. [...] [unleserliche Passage. Offenbar kommt es zu einer Vereinbarung, nach der Vittorios Installation 2013 oder 2015 in Turin aufgebaut werden soll.]

3. Mai
Donnerstag, St. Moritz

Im Hotel Kulm. Plauderei mit Dipl. Ing. Werner Döbler, einem deutschen Unternehmer und Sponsor von Fango Veneziano (Fäkal-Entsorgungstechnik Döbler GmbH, Freiburg) im Dampfbad. Der ganze Wellnessbereich hier – so klagt er – sei nicht mehr auf dem neuesten Stand. Da müsse was passieren, sonst gehe man nächstes Jahr gleich ins Carlton! Allgemeines Lob für den Engadin Airport St. Moritz-Samedan. Einmalig, diese Anbindung (obwohl, wie Döbler uns vertraulich mitteilt, der SMV für manchen Privatjetbesitzer auch Demütigungen bereithalte, müsse man dort doch sehen: „Es gibt immer einen, der hat noch einen Größeren!").

4. Mai
Freitag, Samedan

Besuch bei einem Düsseldorfer Sammler, der seinen Hauptwohnsitz in Zug hat. Der Hausherr öffnet persönlich die Tür, nie zuvor habe ich einen derart gebräunten Europäer gesehen: Gebranntes Siena, mit leichtem Rotstich. Anschließend staune ich über the biggest Nespresso Machine ever sold. Gutgelaunt plaudert der joviale Rheinländer: „In Zug, denken Sie mal, hat's die höchste Porschedichte weltweit! Tausendeinhundert Fahrzeuge sind dort gemeldet!" Da muss man schon was drauflegen, um aufzufallen. Wir fahren in die Tiefgarage, der Sammler zeigt uns seinen Carrera GT, Tempo-spitze 334 km/h, 612 PS. Zwar schon sechs Jahre alt, der Wagen, aber ein echtes Schnäppchen: nur 43.000 Franken!

7. Mai

Montag, Surlej

Auf der Bergstation des Corvatsch, 3303 m hoch. Felsgipfel ringsum, bedeckt von einer dünnen, zerfetzten Schneedecke. Ich habe mir vorgenommen, hier oben in meinem Lieblingsband Menschliches, Allzumenschliches zu lesen, hoch oben in dieser „heroischen Landschaft", die seinerzeit F. N. zu Höhenflügen animierte. Ich sitze nahe der Helikopterplattform, der Wind pfeift eisig. Leider habe ich meine Handschuhe vergessen. Die Finger rotgefroren und klamm, fällt mir das Umblättern bald schwer. Da! Eine starke Böe überrascht mich, reißt mir das Buch aus der Hand, es segelt durch das Geländer in den Abgrund, ins ewige Eis des Gletschers, einzelne Seiten flattern umher, eine Gruppe Asiaten filmt den Vorgang mit heiterem Interesse. Entgeistert blicke ich meinem Schatz nach. Ein Omen?

9. Mai

Mittwoch, Sils Maria

Ein herrlicher Sonnentag. Über weite Wiesen gehe ich zur langgestreckten, bewaldeten Halbinsel Chasté, einem der

Lieblingsplätze Nietzsches. An ihrem Ende, einem Südhang, der den Blick in Richtung Malojapass freigibt, befindet sich ein großer Felsblock, auf dem ich Platz nehme. Endlich angekommen, seit Jahren träume ich davon, hier zu sein! Die Sonne versinkt im Westen, Abendrot breitet sich aus. Henry van de Velde kommt mir in den Sinn, er berichtete von einer Vision, die ihn am 25. August 1918, dem 18. Todestag von F. N., beim Besuch der Halbinsel vor genau diesem Felsblock überkam: „Dort empfand ich einen Schauer, als ob ich plötzlich vor einem Tempel, einem Mausoleum stehen würde, wo ich mit Nietzsche selbst in Berührung kommen werde."

12. Mai
Samstag, St. Moritz

Charity-Dinner im Kempinski des Bains zugunsten Fango San Murezzan. Vollversammlung der Goldküstenmuttis plus Gatten, viele ebenso kunstsinnige wie solvente Einwohner und Freunde von St. Moritz sind erschienen, eine Tombola wird veranstaltet, Vittorio erläutert die Bedeutung des Projekts mit der üblichen Litanei: Umwelt, Verantwortung, Nachhaltigkeit, Hunger in der Welt. Hummer statt Hunger lautet hingegen die Devise an den Tischen hier. Ich blicke umher, links von uns der *gute Russentisch,* rechts eine Ansammlung rotgesichtiger deutscher Unternehmer (man weiß nicht, ob es Bluthochdruck, Alkoholismus oder Sonnenbrand ist, vielleicht ein Potpourri von allem): Wie schön, unter diesen wohlhabenden, erfolgreichen, ansehnlichen Menschen zu sein! Die Herren häufig mit einer Es-ist-erreicht-Haltung, die Damen wirken hingegen gestresster; unterschwellige Kämpfe werden ausgetragen: *Wer ist die Dünnste? Wer hat am meisten Klunker? Wer hat den reichsten Mann?* Der Zwang zum Vergleich macht sie fertig, lässt sie immer magerer, fadenscheiniger werden. Da gibt es die Dauerlächlerinnen und die Zwangslacherinnen. Letztere schaffen es in Situationen der Unsicherheit, sich mit einem raumfüllenden hysterischen Lachen eine Schutzhülle zu schaffen. Andere haben sich, um Übellaunigkeit und Unsicherheit zu überspielen, für die Lächelmaske, wie sie in Asien oder Nordamerika praktiziert wird, entschieden. Die muss dann aber perfekt sitzen, sonst wird es unfreiwillig komisch oder sogar tragikomisch, wenn etwa das gekünstelte Lächeln mit hängenden Augenlidern oder leerem Blick kombiniert wird. Groteske Varianten des traurigen Clowns, in Geld und Schmuck gebadet.

Habe Mitleid, weil ich eine innere Verwandtschaft mit ihnen spüre: Sitzen wir, die Künstler, nicht im gleichen Boot wie die Goldküstenmuttis? Tanzen wir nicht beide für Geld, bis wir in die Jahre kommen, machen Späße, machen uns und die Welt schön, um die reichen Männer zu unterhalten, auch wenn uns innerlich schon längst nicht mehr danach zumute ist? Sad Clowns unite!

13. Mai
Sonntag, Davos

Der Chrysler des Sponsors ist schon wieder kaputt, daher Rückfahrt nach Zürich mit dem Zug. Vittorio kommt später nach. Ich habe keine Lust mehr, ein Clown der Reichen zu sein. Dieses Herumscharwenzeln um die Sponsoren und Sammler, das ständige großspurige Getue, wichtigtuerische Reden von *Projekten* und *Visionen.* Fuck all the wannabes. In Davos Platz steige ich aus, wandere im Schneeregen zu Ernst Ludwig Kirchners ehemaligem Wohnhaus auf dem Wildboden. Das Holzhaus wirkt verlassen, ich dringe auf das Grundstück vor, schaue durch das Fenster hinein, setze mich auf die Veranda. Ein kalter Wind aus dem Sertigtal bläst mir ins Gesicht. Hier in dieser einfachen Hütte hat Kirchner mit seiner Frau gewohnt, gefroren im Winter, gelitten an der Einsamkeit, gemalt in einer niedrigen, dunklen Kammer mit Kanonenofen, bis zuletzt. Ein Aussteigerleben. Berlin, Dresden, Endstation Davos.

„Habe ich Heimat? Nein, Outsider hier, Outsider da, kein Mensch will mich haben. Allein, allein mit der Kunst." Ernst Ludwig Kirchner, Davoser Tagebuch

14. Mai
Montag, Zürich

Zwischenstopp in Rüschlikon, von dort ins nahe Kilchberg. Ein heftiger Temperaturanstieg im Unterland, feuchte Wärme staut sich am See. Nassgeschwitzt eile ich über den Friedhof, endlich finde ich mein Ziel, Thomas Manns Grabstein, benetze ihn mit meinem Schweiß.

15. Mai
Dienstag, Zürich

Treffe mit Vittorio bei Sprüngli einen hochnervösen Mailänder Kurator. Die beiden reden ungeheuer schnell, ich kann der Unterhaltung nicht folgen, bin noch nie einem Menschen begegnet, der derartig viele und verschiedene Übersprungshandlungen ausführte – ein Nervenbündel wie aus dem Psychosomatik-Lehrbuch: Ständig kratzt er sich während der Unterhaltung irgendwo, krault sich am Kinn, blickt unmotiviert zur Seite, aus dem Fenster oder an die Decke, wenn er spricht. Er kaut seine Brillenbügel beidseitig an, streicht sich unentwegt über den Hinterkopf (wovon er sicherlich bereits diese kahle Stelle bekommen hat).

16. Mai
Mittwoch, Zürich

In der Redaktion der Neuen Zürcher Zeitung in der Falkenstraße. Das richtige Organ, um das Manifest des Absentismus zu veröffentlichen! Dies muss natürlich sorgfältig angebahnt werden, ohne gleich die Katze aus dem Sack zu lassen. Mit dem Versprechen, ich hätte Insider-Informationen über ein außergewöhnliches künstlerisches Ereignis, konnte ich einen Termin bei Samuel Herzog erhalten. Der Kunstredakteur ist bereit, mich anzuhören, unglücklicherweise erleide ich ausgerechnet hier und jetzt einen Blackout, mein Mund wird trocken, die Zunge schwer, ich raune etwas von einer „großen Kunstaktion", über die ich die NZZ exklusiv und vorab informieren könnte, wenn es im Gegenzug die Möglichkeit gäbe, einen „aufsehenerregenden, programmatischen Beitrag mit philosophischem Tiefgang" ins Blatt zu bringen. Innerhalb weniger Sekunden wandelt sich das Gesprächsklima. Der Redakteur lächelt gütig ins Unbestimmte, er hält mich für einen Spinner, einen lallenden Idioten.

18. Mai
Freitag, Zürich

Begleite Vittorio zu einem Gespräch mit der Kuratorin Mirjam Varadinis ins Kunsthaus, es dient der Vorbereitung seiner Einzelausstellung 2014. Vittorio muss eilig zum nächsten Termin, doch ich will die Chance nutzen, dezent mein cOMEBACK (12) anzukündigen, verwickle die junge Kuratorin in ein Gespräch, lade sie zum Espresso ein, versuche ihre Aufmerksamkeit zu gewinnen, indem ich etwas von einer „großen Kunstaktion", von einem „bahnbrechenden" Ereignis raune, über das ich sie exklusiv und vorab informieren könnte. Sie zeigt sich vage interessiert, wimmelt mich auf eine charmante Weise ab, letztlich gehe ich mit leeren Händen.

„Ich weiß, dass mich niemand verstehen kann, doch es kümmert mich heute nicht mehr.“ Ernst Ludwig Kirchner

19. Mai
Samstag

Zurück in Böblingen. Unsere Reise – ein voller Erfolg für Vittorio. Seine Fango-Installation steht kurz davor, in Serie zu gehen: St. Moritz ist bereits sicher, Turin, Petersburg und Zürich rücken in greifbare Nähe, und Interessenten gibt es zudem in Shanghai, Singapur und Klagenfurt. Vittorio könnte in absehbarer Zeit ein Künstlermillionär werden, eines Tages sogar Hirst oder Koons beerben. Das, was Vittorio macht, steht im schärfsten Gegensatz zum Manifest des Absentismus. Vittorio und ich, einstmals wie in Symbiose miteinander verbunden – nun sind wir wie Feuer und Wasser.

Mir bleibt jetzt nicht mehr viel Zeit zwischen der Luxusreise durch die Schweiz und meiner entbehrungsreichen Pilgertour nach Kassel. Zeit das Manifest zu vollenden. Zeit, das Haus zu bestellen. Zeit, Mirjana als Muse und Komplizin zu gewinnen!

„Es hat mich getroffen, als ich diese Zeilen gelesen habe. Ronny, der mir gegenüber immer loyal gewesen ist, hat mich innerlich offenbar schon seit längerem als ‚Feind‘ betrachtet, als einen, der auf der anderen Seite steht, auf der Seite des Geldes, der Eitelkeit, der Verschwender und Ausbeuter. Und das ist absolut nicht wahr. Im Gegenteil: Indem ich bei den Reichen und Mächtigen für die Ideen des sozialen und ökologischen Wandels werbe, kann ich ihn erst möglich machen!"

Vittorio Bernasconi, Dezember 2012

20. Mai
Sonntag

Das Manifest des Absentismus ist fertig. Nach unendlich vielen Formulierungsvarianten, Vereinfachungen und immer weiteren Reduktionen bin ich zur Überzeugung gekommen: Es gibt schon genug wortreiche Manifeste, die auf ihre Weise zu Produkten des Marktes, des inflationären Kunstbetriebs, der geschwätzigen Kunstgeschichte geworden sind, es ist am besten, das Blatt bleibt völlig leer. Allein das ist konsequent. Nur in der Mitte steht in großen Buchstaben: Manifest des Absentismus, darunter in kleinerer Schrift: von Ronald Läpplinger.

21. Mai
Montag

Mirjana. Wieder satte 33 Grad im Schatten, dazu die enorme Luftfeuchtigkeit. Der wärmste Frühling seit Beginn der Temperaturaufzeichnungen, sagen die Meteorologen. Wir gehen Eis essen im Seegärtle. Der erste Satz auf der Speisekarte lautet: „Geöffnet nur für nette Leute". Trifft ohne Zweifel auf Mirjana zu, aber ich – ich fühle mich gleich etwas deplatziert. Was soll's. Mirjana plaudert locker, ich hingegen bin angespannt, denn heute habe ich mir vorgenommen, sie auf meine Seite zu ziehen, heute gehe ich aufs Ganze! Sie fragt: „Stimmt was nicht mit dir?" Wir schlendern zurück zum Parkplatz. Drückende Hitze über dem Asphalt. Jetzt oder nie! Ich fasse Mirjana entschlossen um die Hüfte, ziehe sie zu mir heran und, überrascht von meiner eigenen Kühnheit, küsse ich sie frontal auf den Mund! Eine gefühlte Ewigkeit lang erwidert sie meinen Kuss (tatsächlich kann es sich nur um eine, maximal zwei Sekunden gehandelt haben), dann schiebt sie mich weg: „Du Spinner!“

22. Mai
Dienstag

Alle Versuche, Mirjana mein Verhalten face to face zu erläutern, gehen ins Nichts. Sie ist für mich einfach nicht zu sprechen. Für heute habe ich mich deshalb im Vermögensanlagecenter der Kreissparkasse als „Prof. Dr. Diggler aus Stuttgart-Degerloch“ angemeldet, mit der Ankündigung, eine größere Summe anlegen zu wollen und mit dem ausdrücklichen Wunsch nach Frau Läpplinger als Beraterin, sie sei mir von zufriedenen Kunden empfohlen worden. Befriedigt stelle ich fest, dass nun auch sehr kurzfristig noch ein Termin zu haben ist. Ich sitze in einem Beratungszimmer, einen Blumenstrauß neben mir, man hat mir Kaffee gebracht, das Plätzchen esse ich immer als Erstes, und blättere in der Kundenzeitschrift. Auf Seite drei ein Foto von *Cleverle* Mirjana: „Mitarbeiterin des Monats“. „Herr Professor Diggler?“ Versunken ins Abbild dieser illyrischen Schönheit, schrecke ich hoch. Ein junger Mitarbeiter kündigt an, dass sich Frau Läpplinger ein wenig verspäten wird, ob ich noch einen Kaffee möchte? Kein Problem, ich habe Zeit. Zehn Minuten später steht sie in der Tür, wirkt etwas abgehetzt, erhitzt und stößt atemlos hervor: „Ich fass es einfach nicht!“ Sie dreht sich auf dem Absatz um, zischt im Weggehen: „Du kapierst es nie!“

„Mir wurde es jetzt ein bisschen unheimlich, Ronny war dabei, sich in eine Art Stalker zu verwandeln. Ich brauchte Abstand, er musste sich unbedingt abkühlen."

Mirjana Läpplinger, Dezember 2012

23. Mai
Mittwoch

Will Mirjana eine letzte und faire Chance geben, ihr Leben noch einmal entscheidend zu verändern, einen Neustart zu wagen. Habe sie per SMS gebeten, heute Mittag ins Café Frechdax in der Poststraße zu kommen. Nach 75 Minuten Wartezeit beginne ich ihr einen Brief zu schreiben, in diesem Brief lade ich sie feierlich ein, mich auf eine außergewöhnliche Reise zu begleiten. „Wake up and live your life see what there is to see ... why just sit complacent and let life pass you by / boredom is a choice I choose not to make / unlock that door, strive for more / there's a better path to take / Wake up and live breath every breath / Wake up and live ...!" [Anm.: Songtext Wake up and live der Band Youth of Today. Der Brief ist leider nicht erhalten, Mirjana Läpplinger hat ihn sofort nach Erhalt vernichtet.)

„Es war ja totaler Wahnsinn, was er da schrieb, das konnte man gar nicht ernst nehmen. Alles hinschmeißen, meine Arbeit (ich war ja gerade erst zur Abteilungsleiterin aufgestiegen, nach jahrelanger Fortbildung), die Familie einfach sitzenlassen (das konnte ich Matthias und den Jungs nicht antun). Allerdings hatte er mich damals tatsächlich so weit gebracht, dass ich überhaupt darüber nachdachte – wenn auch nur fünf Sekunden, dann war meine Entscheidung klar. Im Rückblick macht man sich natürlich immer Vorwürfe, ob ich ihn von dem hätte abhalten können, was dann kam."

Mirjana Läpplinger, Dezember 2012

24. Mai
Donnerstag

Habe mich mit Ben konspirativ verabredet. Auf seinen Vorschlag hin treffen wir uns im Eiscafé Venezia, wo es prima Spaghetti-Eis geben soll. Schnell wird aber klar, dass Bens Interesse nicht dem Eis, sondern einer Bedienung gilt, die ortsbekannte *schöne Albanerin,* siebzehn oder achtzehn Jahre alt, völlig außer Reichweite Bens, der sich bemüht, ihre Aufmerksamkeit mit immer neuen Sonderwünschen (extra Waffel, extra Sahne, noch eine Cola usw.) auf sich zu ziehen. So geht es den ganzen Nachmittag, bis die schöne Albanerin Feierabend hat. Am Ende muss Ben noch mit ansehen, wie sie von einem röhrenden schwarzen Dreier-BMW mit getönten Scheiben abgeholt wird. Der Arme, er muss sich ein paar Tränen aus den Augen wischen. „Vergiss sie", rate ich ihm. Zum Abschied ein kräftiger Händedruck.

25. Mai
Freitag

Vormittags im Freibad Silberweg. Nehme Abschied von den anderen Saisonkartenabonnenten, der Community der Nichtstuer, den Outsidern im Land der Vollbeschäftigung. Wieder fehlen zwei von den Ledermumien, die haben den Bronchitis-Winter nicht überlebt, aber es kommt ja auch immer Nachwuchs, frisch pensioniert, frühverrentet, freigestellt, fix & fertig. Habe in der Whirl-Liege beschlossen, die Reise nach Kassel zu Fuß zu bewältigen, Schritt für Schritt durch die Wälder und abgelegenen Landstriche Hessens.

Größtmöglicher Gegensatz zur Schweizer Luxusreise im Gefolge Vittorios. Dieses Schwelgen in Luxus und Konsum, die klebrige Kumpanei mit Sponsoren und Sammlern, die Heuchelei, die wie eine Monstranz vor sich hergetragene *kritische Weltsicht,* das schale Künstler-Rebellentum, das es sich in den Whirlpools der Fünf-Sterne-Hotels, bei den Dinnerpartys der Sammler, in den Förderprogrammen der Kantone und Stiftungen bequem gemacht hat. Anders die Reise nach Kassel: Die Einfachheit als Prinzip, dies als Konzentrationsübung für das große Ziel, als meditative Vorbereitung auf mein cOMEBACK (12). Ich werde wandern, unter freiem Himmel schlafen, allenfalls im Notfall in einfachen Landgasthöfen nächtigen, per Bus oder Anhalter reisen. Zweckmäßig und unauffällig werde ich mich ausstatten, mit Schlafsack, Laptop, Navigationsgerät und Outdoorkleidung.

Am Nachmittag im Goldenen Oktober, *d' Muddr* besuchen. Wir plaudern über dies und das. Trotz ihrer krankheitsbedingten Bräsigkeit: Sie hat den siebten Sinn, sie ahnt was, ob ich Schlingel was vorhätte, ich sei so anders als sonst? *I muas gau gau. Adele, Muddr!*

26. Mai
Samstag, Oberursel

Heute morgen *s'Heisle* verlassen, Tür abgeschlossen, Schlüssel unter die Fußmatte gelegt. Das Schneckenhaus ist leer, die Reise beginnt. Mit der Bahn zu Bernd und Liane nach Oberursel gefahren. Unangemeldet, die haben vielleicht doof geguckt, dann aber doch ihr Gästezimmer angeboten. *Guts Nächtle,* Bernd, *Guts Nächtle,* Liane, ihr werdet euch noch wundern!

„Ronny war ja in den letzten Monaten etwas

wunderlich geworden. Hauptsache, er trinkt und kifft nicht mehr, dachten wir uns. Doch dass er einfach verschwand – damit hatten wir dann doch nicht gerechnet. Ende Mai kamen eigenartige Mails und Anrufe von Leuten, die sich für unser Elternhaus interessierten, bei www.Immoscout365.de würde das Haus doch angeboten, mit meinen Kontaktdaten! Ich fuhr sofort hin. Das Haus war völlig leer, besenrein. Nur ein einziges Gemälde stand im Wohnzimmer, das Bild von uns drei Brüdern. Nachdem wir einige Tage lang überhaupt nichts mehr von ihm gehört hatten, sein Telefon war ausgeschaltet, auf Mails reagierte er nicht, gingen wir zur Polizei, um ihn als vermisst zu melden. Dort wurde uns aber gesagt, Ronald sei volljährig und voll zurechnungsfähig, und solange keine Gefahr für Leib oder Leben gegeben sei, werde man polizeilich nicht aktiv."

Matthias Läpplinger, Oktober 2012

„Als Ronny dann in voller Wanderausrüstung bei uns auftauchte, haben wir uns schon ein bisschen gewundert. Er meinte, er wolle einige Tage lang im Hochtaunus wandern, und ich habe mich davon beruhigen lassen. Im Rückblick komme ich mir wie ein Idiot vor, der die Zeichen nicht erkannte: Kunst-Zerstörungsaktion, das schwarz angestrichene Haus, die Wandertour ins Nirgendwo."

Bernd Läpplinger, Oktober 2012

27. Mai

Pfingstsonntag, Usingen

Keine Pilgerreise, keine Erleuchtung ohne Mühe, Leid und Gefahr! Stundenlang laufe ich bergauf. Auf der Suche nach einem Taschentuch finde ich in meiner Cargohose Weiweis Sonnenblumenkerne. Seit meinem Londonbesuch waren sie dort drin gewesen. Es sind dreizehn Stück. An einem Wegkreuz zwischen Schmitten und Finsternthal vergrabe ich zwölf Kerne dreißig Zentimeter tief im feuchten Waldboden, zur Freude künftiger Archäologen. Den dreizehnten behalte ich, wird er mir Glück bringen? Am späten Abend in Usingen angekommen. Völlig erledigt in einer Pension abgestiegen.

28. Mai

Pfingstmontag, Wetzlar

Tagesmarsch über Waldsolms, Braunfels, Werdorf. Ausgestorben wirkende Dörfer am Wegesrand. Man spürt die misstrauischen Blicke aus den Fensterhöhlen, wie toxische Strahlen durchdringen sie die Wohnzimmergardinen, brennen sich in meine Haut. Endlich sehe ich jemanden im Garten werkeln, rufe ein „Grüß Gott" über den Zaun, der Mann dreht sich wortlos weg. In einem Waldstück nördlich der A45 bei Wetzlar schlage ich mein Nachtlager auf. Beobachte die Fledermäuse über einer nahen Lichtung. Wind kommt auf, kündigt einen Wetterwechsel an. Nachts erwache ich von einem quietschenden Geräusch, es lässt mir keine Ruhe, ich stehe auf, leuchte mit der Taschenlampe in die Bäume, finde erleichtert die Ursache: ein halb umgestürzter Baum scheuert sich am benachbarten Stamm.

29. Mai
Dienstag, Neukirchen im Knüllwald

Nach traumloser Nacht weckt mich der Regen, der im Laufe der Morgenstunden immer stärker wird. Ein Weiterkommen im nassen Wald ist bald unmöglich, alles total glitschig. Zum Glück finde ich auf dem Autobahnrastplatz Kochsgrund einen LKW-Fahrer, der mich bis zum Hattenbacher Dreieck mitnimmt. In einem Waldstück bei Erzebach, nördlich von Kirchheim, stoße ich auf eine Holzhütte, die als Nachtlager geeignet erscheint, werfe im Schein des Feuerzeugs noch einen letzten Blick auf die Seite drei der Kundenzeitschrift der Kreissparkasse Böblingen, die ich sorgsam gefaltet in meinem Rucksack aufbewahrt habe: „Mitarbeiterin des Monats: Mirjana Läpplinger, Bankbetriebswirtin, B. A. Finanzdienstleistungen, Abteilungsleiterin Privatkunden im Vermögensanlagecenter". *Adele, mei Mädle.* Ich zerknülle das Blatt und werfe es ins feuchte Unterholz.

30. Mai
Mittwoch, Rotenburg

Obergeis, Untergeis, Rohrbach und Tann heißen die Dörfer, die ich passiere. Meine Sachen sind klamm, trocknen kaum beim Gang durch den regennassen Forst. Schließlich laufe ich lange durch ein riesiges Waldstück, ohne einen Menschen zu sehen. Ein feiner Regen setzt ein, der über Stunden anhält. Ich habe den Eindruck, im Kreis zu gehen, stoße entsetzt auf Wegmarkierungen, die von mir selbst stammten. Am Abend erreiche ich einen Weiler namens Wüstefeld, erschöpft und völlig durchnässt. Ich bräuchte eine trockene Unterkunft. In meiner Not klopfe ich an die Türen, doch der Ort scheint völlig verlassen. Die Tür eines ungepflegten Fachwerkhauses ist nur angelehnt, niemand reagiert auf mein Klopfen, ich könnte einfach hineingehen, das Haus wirkt unbewohnt, doch irgendetwas stimmt nicht, eine innere Stimme sagt mir, weiterzugehen. Am Ende schleppe ich mich noch zwei, drei Kilometer weiter bis Rotenburg an der Fulda, und finde völlig fertig Einlass in der Jugendherberge der Stadt. Außer mir ist nur noch ein einziger Gast im Speisesaal, ein Zürcher Verleger namens Peter Graf, auch er völlig entkräftet nach stundenlangem Fußmarsch hier eingetroffen. Mit tränenerstickter Stimme berichtet er, man habe ihm bei einer Pinkelpause das Auto gestohlen, einen nagelneuen, kristallweißen Offroader, ML 300 CDI, 204 PS, in Grand-Edition-Ausführung, Allradantrieb permanent, Downhill Speed Regulation, es ist ein Jammer. Der Herbergsvater, ein bleicher Mann mit tiefen Augenringen, bringt Graubrot, Leberwurst und dünnen Hagenbuttentee. Er setzt sich zu uns an den Tisch, fängt an zu erzählen: „Es war einmal ein […] [die Seite wurde abgerissen]

31. Mai
Donnerstag, Auf dem hohen Meißner

Um weiter Richtung Norden zu kommen, muss ich Rotenburg durchqueren, ich komme an einem Drogeriemarkt vorbei, schaue beiläufig durch die Scheibe: Die Kassiererin! Das hochgesteckte, dunkelbraune Haar, der schlanke Hals, die Haltung! Mein Gott, es ist Mirjana! Ich stürze in die Schleckerfiliale, erschrocken springt die Kassiererin auf, sie glaubt an einen Überfall, doch ebenso erschrocken bin ich selbst, denn es ist – nicht Mirjana. Ich stammle „Verzeihung“, kaufe irgendwas, laufe weiter, totally disordered, totally fucked up.

Angereichert vom Niederschlag der letzten Tage, strömen die opaken Wasser der Fulda nordwärts. Ich überquere den Fluss, laufe lange auf einem bewaldeten Bergkamm in nördlicher Richtung, vorbei an Stolzhausen. Ich werde das Gefühl nicht los, dass mir etwas folgt, als ob ich einen Blick im Nacken spürte. Pure Einbildung, Spätfolge meines exzessiven Horrorfilmkonsums. Jetzt beginnt sich alles zu einem diffusen Bedrohungsmix zu mischen – ein Medley aus American Werewolf, Blair Witch Project, Wrong Turn und vielem mehr. Ronny allein im Wald. Shit. Bleib einfach cool, bleib einfach cool. Immer wieder drehe ich mich unvermittelt um, doch nichts ist zu sehen! Hinter Wollstein wird dieses Gefühl, dieses Bohren im Nacken, vollends unerträglich. Ich springe plötzlich zur Seite und wende mich um, da sehe ich tatsächlich ein Tier im Unterholz verschwinden, einem Fuchs ähnlich, nur größer und dunkler. […] [unleserliche Passage]

15.10 Uhr. Die Wolkendecke reißt auf, es wird jetzt rasch wärmer. Bei Küchen unterquere ich die B7 und raste auf dem Dorfplatz. Ein blinder Greis sitzt auf der Bank, ich frage nach dem Weg. Er gibt mir Auskunft, doch möge ich den Weg durch den Weißgrund meiden. Dann erzählt er von Wüstungen, Dörfern, die im Mittelalter infolge von Pest, Krieg und Klimaverschlechterungen wieder aufgegeben wurden. Manchmal finde man noch Spuren dieser glücklosen Siedlungen in der Landschaft. Immer wieder hörten Bauern und Wanderer an diesen verlassenen Orten Stimmen und Rufe, manchmal sogar Glockengeläut aus der Tiefe des Bodens, man sah dort nächtliche Lichter. Von Wüstungen wurde auch berichtet, dass die dort wachsenden Bäume welkes Laub und niemals Früchte trugen. Und niemand nahm gerne Bauholz aus dem darüberwachsenden Wald, um den Fluch nicht ins eigene Dorf und Haus zu übertragen.

16.50 Uhr. Ich beginne mit dem Anstieg auf den Hohen

Meißner, passiere den Karlsstollen und das ehemalige Bergarbeiterdorf Schwalbenthal. Am Abend, mit den letzten Strahlen der Sonne, erreiche ich den Aussichtspunkt Kalbe, und schlage oberhalb eines Teiches mein Nachtlager auf, offenbar ein vollgelaufener aufgegebener Tagebau, der Frau-Holle-Teich genannt wird. Mitten in der Nacht schrecke ich hoch. Schreie, Gurgeln und Geräusche spritzenden Wassers sind zu hören. Ich gehe zum Ufer, Gott, da ist wirklich jemand im Wasser, ruft um Hilfe, ich wate hinein und erkenne im Mondschein – Frau Dr. Wiehager! „Halten Sie aus, ich bin gleich da", rufe ich, doch sie ist plötzlich verschwunden.

1. Juni
Freitag, im Kaufunger Wald

Habe wie ein Stein geschlafen. Was war da nur in der Nacht gewesen, im Wasser? Meine Sachen sind völlig trocken. Frau Dr. Wiehager? Es muss einen Alptraum gewesen sein. Laufe in nordwestlicher Richtung zur Kasseler Kuppe, vorbei an stillgelegten Steinbrüchen, durch Wiesen und Waldstücke. Es ist drückend warm geworden, enormer Temperaturanstieg innerhalb weniger Stunden, trotz der dichten Wolkendecke. Ein Klima wie auf der Venus. Der Schweiß läuft in Strömen. Donnergrollen im Hintergrund, doch kein Tropfen Regen fällt. Über Trubenhausen und den Steinberg soll's ins idyllische Niestetal gehen, von dort in einem Bogen in südwestlicher Richtung nach Kaufungen. Am Mäuseborn, östlich von Großalmerode, begegnet mir ein Wanderer, bestimmt an die neunzig Jahre alt, wo ich denn hinwolle, fragt er, hört aufmerksam zu, als ich ihm meine Route erkläre. Ob ich denn wisse, dass hier im Wald merkwürdige Dinge vor sich gingen? Ob ich die Geschichte kenne, wie der Wald einen Mann verschluckte, oder die von dem Jungen, der hier, immer im Kreis gehend, nicht mehr aus dem Forst herausfand? Er begann zu erzählen: Vor Jahrzehnten, da sei er noch ein junger Mann gewesen, da hätten Holzfäller im Bocksloch vom Sturm entwurzelte Bäume zersägt. Als sie aber den Stamm einer riesigen Fichte von ihrem Wurzelteller abtrennten, federte der Wurzelteller mit Wucht in das Loch zurück, das er aus dem Boden gerissen hatte. Dort aber hatte der Waldarbeiter Eduard Ross gestanden. Nun war er spurlos verschwunden, in den Boden gepresst, verschluckt, erdrückt von den mächtigen Wurzeln des Baumes. Und dort oben, im Quellgebiet der Nieste, da sei in den 1980er Jahren einmal ein Junge in den Wald gelaufen, er war wohl dreizehn, vierzehn Jahre alt, geistig etwas zurückgeblieben. Jahrelang sei er vermisst gewesen, dann fand man seine ausgeblichenen Gebeine, zerstreut auf der Fläche eines Quadratkilometers. Ich wiegle ab, zeige ihm mein hochwertiges Navigationsgerät: „Ich kann mich gar nicht verlaufen!"

Ein großes unbewohntes Gebiet liegt jetzt vor mir. Der Anstieg schlaucht, an einem kleinen Waldsee will ich pausieren. Doch als ich näher komme, stockt mir der Atem: Das Wasser ist blutrot! Ich laufe zügig weiter zum Bilstein, hier steht ein Aussichtsturm, er wirkt verlassen, die Tür ist verschlossen. Gegen 17.00 Uhr ist der Akku meines Navis leer. Die letzte Information war, dass ich mich südlich der Ortschaft Kleinalmerode befand. Schon nach einer Stunde habe ich völlig die Orientierung verloren. Gegen 21.00 Uhr erreiche ich die Kuppe des Mühlesteins, wo ich mein Nachtlager aufschlage. Ich schweife noch etwas umher, stoße auf eine Gedenktafel, sie erinnert an einen Ballonfahrer, der vor fast hundert Jahren an dieser Stelle in einem Gewittersturm verunglückt war. Ein Blitz hatte das Gas seines Vehikels zur Explosion gebracht, nach tagelanger Suche fand man den zerfetzen Leichnam an dieser Stelle.

2. Juni
Samstag, im Kaufunger Wald

Noch immer eine dichte Wolkendecke, die die Orientierung nach der Sonne unmöglich macht. Vereinzelt treffe ich auf Wanderwegsmarkierungen des Frau-Holle-Pfades und auf Wegweiser, die mir nichts sagen: Hungershäuser Berg, Dragonerloch, Hellberg. Kein Mensch weit und breit, den ich fragen könnte. Und es dämmert schon. Endlich ein brauchbarer Hinweis: Großer Steinberg! Ich bin auf dem richtigen Weg, doch heute werde ich nicht mehr viel weiter kommen. Am Ufer eines kleinen Teiches rolle ich meinen Schlafsack aus. Eine unruhige Nacht, mehrmals erwache ich und bin mir sicher, in einiger Entfernung Caligula lachen gehört zu haben. [...]
[unleserliche Passage]

3. Juni
Sonntag, im Kaufunger Wald

Lästiger Juckreiz in den Leisten und Kniekehlen. Laufe auf einem Fahrweg, bis ich das Dröhnen eines Laubbläsers höre. Zum ersten Mal seit 48 Stunden ein Mensch! Ich komme zu einem umzäunten Schrebergarten, mitten im Wald gelegen. Ein Hundekopf-Schild warnt: „Privatbesitz! Hier wache ich!“ Penibel gepflegter Rasen, geharkte Wege, der Laubbläser bemüht sich, in den Garten hereingewehte Blätter wegzupusten, eine wahrhafte Sisyphusaufgabe. Ich winke ihm zu, er schaltet das Gerät aus, kommt näher, ein schwitzender Mann um die fünfzig mit bösem kalten Blick. Die Physiognomie kommt mir bekannt vor, ich habe einen üblen Verdacht, höflich frage ich nach dem Wanderweg vom Steinberg nach Kaufungen, dem Kasseler Weg. Er sagt mir, ich sei völlig falsch, dies hier sei der Große Steinberg, nicht der Steinberg, ich hätte wohl die beiden verwechselt, nun sei ich zwanzig Kilometer zu weit nach Norden gegangen. Mein Gott, jetzt bin ich ganz sicher, es ist der Gartennazi! Er tut so, als ob wir uns nicht kennen! Doch ich lasse mir nichts anmerken. Durch den Benteröder Forst und das Tal des Endschlagbaches könne ich, fährt der Mann fort, wohl auch nach Kaufungen gelangen, ob ich das allerdings noch heute schaffe, wage er zu bezweifeln. Ich laufe in die von ihm gewiesene Richtung, durch welliges Gelände, stundenlang. Finde gegen Einbruch der Dämmerung einen verkommenen Unterstand, davor eine Feuerstelle. In der Asche schimmert etwas Weißliches, ich stochere darin herum, ein dicker länglicher Knochen, ein Femur, kommt zum Vorschein, von welchem Tier mag er wohl stammen? Ich sammle Brennmaterial und Zunder, das feuchte Holz qualmt mächtig, später knistern die Flammen. Zufällig fällt mein Blick auf den Boden, im Feuerschein sehe ich weitere Knochen, könnten es, frage ich mich mit aufkeimenden Entsetzen, könnten es Tibia und Fibula sein, menschliche Gebeine?

4. Juni
Montag, Kassel

Ich bin die ganze Nacht am Feuer geblieben, sprungbereit, mit einem dicken Knüppel in der Hand. Mit dem ersten Tageslicht bin ich aufgebrochen, ohne Blick für die idyllische Landschaft, für die lieblichen Täler des Wengebachs und der Nieste, die ich nun endlich erreicht habe, doch durchquere ich sie rastlos, um auf kürzestem Wege nach Kaufungen zu gelangen.

16.28 Uhr. Steige durchgeschwitzt und verdreckt in Kaufungen in die Regionalbahn 4, die mich in die City bringt.

Ich muss furchtbar aussehen (und riechen), doch die anderen Fahrgäste schauen nicht mal auf. Erst jetzt bemerke ich wieder den höllischen Juckreiz in den Kniekehlen und Leisten, mindestens ein Dutzend Zecken muss sich dort festgesetzt haben. In der Oberen Königsstraße, am Rathaus, muss ich umsteigen. Neben mir wartet eine junge Mutti, im Kinderwagen sitzt ihr strammer Bub, sicher schon an die vier Jahre alt, nuckelt an einem Milchfläschchen, fixiert mich dabei scharf. Plötzlich nimmt er das Fläschchen aus dem Mund, zeigt mit seinem Speckfingerchen auf mich und sagt unüberhörbar: „Guck ma, Mami, ein Penner!"

Zum Glück kommt die richtige Bahn. Einchecken im Hotel Gude im Stadtteil Niederzwehren, wo bereits Berühmtheiten wie Roland Kaiser, DJ Bobo und Joseph Beuys abstiegen (genau deshalb habe ich hier reserviert). Völlig fertig gehe ich in den Wellnessbereich hinab, wundere mich, die Sauna scheint in Betrieb zu sein, bei den hohen Außentemperaturen, da will's wohl einer wissen. Ich blicke auf dem Weg zum Pool im Vorbeigehen scheu durch die Glastür der Sauna, ich glaub's nicht, da sitzt doch tatsächlich Carolyn Christov-Bakargiev drin! Ich drehe um, öffne die Tür, heißer Dampf hüllt mich ein, ich sage: „Excuse me, Mrs Christov-Bakargiev, may I introduce myself, my name is Ronald Läpplinger, and I am an artist based in Böblingen", doch als der Dampf verflogen ist, sehe ich: Die Sauna ist vollkommen leer. Bin ich dabei, meinen Verstand zu verlieren?

5. Juni
Dienstag, Kassel

Bereits heute Morgen 28 Grad. Ich hoffe, in der Karlsaue Kühlung zu finden, stehe vor der Orangerie, ein elegantes Gebäude. Bei der d8 war der Apollosaal Schauplatz einer großartigen Videoinstallation gewesen, erinnere ich mich, Fabrizio Plessis Roma. Der Raum war in rotes Licht getaucht und erweckte den Eindruck, man stünde im glühenden Zentrum eines Hochofens und würde jeden Augenblick von der Hitze verschlungen. Ich laufe weiter auf der Wiese, hier irgendwo muss während der documenta X der Schweinestall von Carsten Höller und Rosemarie Trockel gewesen sein. Von jener dX, von der heute noch viele Kuratoren und Intellektuelle schwärmen, ist mir fast nichts in Erinnerung geblieben. Außer dem Schweinestall in der Aue, wohltuend theoriefrei und beim Publikum äußerst beliebt. (Was als theoriefreie und familienfreundliche Erholungszone daherkam, hatte natürlich einen beunruhigenden Kontext von Evolutionstheorie, kommerzieller Züchtung und Massentierhaltung).

Ich laufe tiefer in den Park hinein, an den Ufern von Hirsch- und Küchengraben drängen sich alte und einsame Menschen, die trotz der Wärme lange Mäntel tragen, umflattert von Tauben- und Spatzenschwärmen. Tütenweise angeschleppte Brotreste liegen herum, aufgeweichte Brötchen und Brotlaibe treiben auf der Oberfläche des Aueteichs, zusammengeschoben zu dicken Teppichen alter Backwaren, durchpflügt von zuckerkranken Enten und adipösen Schwänen. Die trüben Fluten der Fulda wälzen sich vorbei, ich überquere den Fluss auf einer Fußgängerbrücke. Dicke Faulschlammschichten im Buga-See, mit Billiarden von Würmern und Mückenlarven besiedelt. Die Algenblüte beginnt. Fango Cassalla – (ich drücke Vittorio die Daumen für die documenta 14). Das Wasser ist trüb, grünlich bis gelbbraun gefärbt, die Sichttiefe liegt bei gerade mal zwanzig cm. Ich verlasse die Aue und gehe über den Friedrichsplatz. Rotgesichtige Trinker, wie von Frans Hals gemalt, schleppen Bierkästen heran, auf der Oberen Königsstraße flanieren wurstessende Männer mit gewaltigen Trommelbäuchen, Omis in Super-Size, dralle Muffin-Top-Girls, Big-Butt-Parade nonstop. Fettiger, dichter Qualm aus den Dönerbuden verdunkelt den Himmel, Softeisberge wollen aufgeschleckt werden, die Nussstangen in den Kamps-Filialen, zu hüfthohen Pyramiden gestapelt, schwitzen vor sich hin. Hypertrophie. `[Anm.: Hypertroph (Trophiestufe IV, auch Polytroph) nennt man Gewässer, deren Nährstoffgehalt und damit Biomassenproduktion so hoch ist, dass bis zum Ende der Sommerstagnation der Sauerstoff in den bodennahen Schichten weitgehend aufgebraucht wird.]`

6. Juni
Mittwoch, Kassel

In der Oberen Königsstraße heute Mittag schlimmen Horrortrip erlebt. Manchmal, in dichten Menschenmengen, erblickt man zufällig eine nebensächliche Erscheinung, ein winziges Detail, das spontan Abscheu auslöst. Fatalerweise erweitern sich nun die Wahrnehmungskanäle für alles Ekelhafte, während sich diejenigen für das Schöne und Angenehme zu verschließen beginnen. Es fängt ganz langsam mit Kleinigkeiten an, die man entdeckt, ein Ausschlag, ein böser Blick, fettiges Haar, eine Säufernase, und steigert sich schnell: immer mehr monströse, unheilvolle Gestalten tauchen im Passantenstrom auf, der am Ende zum Mutantenstadel, zur Zombie-Invasion wird. Die Menschenmengen in der Königsstraße, gierige, hastige Shopper, sie beginnen mir Angst zu machen, Day of the Dead, Dawn of the Dead, morgen sind die Geschäfte zu, morgen ist Fronleichnam. Ich flüchte in voller Panik in die Fünffensterstraße, verstecke mich in einem kleinen, schummrigen Lokal namens Nighttime zwischen den Spielautomaten, ich rufe Hüseyin an. „Hol mich hier raus, Amca, hilf mir, Abi", bettle ich ihn wimmernd an, doch er lehnt die 360 km-Anfahrt entrüstet ab, zischt: „Ronny, du solltest aufhören zu trinken", und drückt mich weg. Ein Kasseler Taxi bringt mich schließlich nach Niederzwehren. Werde das Hotel heute besser nicht mehr verlassen. Ich weiß nicht, was mit mir los war. Big in Böblingen, kaputt in Kassel.

0.30 Uhr. In der Hotelbar komme ich mit einem betrunkenen Journalisten ins Gespräch. Nach neuesten Informationen soll sogar der Bundespräsident am morgigen Empfang teilnehmen, begleitet von einigen Fernsehsendern. Bundespräsident Friedrich Golff, bislang eine eher biedere Erscheinung (äußerlich eine Mischung aus Kurt Krömer und David Hasselhoff), war mir bisher nicht als Kunstfreund aufgefallen. Doch seit seiner Transvestiten-Affäre steht das Staatsoberhaupt unter ziemlichem Druck. Sitten wie im alten Rom! Damit er nicht als neuer Caligula, als neuer Elagabal in die deutsche Nachkriegsgeschichte eingehe, haben ihn seine Berater nun dazu angehalten, mit was Positivem, Anspruchsvollem in die Schlagzeilen zu kommen, also: Handshake mit Künstlern, High Art statt Boulevard, der Präsident als verständiger Schirmherr der schönen Künste! (Vermutlich hatten ihm die gleichen Berater zuvor zu jener fatalen Transvestiten-Affäre geraten, damit Golff endlich sein Langweiler-Image loswerde.) In jedem Fall werde der Bundespräsident diesmal wieder von seiner attraktiven, gut zwanzig Jahre jüngeren Frau begleitet. Der betrunkene Journalist erklärt mit anzüglichem Grinsen, die First Lady habe eine Schwäche für krasse Tribaltattoos, und zwar nicht nur am Oberarm!

7. Juni
Donnerstag, Kassel

Sitze in einem Straßencafé auf dem Königsplatz. Es geht mir wieder gut, sehr gut sogar! Der Strom der Passanten zieht vorbei. So viele gute, sympathische Gesichter! Friedlich und freundlich, gutgenährt und gesund, das Volk von Kassel! Heiter und anmutig schreiten die Menschen durch die sauberen Gassen zu ihren blankgeputzten Autos, tragen ihre wohlverdienten Einkäufe nach Hause, in ihre gemütlichen Stuben! Überflutet von grenzenloser Menschenliebe erhebe ich mich aus dem Monoblock-Sessel, breite die Arme aus, rufe laut: „Ich liebe euch alle! Ecce homo! Ecce homo!“ Lächelnd gehe ich auf eine stattliche, über und über mit Lidl- und Kaufhoftüten behängte Matrone zu, frage sie: „Woher kommt Ihr, gute Frau, wohin geht Ihr?“ Perplex antwortet sie: „Aus Lohfelden komm ich, zum Citypoint will ich! Aber wer sind Sie denn?“ Weinend falle ich ihr um den Hals, schluchze hemmungslos: „Ich bin der Gekreuzigte, ich bin der Gekreuzigte!“

Ein Nervenzusammenbruch, ohne Frage. Ist mir noch nie passiert. Peinlich. Die Polizei hat mich wieder ins Hotel gebracht. Ein Tag misanthroper Horror, ein Tag Menschenliebe außer Rand und Band. Ich bin emotional völlig instabil. Es ist die Nervosität, das cOMEBACK (12) rückt unaufhaltsam näher.

8. Juni
Freitag, Kassel

Der Tag meines cOMEBACK (12). Habe das Manifest des Absentismus per Mail an den Spiegel, die FAZ, die New York Times, den Guardian, die Repubblica, an die NZZ und an Le Monde geschickt. Es gibt kein Zurück mehr. Die

Fucker-Uniform hängt im Hotelzimmerschrank bereit, sie war leicht zu imitieren: Schwarze Fliege, Hose und Schürze, weißes Hemd. Mein Plan: Erst auschecken und mein Quartier im Luftbad Waldwiese beziehen. Am Nachmittag dann zum Fridericianum, die rückwärtigen Türen zur Hofseite im Blick behalten, das Hin und Her der Fucker beobachten, in einem günstigen Moment eine Kühlbox schnappen und hinein! Sofort im Treppenhaus in den Keller runter, umziehen, die dort deponierten Nebelkerzen präparieren und warten. Kurz nach Beginn der Feier im Treppenhaus hochsteigen, mich auf die Brüstung der ersten Etage stellen, die Rauchbomben zünden, während die fünfhundert Manifest-Flugblätter auf die Festgesellschaft in die Rotunde hinabsegeln. Im allgemeinen Chaos wieder durch den Keller verschwinden (den Weg durchs Treppenhaus finde ich inzwischen mit geschlossenen Augen, so oft bin ich ihn schon abgeschritten). Vor dem Ausstieg ziehe ich mich rasch um und fahre ganz easy zurück zur Hütte auf der Waldwiese. Hundert Tage lang wird man nach mir suchen, hier und da werde ich auftauchen, falsche Fährten legen, Spuren und Zeichen hinterlassen, immer wieder wird an den unwahrscheinlichsten Stellen der documenta überraschend Rauch aufsteigen, Rauchzeichen, auf die man in wilder Panik reagieren wird, Rauchzeichen, die das Manifest des Absentismus ankündigen werden. Ich werde das Top-Gesprächsthema der documenta sein, bis am letzten, am hundertsten Tag der Ausstellung wieder eine wundersame, geradezu gigantische Rauchwolke erscheint (für dieses Finale verwende ich den Monster-Nebelkörper DM25 mit seinen neun kg Nebelstoff), in deren Mitte ich unbeweglich stehend sichtbar werde, sobald sich der Rauch verzogen hat …

„Das Große ist nicht etwas Zufälliges, sondern muss recht sehr gewollt sein.“ Vincent van Gogh

„DOCUMENTA-FEIER VON ANSCHLAG ÜBERSCHATTET
Kassel (dpa) Die Premierenfeier im Rahmen der morgen eröffnenden Kunstausstellung dOCUMENTA (13) in Kassel wurde von einem Anschlag überschattet. Wenige Minuten nach Beginn der Veranstaltung im Museum Fridericianum, bei der zahlreiche Gäste aus der Kunstszene, aus Wirtschaft und Politik geladen waren, wurde ein Täter in unmittelbarer Nähe des Bundespräsidenten beim Versuch überwältigt, einen Sprengkörper zu zünden. Unter den Gästen brach Panik aus. Über die Zahl der Verletzten ist noch nichts bekannt. Nach der Räumung des Gebäudes riegelten Polizeikräfte die umliegenden Straßen ab. Die Suche nach weiteren Sprengsätzen dauert zur Zeit noch an."

FOCUS-Online-Live-Ticker 8. Juni 2012, 20.17 Uhr

[9. Juni
Samstag, Kassel]

„DOCUMENTA-ERÖFFNUNG GESICHERT – HINTERGRÜNDE DES ANSCHLAGS WEITER UNGEKLÄRT
Kassel (dpa) Morgen Vormittag findet die aus Sicherheitsgründen verschobene Eröffnung der dOCUMENTA (13) definitiv statt. Polizei, Landes- und Bundeskriminalamt haben grünes Licht gegeben. Nachdem keine weiteren Sprengsätze gefunden worden waren und zusätzliche Sicherheitskräfte sowie spezielle Antiterroreinheiten in Kassel eingetroffen waren, sei die Sicherheitslage hinreichend geklärt, trotz eines inzwischen aufgetauchten Bekennervideos

von ‚Al-Kaida-Nordhessen'. Die Hintergründe des Anschlags vom vergangenen Freitag, bei dem es 58 Leichtverletzte gab, sind nach wie vor ungeklärt. Neben dem islamistischen Bekennervideo sind weitere Selbstbezichtigungen linksextremer und rechtsextremer Gruppierungen aufgetaucht. Analysen des Sprengsatzes haben ergeben, dass es sich um Rauchbomben aus Bundeswehrbeständen handelt. Der Täter wurde bei dem Einsatz von Sicherheitskräften schwer verletzt und liegt seit dem Vorfall im Koma. Seine Identität wird mit Ronald L. aus Böblingen angegeben. Der psychisch auffällige 47-jährige Mann war bereits wegen Fahrens unter Drogeneinfluss, Ruhestörung und groben Unfugs aktenkundig geworden. Ob es sich bei ihm um einen Einzeltäter oder ein Mitglied extremistischer Gruppierungen handle, müsse noch ermittelt werden."

Spiegel Online 9. Juni 2012, 17.03 Uhr

„Es war die Hölle! Ich stand in der Rotunde, ins Gespräch vertieft mit dem Bundespräsidenten und Frau Christov-Bakargiev, plötzlich schauten alle nach oben, ein Raunen ging durch die Menge. Ein Mann in einem langen, weißen Gewand war auf die Balustrade im ersten Stock geklettert, er holte etwas heraus, das wie eine Handgranate aussah, kurz darauf fing dieser Gegenstand zu qualmen an. Frau Christov-Bakargiev, begann zu kreischen: ‚Oh no, oh no, oh my god!' Jemand rief: ‚Ein

Attentäter!' Die Bodyguards und die Transvestiten warfen sich aufopferungsvoll auf den Bundespräsidenten, der wiederum warf sich auf mich, wir alle stürzten, unglücklicherweise bildete ich nun die Basis dieser Menschenpyramide, irgendwie muss es mir gelungen sein, mich aus dem Knäuel hinauszuwinden. Unter den Gästen war helle Panik ausgebrochen, wir alle drängten unter gellenden Schreien zum Ausgang. Zum Glück wurden alle drei Türen zum Foyer gleichzeitig geöffnet, und der Qualm zog rasch nach oben ab. Währenddessen segelten Flugblätter auf uns herab, geistesgegenwärtig griff ich mir eines, es stand nichts darauf außer ‚Manifest des Absentismus von Ronald Läpplinger'!"

Christian Saehrendt, Interview im Heute Journal, 9. Juni 2012

„Ja, der Ronny, wie es schön war, als er wieder nach Hause gekommen ist … er hat immer so gerne Maultaschen und Flädlesuppe mit Rindfleisch gegessen … nur dass er morgens so lange geschlafen hat, das ging doch nicht, was sollten denn die Nachbarn denken!? Ich bin deshalb immer um halb sechs Uhr früh in sein Zimmer gegangen und hab die Vorhänge aufgezogen … er war ein so guter Junge. Er war so ein guter Junge."

Johanna Läpplinger, Oktober 2012

Nachwort

„Seit dem 8. Juni 2012, seit seiner Performance im Fridericianum liegt Ronald Läpplinger im Koma. Wie sich herausstellte, hatte er das Gleichgewicht verloren, als er auf dem Balustradengeländer im ersten Stock des Fridericianums stand, um die Rauchbomben zu zünden. Die erste Bombe konnte er noch zünden, dann kippte er, allerdings nicht nach vorn, in die Festgesellschaft sieben Meter unter ihm, sondern nach hinten, und schlug mit dem Hinterkopf auf dem Boden auf, so unglücklich, dass er ein starkes Schädel-Hirn-Trauma erlitt (die Personenschützer des Bundespräsidenten haben sich dies später als Abwehrerfolg an die Brust geheftet, sie haben dafür hohe Auszeichnungen erhalten). Wann Ronny wieder aufwacht, ist unklar. Er hat, so viel ist sicher, mit dieser Aktion einen gewissen Bekanntheitsgrad erworben, wenn auch nicht, wie er sich erhofft haben mag, im seriösen Kunstbetrieb. Stattdessen hat sich im Internet eine bizarre Fangemeinde von Esoterikern, politischen Wirrköpfen und Untergangspropheten gebildet, die Ronny als Medium verehren. Immer wieder dringen wildfremde Besucher in die Intensivstation des Heidelberger Uni-Klinikums vor. Der Höhepunkt dieser Umtriebe wurde im Februar diesen Jahres erreicht, als der Basler Hellseher Nike Rhiva von Ronnys Mutter die Einwilligung erhielt, den Bewusstlosen durch eine Gesprächstherapie zu heilen. Tagelang saß Rhiva an Ronnys Krankenbett, bis Matthias und Mirjana dem Spuk ein Ende machten. Daraufhin reiste Rhiva wieder nach Böblingen und forderte von Johanna unter Einsatz von Hypnosetechniken, dass sie ihm die Vormundschaft über den Kranken übertrage (!). Zum Glück erwies sich Johanna Läpplinger als hypnoseresistent. Vor diesem Hintergrund ist es umso wichtiger, dass Ronny nicht als okkulter Spinner rezipiert wird, sondern dass das ernstzunehmende Motiv seines Handelns nicht in Vergessenheit gerät. Mit dieser Tagebuchedition möchte ich dazu beitragen, Ronnys Position der radikalen Verweigerung, die er in seinem Manifest des Absentismus zum Ausdruck brachte, verständlich zu machen. Denn vielleicht ist es gegenwärtig die einzige Strategie, der tödlichen Beliebigkeit in der Kunst entgegenzutreten. In einer Zeit, in der alles Kunst sein kann, jeder beliebige Gegenstand, jede beliebige Aktion, in der sich alles und jeder mit dem Signum ‚Kunst' schmückt, droht die Kunst zu verschwinden. Das Verschwinden des Künstlers – vielleicht das letzte Mittel, die letzte Verteidigungslinie gegen die Überwucherung der Kunst durch die Kräfte des Kapitals, des Marketings und kommerziellen Entertainments –, nachdem alle subversiven Strategien seit den 1960er Jahren gescheitert sind, indem sie vom Markt verdaut wurden."

Christian Saehrendt

Christian Saehrendt studierte zusammen mit Ronald Läpplinger an der Hochschule für bildende Künste Hamburg, wurde anschließend in Heidelberg im Fach Kunstgeschichte promoviert und lebt heute in Thun und Berlin.
Saehrendt ist Autor von Titeln wie **Das kann ich auch! Gebrauchsanweisung für moderne Kunst** und **Geier am Grabe van Goghs**, die er zusammen mit Steen Kittl geschrieben hat.

Noyau, der durch seine politischen Cartoons, seine großformatigen Fingerzeichnungen und Bilderserien zum Thema Kunst bekannt geworden ist, wurde in Neuchâtel geboren, und lebt als freier Zeichner in Zürich. Zudem ist er als Dozent für Illustration an der Hochschule für Gestaltung und Kunst in Luzern tätig.